WALTER HÄBERLE

Der Teufel von Jagstbach

Ein Baden-Württemberg-Krimi

Silberburg-Verlag

1. Auflage 2017

Umschlaggestaltung:
Christoph Wöhler, Tübingen.
Coverfoto: © woyzzeck – iStockphoto.
Druck: CPI books, Leck:
Printed in Germany.

ISBN 978-3-8425-2028-8

Besuchen Sie uns im Internet
und entdecken Sie die Vielfalt
unseres Verlagsprogramms:
www.silberburg.de

So hat Lutz sich das nicht vorgestellt.

Finster, öde, rückständig, stockkatholisch, hinterwäldlerisch oder, in seinem Schwäbisch, »hentedomme«. Solche Begriffe wären ihm bisher zum Stichwort Jagsttal eingefallen. Und nun, da er zum ersten Mal, von Künzelsau kommend, die Steige nach Oberregenbach hinunterfährt, taucht er ganz unvermittelt ein in ein lieblich weites, helles Tal mit akkurat bestellten Feldern links und rechts des Flüsschens. Die mit Klatschmohn, Salbei, Lichtnelken und Margeriten leuchtend bunten, sanft ansteigenden Wiesenhänge gehen auf halber Höhe in lichtes Buschwerk über und werden schließlich von dichten Laubwäldern in variierenden Grünschattierungen bekränzt. Darüber wölbt sich ein hoher, sattblauer Himmel, an dem watteweiße Wolkenschiffe majestätisch unter vollen Segeln stehen. Gestern waren nach einem schwülheißen Sommertag heftige Gewitter über Hohenlohe niedergegangen. Heute Vormittag hatten die Wälder noch lebhaft wabernd gedampft.

Unten, hinter einer langen steinernen Bogenbrücke, die so schmal ist, dass sie keinen Gegenverkehr zulässt, baden rechter Hand ausgelassene Kinder an einem Wehr in der Jagst, aus sicherem Abstand von einem majestätisch treibenden Schwanenpaar beäugt. Links die Sägemühle – Königsmühle genannt – ist jetzt, am Samstagabend, längst zur Ruhe gekommen. Zwischen smaragdgrünen Holunderbüschen leuchten frisch gesägte Bretterstapel und senden ihren harzigen Duft bis in den Innenraum des Dienstfahrzeugs.

Mit den oben am Waldrand träge grasenden schwarzbunten Rindern und der Schafherde, die eifrig vom Hütehund umkreist wird, fügt sich das Bild, das sich dem staunenden Kriminalhauptkommissar aus Künzelsau im frühen Abendsonnenlicht bietet, zu einer paradiesischen Idylle, wie sie sich kein Maler an seiner Staffelei romantischer hätte ausdenken können.

Der Wieland guckt da gar nicht hin, denkt Lutz. Aber der ist ja hier zu Hause. Die Einheimischen nehmen diese zauberhafte Landschaft wohl als etwas Selbstverständliches hin. Tausendmal gesehen macht das Auge blind, die Sinne taub, die Gefühle stumpf. Oft schon so erlebt. Schade, denkt Lutz, schade, dass die über ihre traumhaft schöne Heimat so gar nicht mehr staunen können.

Und in diesem Paradies soll das Böse hausen und sein Unwesen treiben, soll es Betrug, Verschlagenheit, Heimtücke, Gewalt bis hin zu Mord und Totschlag geben wie überall auf der Welt? Schließlich sind er und sein Assistent Wieland, der den Wagen fährt, zu einem Tatort gerufen worden, denn sie gehören der Mordkommission der Kripo Künzelsau an. Aber bitte, geht es Kommissar Lutz ernüchternd durch den Sinn, was hat er denn erwartet? Der erfahrene Polizist gibt sich längst keinen Illusionen mehr hin. Sein Beruf hat ihm in über dreißig Dienstjahren seine schwärmerischen Vorstellungen von einer redlichen, friedlichen und gerechten Gesellschaft gründlich ausgetrieben. Sie waren ihm bei seiner Berufswahl noch wichtig gewesen. Von wegen Paradies! Er weiß es längst: Wo Menschen leben, da gibt es kein Paradies, seit Adam und Eva nicht mehr.

Vor vier Wochen erst hat er seinen Dienst in der Kreisstadt des Hohenlohekreises angetreten. Er hatte sich nach einem schnell gefassten Entschluss als Chef der Kriminalpolizei nach Künzelsau beworben, dort hinten im beschaulichen Hohenloher Land. Vier Wochen der Einarbeitung liegen hinter ihm, zwei Wochen Vorstellungsgespräche auf Landratsamt, Rathäusern, Dekanaten, Behörden und Institutionen, beim Staatsanwalt und beim Amtsrichter, mit und ohne Sektglas in der Hand. Zwei Wochen Kennenlernen von Mitarbeitern, Abteilungen, Organisationsplan, Statistiken, Ausstattung und Räumlichkeiten seines neuen Wirkungskreises. Sein Chef, Polizeidirektor Dietz, hatte ihn gründlich eingewiesen. Es war an der Zeit, dass die vielen Gespräche der Anfangstage nun handfester polizeilicher Arbeit Platz machten.

Was hatte er gestern gehört? Bei einem Empfang war er dem Künzelsauer Unternehmer Reinhold Würth vorgestellt worden. Der hatte ihm nach einer kurzen, freundlichen Plauderei wohlwollend auf die Schulter geklopft und mit einem listigen Schmunzeln um die schmalen Lippen geraten: »Wisse Sie, Herr Kriminalhauptkommissar, bei mir heißt's scho mei ganz Lebe lang: Schaffe, net schwätze. Mache Sie's genauso!«

Nun also, schneller als gedacht, sein erster Fall, und noch dazu gleich ein Kapitalverbrechen, wie es in seinem Revier nur alle paar Jahre eines gibt. Chefsache also.

Lutz auf dem Beifahrersitz holt tief Luft, klatscht in die Hände und ruft: »Also, Wieland, an die Arbeit! Schaffe, net schwätze.«

»Ich hab doch gar nichts gesagt«, brummt der junge Kommissar.

* * *

In Jagstbach hat einige Stunden zuvor die Hohenloher Mundart-Band »Annâweech« ein Konzert gegeben. Am Rathaus in Weinsberg steht in Stein gemeißelt: »Dennoch – trotzdem – eineweg!« Und in Hohenlohe sagen sie »annâweech«. Die fünf Freizeit-Musiker haben vor Jahren nach einer Krise der Band trotzdem weitergemacht und heißen seither »Annâweech«. Solche Nachmittags-Konzerte im Freien nennen sie »Familienkonzert«. Kind und Kegel pilgern zu diesen beliebten Konzerten, meist an einem Samstagnachmittag. Man sieht den Opa mit dem Rollator und das Enkele im Buggy über die Festwiese holpern und nicht selten liegt auch der Hund im Schatten unter dem Biertisch.

Eingeleitet haben »Annâweech« ihr heutiges Konzert mit ihrem Lied »I bin a Hoheloher«.

Würddaberch hat uns kassiert,
Die Schwoobe hen z'erscht g'lacht.
Bis heit hen's uns noch net dressiert,
Mir hen uns nix draus g'macht.
I bin kon Schwoob, i bin kon Frank' –
I hob an Schlitz im Ohr
I wohn aa net im Bayernland – i bin a Hoheloh'r!

Mir sin a Land und hen a G'schicht – en eich'na Dialekt
Zwischa Kocher, Dauwer und dr Joogscht,
Hen mir uns guat versteckt.
I bin kon Schwoob, i bin kon Frank' …

Und weil i doo gebora bin, und weil me's doo sou g'fällt,
Verlass' i Hohelohe net – um alles in dr Welt!
I bin kon Schwoob, i bin kon Frank' …

Eine treue Fan-Gemeinde begleitet die fünf hauptsächlich in dem Viereck Schwäbisch Hall, Crailsheim, Mergentheim und Heilbronn bekannten Hohenloher Musiker zu allen ihren Auftritten. So auch heute in den Ochsengarten von Jagstbach.

Die Band stimmt die beliebte Hymne »Kocherdool« an, die nach der Beatles-Melodie »Penny Lane« geht.

Molle und Boudsch, die beiden Frontmen der Band, haben mit ihren lockeren Sprüchen die Stimmung auf Touren gebracht. Ein Teil der Gäste singt in verzückter Stimmung aus vollem Halse mit. Sie kennen die Texte längst auswendig. Manche schwenken zum Refrain ihren Bierhumpen oder das Glas Apfelsaftschorle.

»Kocherdool, wann i di heut asou ouseh,
Zubaut hens dei Wieslich und dei Höh',
Und glaab mor, des duat weh.«

Da drängelt sich ein Bauer mit Schirmmütze, in dünner, blauer Jacke, grüner Baumwollhose und Gummistiefeln nach vorn, fuchtelt, hüpft, brüllt: »Ja, Kocherdool, Kocherdool!« Seltsam, denken die Umstehenden, etwas lächerlich, dieser Fan. Ganz und gar untypisch. Passt irgendwie nicht in diese fröhliche, ausgelassene Stimmung.

Bis sie merken, dass der gar nicht mitsingt, sondern stören will, dazwischen brüllt: »Kocherdool! Hör mer doch uff! Was geht uns 's Kocherdool ou? Hent'r vergesse, dass mir dohanne im Jogschtdool san? Sell diebe left se, d' Joogscht, seahnt 'r se ned? Höret mr doch uff mit ›Kocherdool‹! Hent'r kaa Lied iwwer d' Joogscht?«

Molle Winkler, der Lead-Sänger von »Annâweech«, erfasst schnell die Situation, runzelt beim Singen die Stirn, blickt irritiert kurz zu Boudsch, dem Gitarristen, hinüber, der ratlos die Schultern hochzieht, aber doch weiterspielt. Molle wiederholt nach der letzten Strophe trotzig den Refrain »Kocherdool, wann i di heut asou ouseh …«, etwas lauter noch als vorher.

Der Landmann hält tapfer dagegen. Auch er wird lauter: »Höret doch uff!«, brüllt er ein ums andere Mal gegen die Lautsprecherboxen zur Bühne hinauf. Die Zuhörer neben ihm weichen ängstlich zurück, denn jetzt dreht der zornige Schreier seine Mistgabel, auf die er sich bisher gestützt hatte, um und fuchtelt mit den Zinken in der Luft herum.

Die Band hat das Kochertal-Lied zu Ende gespielt. Die Menge johlt und klatscht, einige lassen begeistert schrille Pfiffe ertönen. Der Bauer schreit gegen den Beifall an, wie er eben noch gegen die Musik angeschrien hat.

Molle in seiner blauen Latzhose tritt an die Bühnenkante vor und ruft zu dem Krakeeler hinunter: »Sooch emol, was regscht du di denn aso uff? Wer hat denn dir gschriee? Was willsch denn du dahanne mit deire dreckige Miischtgawel? Wenn dir unser Musich net gfallt, no geh doch haam in dein Kuhstall oder leech di uffs Kanapee und mach dei Glotze ou!«

»Wer mir gschriee hat? Wer euch gschriee hat, möcht i wisse! Wäret ihr doch in eierm Kocherdool bliewe, wenn's do so schee isch!« Mit der Gabel am ausgestreckten Arm zeigt der Landmann zum Jagstufer hinüber: »Do guck niwwer, sell isch mei Wiesle. Do standet en Haufe Autos druff, e jeder fährt mit seim Karre driewer und mecht mr Laaser nei, und wenn die Kerlich bei euch dahanne gnueg gsoffe hent, no saichet se bei mir au no älles voll.«

»Ha, sei doch froh, no hasch glei ummesuunscht düngt.« Molle rückt sich grinsend die Schirmmütze zurecht. Er hat die Lacher auf seiner Seite.

»Nââ, sooch i dir, a Sauerei isch dees! Gestern hats gwittert und g'reechert, älles isch nass und waach. Die Autos machet mei Wiesle hii! Wer zohlt mir des? Du vielleicht?«

»Hör zu, Ökonom: Des isch net mei Sach. Veranstalter isch dr Ochsewirt. Der hätt do vielleicht absperre solle.«

»Dr Ochsewirt? Ha, des passt zu dem iewerzwercha Granateseckel, dem dappiche. Kannsch ihm sooche, wenn die Sauerei et uffhört, no ramm i ihm mei Miischtgawel in sein dicke Ranze nei, dass d's Fett nor so raustropft, jawoll, mei Miischtgawel!«

»Au, au, au, nor amol langsam!« Molle greift zum Mikrophon. »Leit, höret amol her! Dort links isch für euch en großer Parkplatz reserviert. Da gibt's no g'nug Platz. Wer sei heilix Blechle donebe auf dem Wiesle abg'stellt hat, soll bitte g'schwind umparke, damit der Bauer kaan Schode hat. Send so guet. Stellet eire Kärre uf de Parkplatz! Ende der Durchsage.« Und dann wendet er sich an den Kontrahenten vor der Bühne: »Z'friede, ha? Und du derfsch dir jetzt a Lied wünsche. Was solle mr spiele, extra für di?«

»Ihr kennet mi am Orsch lecke, alle mitnander!«, bellt der Bauer zur Bühne hinauf und stapft mit seiner schmutzigen Mistgabel davon.

Die Umstehenden lachen und sehen ihm kopfschüttelnd nach. Molle und seine Band Annâweech stimmen ihre Walzerparodie »An dr scheene, blaue Joogscht« an und singen sie dem zornigen Bauern schmunzelnd hinterher. Für sie ist damit die Sache erledigt.

* * *

Zwei Stunden später – »Annâweech« haben längst ihre letzte Zugabe gespielt und gerade die restlichen Utensilien in ihrem Busle verstaut – begibt sich ein Besucher zum Pinkeln hinüber ans Jagstufer.

Wenn ein Mann pinkelt, dringt erst ein leises, lustvolles Stöhnen aus seiner Kehle, dann bekommt er einen glasigen Blick, der versonnen ins Leere schweift, eher nach innen gekehrt. Doch dieser Blick des wackeren Zechers bleibt jetzt an einem dunklen Etwas im Gebüsch hängen. Es sieht aus wie eine vergessene Jacke. Nach Beendigung seines mit aller nötigen Sorgfalt und großem Bedacht ausgeführten Geschäfts tritt der erleichterte Festbesucher neugierig näher und glaubt jetzt keine vergessene Jacke, sondern eher einen Betrunkenen zu erkennen, der sich dort im Gestrüpp verheddert hat. Doch als er nach wenigen Schritten die wahre Situation erfasst, überfällt ihn schlagartig das kalte Grausen.

Ein fülliger Mann in Lodenweste und Cordhose hängt rückwärts in einem Erlenstrauch. Sein grüner Hut ist leicht verrutscht, die Augen sind weit aufgerissen. Ungläubiges Staunen liegt auf dem reglosen Gesicht. Aus einem Mundwinkel führt eine dünne, dunkelrote Spur über Kinn und Hals unter den Kragen seines karierten Flanellhemdes. Unterhalb der Brust des Mannes ragt der Stiel einer Bauerngabel steil ins Laub empor. Und das Entsetzliche ist, dass diese Gabel bis zum Schaft in dem Bauch des Mannes steckt.

Jetzt erst wird der Entdecker dieser grausigen Szene den Hund gewahr, der zu Füßen des Mannes im Gebüsch liegt und leise vor sich hin winselt. Als nämlich der junge Mann näher treten will, richtet sich das große Tier auf und fletscht knurrend die Zähne. Wie gehetzt eilt der fassungslose Gast zu seinen Kumpanen am Biertisch und berichtet.

»Kerle, bisch bsoffe oder was?«, ruft einer.

Ungläubig, ja widerwillig nur folgen sie feixend dem wirr daherredenden Freund zum Gebüsch an der Jagst und sehen voller ernüchterndem Entsetzen, was sie noch nie zuvor in ihrem Leben gesehen haben. Furchtsam bleiben sie in respektvollem Abstand stehen, nicht nur wegen des Hundes, und starren hinüber zu dem Mann im Gebüsch, der sie unverwandt ansieht. Jeden Augenblick, so scheint es ihnen, ja, so hoffen sie noch, könnte er sich lachend aufrichten, sich über ihre erschrockenen Gesichter lustig machen und seinen gelungenen Streich genießen. Aber schnell wird ihnen klar, dass der da im Gebüsch sich nie mehr aufrichten und lachen würde, dass sie hier nicht Opfer eines makabren Scherzes, sondern Zeugen eines abscheulichen Geschehens geworden sind.

Einer findet als Erster die Sprache wieder: »Scheiße, das ist ja der Ochsenwirt!«

Geistesgegenwärtig zückt er sein Handy und wählt 110: »Kommt schnell, da hängt ein Mann im Gebüsch … Der hat eine Gabel im Bauch … Nein, keine Kuchengabel … Ja, Notarzt und Krankenwagen … Vielleicht lebt er ja noch … In Jagstbach, hinter dem Ochsengarten, direkt an der Jagst. Schnell!«

Mit Blaulicht und Martinshorn trifft keine zehn Minuten später eine Polizeistreife am Ochsengarten ein, dicht gefolgt von Notarzt und Rettungswagen. Der Besucher, der den Notruf abgesetzt hat, geht gestikulierend auf die Beamten zu und führt sie ans Jagstufer, wo sich bereits eine große Gruppe Schaulustiger eingefunden hat. Wenige, meistens Frauen und Kinder, halten sich noch an den Biertischen im Ochsengarten auf. Die Mütter passen auf, dass ihre Kleinen dem schrecklichen Ort fernbleiben.

Der Jagdhund lässt weder Polizisten noch Helfer näher kommen. Einer der Umstehenden aber kennt das Tier offenbar gut.

»Aus, Rezzo, aus! Komm, Rezzo, ganz ruhig, Rezzo, keiner will dir oder Herrchen was tun. Komm, Rezzo, brav …«

Beruhigend auf den Hund einredend, gelingt es ihm schließlich, die Leine aufzunehmen, die im Gras liegt, und das winselnde Tier zu seiner Hundehütte im Hof des »Ochsen« zu führen, wo es sich einfach anketten lässt.

Die Polizeibeamten haben derweil ihre Kollegen von der Kriminalpolizei alarmiert. Umsichtig haben sie sogleich erste Fotos vom Fundort gemacht, das Gebüsch weiträumig mit rot-weißem Absperrband gesichert und die Umstehenden gebeten, in den Ochsengarten zurückzukehren, aber noch nicht nach Hause zu gehen.

Die Rettungssanitäter legen den Ochsenwirt vorsichtig ins Gras und ziehen ihm mit einem Ruck endlich diese grässliche Gabel aus der Brust.

Der Arzt stellt nach kurzer Untersuchung lakonisch fest: »Der Mann ist tot.« Er schiebt ihm ein Thermometer unter die Zunge und ergänzt kurz darauf: »Seit zwei Stunden – plus/minus etwa dreißig Minuten. Es ist sehr warm heute.« Die neben ihm stehenden Sanitäter weist er an: »Sie können zurückfahren. Für Sie gibt es hier nichts mehr zu tun.«

* * *

In diesem Augenblick treffen Kriminalhauptkommissar Lutz und Kommissar Wieland im Ochsengarten ein, fast gleichzeitig mit drei weiteren Beamten von der Spurensicherung, die sich sogleich ein Bild von der Situation machen, kurz mit den Streifenkollegen und dem Arzt reden, ihre weißen Schutzanzüge überstreifen und sich dann routiniert an ihre Arbeit machen. Nummerntäfelchen werden ins Gras gesteckt, alles wird fotografiert, vermessen, Skizzen angefertigt, jedes Detail unter die Lupe genommen, der Boden und das Gebüsch penibel abgesucht, jede Beobachtung ins Diktiergerät gesprochen.

Der Arzt veranlasst noch telefonisch den Abtransport der Leiche, bevor er sich von Lutz und Wieland verabschiedet.

»Brauchen Sie meinen Bericht heute Abend noch? Es ist Samstag.«

»Spätestens morgen um neun zur ersten Lagebesprechung«, meint Lutz. »Geht das?«

An vier weit auseinander stehenden Biertischen nehmen Lutz, Wieland und die beiden Streifenbeamten Platz und befragen einzeln die erwachsenen Biergartenbesucher. Zeugen werden notiert und vernommen. Wer hat den Mann gefunden? Wann? Wo? Wie? Kennen sie den Toten? Hat ihn jemand angefasst? Hat jemand etwas beobachtet? Hat jemand am Fundort etwas verändert, etwas aufgehoben oder weggeworfen? Wurde zwischen 16.30 Uhr und 17.30 Uhr jemand beobachtet, der zum Jagstufer gegangen oder von dort weggelaufen ist?

Die meisten Besucher sind von auswärts. Keiner will etwas von dem grausigen Geschehen mitbekommen haben, keinen Streit, keinen Schrei. Die Musik sei sehr laut gewesen. Dazwischen Beifall, Johlen, Pfiffe, Festtrubel, die vielen Kinder, alles zusammen eine sehr geräuschvolle

Kulisse. Der Fundort des Toten liegt außerdem gut vierzig Meter vom Festplatz entfernt.

Bei der Kunde vom Tod durch eine Gabel fällt einigen Gästen der wütende Bauer mit der Mistgabel ein und seine Drohung, er würde dem Ochsenwirt die Gabel in seinen fetten Bauch rammen. Laut genug hatte er das gebrüllt.

Lutz hakt mehrmals nach: »Was genau hat sich da abgespielt? Sind Sie sicher, dass dieser Bauer eine solche Drohung ausgestoßen hat? Kennen Sie diesen Mann?«

Die Aussagen decken sich auch in diesem Punkt weitgehend. Die paar Einheimischen unter den Befragten sind sich einig: »Das war doch der Karle. Der wohnt dort drüben auf dem alten Bauernhof.«

Inzwischen trifft der Leichenwagen ein und bringt den Toten auf Lutz' Anweisung in die Gerichtsmedizin nach Heilbronn.

Die Aufregung legt sich allmählich. Eine gedrückte Stimmung greift um sich im Ochsengarten von Jagstbach. Molle und Boudsch ist das Sprücheklopfen gründlich vergangen. Oh Gott, das fröhliche, ausgelassene Familienkonzert hat ein solch schreckliches Ende genommen. Der wütende Karle hat den Ochsenwirt umgebracht! Diese Gewissheit macht in Windeseile die Runde. Erst im Ochsengarten, dann im Dorf.

Der Karle! Sie haben ihn oft nicht ganz ernst genommen. Wer hätte dem so etwas zugetraut? Na ja, etwas komisch ist der ja schon manchmal. Ein Eigenbrötler. Regt sich immer so schnell auf. Bellt gleich los mit seiner hohen, heiseren Stimme. Und den Ochsenwirt, den hat er schon gar nicht leiden können. Ach was, gehasst hat er ihn. Und jetzt hat er ihn umgebracht. Abgestochen mit seiner Mistgabel. Wozu Menschen doch fähig sind!

Kriminalhauptkommissar Lutz und Kommissar Wieland machen sich nach Abschluss der Befragungen sogleich auf den Weg zu dem etwas heruntergekommenen Bauernhaus zwischen dem »Ochsen« und der Jagstaue.

***

Es klingelt.

Noch immer rumort der Ärger über die Falschparker in seinen Eingeweiden. Sie haben nach der Durchsage zwar ihre Autos aus seiner Wiese gefahren, aber die tiefen Reifenspuren, die »Laaser«, wie er sagt, wird er am Montag mit der Egge einebnen müssen. Als ob er nichts anderes zu tun hätte! Er schenkt sich aus dem Mostkrug nach und tut einen tiefen Zug.

Das hat er auch dem Ochsenwirt ganz deutlich gesagt, der ihm auf seinem Heimweg aus dem Biergarten über den Weg gelaufen war, dass er sein Gelände hätte absperren sollen.

»Wenn du scho a Feschdle veranstaltescht, no aber net auf ander Leut's Koste!«

»Ach, die paar Autos, stell di net so an!«, hat der zurück gefaucht. »Machst aus jeder Muck en Elefant. Du bist und bleibst e kleinkarierter Kläffer. Was anderes ist von dir und deim Spatzehirn auch gar net zu erwarten.«

Spatzenhirn! Das hat der Ochsenwirt schon öfter gesagt, auch vor anderen Leuten. Das hat ihn richtig zornig gemacht. Innerlich hat er zu kochen begonnen. Wütend hat er mit beiden Händen seine Mistgabel umklammert …

Es klingelt erneut.

Jetzt erst registriert er die Türglocke, schaut auf die Uhr auf der Kredenz: schon neun durch! Wer will jetzt noch etwas von ihm? Er erwartet heute niemanden mehr. Er erwartet eigentlich nie jemanden. Einmal in der Woche kommt seine Tochter und kümmert sich um den Haushalt, macht etwas sauber bei ihm, räumt die Küche auf, lässt alle vierzehn Tage eine Waschmaschine laufen. Mit der Waschmaschine kommt er einfach nicht zurecht. Nach dem Tod seiner Frau vor zwei Jahren hatte er ein paar Mal versucht, das Ding zum Laufen zu bringen, war aber mit den drei Einfüllbehältern und den vielen Knöpfen nicht klargekommen und hatte resigniert. »Mach du das, du kennst dich damit aus.« Aber die Tochter kommt immer montags und heute ist Samstag.

Klingeln, dann auch lautes Klopfen an die Haustür.

Die Fischerchöre trällern gerade aufgesetzt fröhlich »Falleri, fallera, falleralalalala …« Bauer Karle schwenkt seine Beine vom Sofa, stellt die Füße auf den Boden, fährt in die Pantoffeln, stützt sich schwer auf die Tischplatte, stöhnt beim Aufstehen und brummt »Heilixdunnderwedder nochamol!«.

Vor der Tür stehen zwei Männer, einer ist geschätzte ein Meter achtzig groß, Ende vierzig, sportliche Figur, aber mit leichtem Bauchansatz unter seinem hellblauen Sommerhemd. Er hat einen offenen Blick, trägt eine randlose Brille, hat eine hohe Stirn mit starken Geheimratsecken und braunem Bürstenhaarschnitt. In seinen markanten Schnauzbart mischen sich deutlich graue Borsten. Der andere, ein Schlaks in blauen Sneakers, der Jeans trägt und seine blonden Haare mit Gel aufgestellt hat, ist kaum halb so alt. Der hält Karle seinen Polizeiausweis hin.

»Guten Abend!«, sagt er, »Kommissar Wieland«, und legt zwei Finger an die Stirn. »Sie brauchen aber lang. Wir haben Licht gesehen.«

»Polizei? Was wellet Sie denn nachts um halwer zehne noch? Kommet Sie wege dene Autos auf meim Wiesle? Do kennet Sie glei wieder hoamfoahra. Die Sach isch geklärt. Au ohne Polizei. I will den Ochsewirt net azeige, weil Dommheit isch net strafbar.«

»Autos? Nein. Ochsenwirt? Schon eher. Darf ich Sie nach Ihrem Namen fragen?«

»Karle.«

»Und Ihr Nachname?«

»Ha, Karle halt.«

»Sie heißen mit Nachnamen Karle?«

»Ja, höre Sie schlecht?«

»Und Ihr Vorname ist …?«

»Eugen.«

»Herr Karle, dürften wir bitte drinnen mit Ihnen weiterreden?«

»Wege was denn?«

»Bitte!«

»Herrschaftssechse – wenn's sei muss!«

Gotthilf Fischer ist gerade beim Abmoderieren. Es herrscht Dämmerbeleuchtung in der Stube. Der mostgeschwängerte Mief verschlägt den Besuchern kurz den Atem und der Jüngere verdreht angewidert die Augen.

Bauer Karle, großgewachsen, hager, mit Stoppelbart, wirrem Schopf hinter der Halbglatze und aufgeknöpftem Flanellhemd dreht sich mit mürrischer Miene zu den beiden Beamten um und beäugt sie misstrauisch. Er deutet kurz auf die Stühle am Tisch.

»Sie kommet also net wege meim Wiesle? Wege was no, ha? Isch ebbes passiert? Isch – ebbes mit der Melanie?«

»Melanie?«

»Ha, mei Tochter.«

Jetzt ergreift zum ersten Mal der Ältere das Wort: »Herr Karle, mein Name ist Lutz. Ich bin der Leiter der Kripo Künzelsau. Sie waren heute Nachmittag im Biergarten drüben?«

Bauer Karle langt nach der Fernbedienung und schaltet den Fernseher aus. Ihm wird ganz beklommen zumute. Warum kommt die Polizei zu ihm und warum fragen sie das? Hat etwa jemand ihn angezeigt?

»Ja, i wor im Ochsegarte, aber net als Gast, sondern weil die Leut dort ihre Autos auf mei Wiesle g'stellt hent und Laaser neig'fahre hent. Des derfet die doch net ôfach, oder? O'gfrogt, sapperment! Aber i will deswege kaa Polizei im Haus howe. So klaakariert bin i doch net. I hob mit em Ochsewirt g'schwätzt und die Kärre sind weg und fertich.«

»Sie haben mit ihm gesprochen? Haben Sie sich gestritten?«

»G'stritte? Nââ, ougoscht hemmer uns halt. Mit dem Saidraiwer kousch ja net normal schwätze.«

»Hatten Sie bei der Auseinandersetzung eine Gabel dabei?«

Bauer Karle nickt unsicher.

»Warum hatten Sie die Gabel dabei?«

»Worum? Ha weil, wo i mei Mischte han welle uffsetze, do hob i g'seche, dass dia Autos uff mei Wiesle neig'foahre san und no bin i glei niwwerg'laafe zu dere Kapell.«

»Sie waren sehr wütend?«

»Ha, freile! Sie schwätzet vielleicht raus! I kann jetzt am Meendich mit meim Bulldog und der Eiiche niwwerfohre uff mei Wiesle und älles widder eewe mache, kreizsapperlot! Do kousch scho en Zoore kriache, oder? Derf dahanne afange a jeder mache, was er will?« Schon wieder gerät er in Rage.

»Meendich? Eiiche? Eewe? Zoore?« Lutz zieht ratlos die Schultern hoch und blickt Wieland hilfesuchend an.

»Herr Karle meint, er müsse jetzt am Montag mit der Egge alles wieder eben machen und darüber sei er zornig.«

»Hm. Den Ochsenwirt, den mochten Sie wohl nicht besonders?«

»Den? Nââ, den mooch i ganz gwieß net! Des isch dr greescht Seggl vom ganze Flecke und spielt sich uff wie der Graf Rotz. Send se mr net bees. I sooch's grad, wie's isch. Seit der mi bei dr Flurbereinichung b'schisse hot, bin i mit dem fertich. Jawoll, uff ewich und drei Dooch bin i mit dem fertich. Secht zu mir, i häb a Spatzehirn, grod der Hamballe mueß des sooche!«

»Wann hat er das gesagt?«

»Scho a paarmol, und heit Middooch aa wieder.«

»Und darüber haben Sie sich aufgeregt.«

»Ha freilich, findet Sie des vielleicht zom Lache?«

Lutz räuspert sich in seine Faust und vermeidet es, Wieland anzusehen.

»Und dann sind Sie mit der Gabel auf ihn losgegangen.«

»Was bin i? Saudomms Gschwätz! Secht des der Ochsewirt, der großgoschede Lugebeitel?«

»Nein, Herr Karle, der Ochsenwirt sagt das nicht, glauben Sie mir. Aber Sie haben damit gedroht, ihm die Gabel in den Leib zu stoßen. Dafür gibt es zahlreiche Zeugen.«

»Ha ja, des wor bei dere Kapell, wo die gsocht hewwe, der Ochsewirt sei schuld, dass die Autos uff meim Wiesle steahne. Awwer do wor der Ochsewirt, der Schlabbesaacher, gor net dabei.«

»Und wo sind Sie dem Ochsenwirt dann begegnet?«

»Unte an der Joogscht, wo i von dere Kapell wieder zu meim Houf z'rückg'laafe bin. Do isch er kumme, der Huedsimbl, mit seim Hund.«

»Wann genau war das?«

»Ja, heidanaei aber au, hätt i do vielleicht uff d' Uhr gucke gsollt?«

»Kann das so gegen fünf gewesen sein?«

»Von mir aus. Worom wellet Sie des so gnau wisse?

»War da jemand in der Nähe?«

»Nââ, i hob neamerds gseeche.«

»Und die Gabel hatten Sie da auch dabei?«

»Ha, freilich, zum Dunderwetter noch emol! Was denn sonscht? Hätt i se bei dere Kapell liege lasse solle? I hob doch vor em Nachtesse no mei Mischte uffsetze miaße. Was froochet Se denn âdauernd nach dere Gawel?«

»Wie ist denn Ihre Begegnung mit dem Ochsenwirt abgelaufen? Erzählen Sie einmal der Reihe nach!«

»Ha, do geit's net viel zum Verzähle. I hob en gstellt, wege meim Wiesle, dass er hätt solle absperre, der Kleiebeitel. Und er hot z'rückgoscht, i soll mi net asou oustelle. I sei kleinkariert und tät aus re Muck en Elefante mache. Ha ja, und no hot er no gsoocht, i häb a Spatzehirn. Des wor älles.«

»Und dann sind sie mit Ihrer Gabel auf ihn los.«

»Was? Bleedsinn! Wer soocht denn sou ebbes? I hob den Schoofseggel standa lasse, be haam und han mei Mischte uffg'setzt und fertich.«

»Und der Ochsenwirt?«

»Ha, was weiß denn i? Froochet en doch selber! Der isch den Weech an der Joogscht weiterg'laafe und hat no hinter mir her g'mault. Hat der Bachel mi azeigt oder warum wellet Sie des älles wisse?«

»Wo ist Ihre Gabel jetzt?«

»Allfort Gawwel, Gawwel, Gawwel! Loint dusse nebe der Mischte an dr Hauswand.«

»Sie wissen wirklich noch nicht, was passiert ist?«

»Ha, soochet Sie mir's halt endlich, sapperlot! Hat der Ochsewirt mi jetzt a'zeigt, der alde Maadlesschlecker, oder isch doch ebbes mit meiner Melanie?«

Lutz holt tief Luft und wechselt einen schnellen Blick mit Kommissar Wieland.

»Nein, Herr Karle. Ihr Nachbar, der Ochsenwirt, hat Sie nicht angezeigt. Konnte er gar nicht mehr. Er ist tot. Er wurde am Jagstufer mit einer Gabel erstochen.«

Bauer Karle lässt die Kinnlade fallen und schaut von einem Besucher zum andern. Sehr intelligent sieht das nicht aus. Dann schluckt er, greift nach seinem Mostglas und trinkt es in einem Zug leer.

»Tot, hent Sie gsoocht? Der Ochsewirt? Verstoche? Ja, warum?« Er atmet tief durch. »Dem Laamesiedr hätt i ja nix Guets gwünscht, aber wer duet denn sou ebbes?«

»Sie vielleicht – aus lauter Zorn?«

»Was, i? Ja, san ihr denn vo älle guete Gaaschter verlasse? Ach, dorum die ganz Froocherei! Jawoll, mit dem Ochsewirt wor i fertich uff ewich und drei Tag, aber i mach den doch net hii! Sou ebbes duet mr doch net.«

»Aber es ist genau das passiert, Herr Karle, womit Sie laut gedroht haben. Sie haben gerufen, sie rammen dem Ochsenwirt ihre Gabel in den Leib. Und Sie waren sehr erregt. Wenig später wird der Mann mit einer Gabel erstochen aufgefunden. Da müssen Sie schon verstehen, dass wir jetzt Fragen stellen.«

»Ha, sou ebbes secht mer im Zorn, mer schwätzt halt manchsmol so hummeldumm raus, aber – ha komm, des mecht mer doch net.«

»Sie wären nicht der Erste, Herr Karle, der es eben doch tut.«

Man hört die Haustüre gehen. Die Stubentür wird aufgerissen. Eine junge Frau, vielleicht fünfundzwanzig, höchstens ein Meter sechzig groß, zierlich, ausgesprochen hübsch, das blonde Haar nach hinten hochgesteckt, bleibt in der offenen Tür stehen. Von den beiden Besuchern nimmt sie gar keine Notiz.

»Vadder, was schwätze die Leit im Dorf? Des isch doch net wohr! Sooch, dass es net wohr isch! Vadder, du hasch doch dem Ochsewirt nix due? Du doch net, Vadder!«

* * *

Auf dem Weg zu ihrem Dienstwagen ereifert sich Kommissar Wieland: »Sie verhaften den Karle nicht?«

»Ach, Wieland, der läuft uns nicht davon.«

»Und die Gabel, das mögliche Corpus Delicti? Sie haben die Gabel an der Hauswand nur kurz angeschaut, nicht mitgenommen, nicht einmal näher in Augenschein genommen!«

»Wieland, jetzt enttäuschen Sie mich aber! Das Corpus Delicti, wie Sie das nennen, das hat doch noch in dem Toten gesteckt, vergessen? Diese Gabel haben wir längst als Tatwerkzeug gesichert. Was soll uns da die Mistgabel an der Hauswand des Bauern Karle nützen? Die macht uns höchstens unser Auto dreckig. – Und doch …«, murmelt Kommissar Lutz nachdenklich. »Um die Gabel werden wir uns tatsächlich noch kümmern müssen. Irgendetwas stimmt da nicht.«

Unten an der Jagst ziehen schon feine Nebel über den Talauen auf, als Kommissar Wieland seinen Chef Lutz die

Steige von Oberregenbach hinauf Richtung Künzelsau chauffiert. Windungen des Flüsschens blinken mattsilbern durchs Ufergebüsch. Über dem weiten Tal thront Schloss Langenburg auf seinem Bergsporn, bildet vor dem türkisfarbenen Abendhimmel eine märchenhafte Silhouette wie ein romantischer Scherenschnitt. Welch eindrucksvolles Bild von hier oben, denkt Lutz, voller Beschaulichkeit, voll des Friedens und der Ruhe. Und der Wieland guckt gar nicht hin. Aber der muss ja fahren.

Genau in dieser beschaulichen Welt dort unten, geht es Lutz durch den Sinn, ist vor wenigen Stunden ein grausamer, brutaler Mord geschehen. Das Böse schickt seine Krakenarme bis in die idyllischsten Winkel dieser Erde. Es müssen nur Menschen dort wohnen, schon ist auch die Bosheit zur Stelle. Einer da unten in dem friedvollen Tal ist ein Mörder …

***

Für Sonntag um 9 Uhr hat Kriminalhauptkommissar Lutz eine erste Lagebesprechung im kleinen Kreis angesetzt. Anwesend sind außer ihm und Kommissar Wieland der Leiter der Abteilung Spurensicherung und die beiden Beamten, die heute Bereitschaftsdienst haben. Dem Gerichtsmediziner wollte Lutz ersparen, sich am Sonntagmorgen nach Künzelsau auf den Weg machen zu müssen. Es reicht schon, dass der gute Mann gestern Abend noch Überstunden geleistet hat. Er hat seinen Untersuchungsbericht per Fax übermittelt. Falls nötig, meint Lutz, kann man den Experten später noch persönlich hinzuziehen.

»Meine Herren, Sie wissen, was gestern in Jagstbach am Rande eines Freiluftkonzertes passiert ist. Wir haben gestern Abend noch keine entscheidenden Ermittlungsergebnisse erzielen können. Zeugen des stattgefundenen Tötungsdelikts konnten bislang keine ermittelt werden. Von den rund fünfzig Personen, die bei unseren Befragungen noch anwesend waren, hat niemand etwas Einschlägiges gehört oder gesehen. Zwischen dem Geschehen am Tatort und unserer Befragung lagen allerdings nach Aussage des hinzugezogenen Arztes eineinhalb bis zweieinhalb Stunden. In dieser Zeit hat sich wohl nicht nur der Täter, sondern auch eine unbestimmte Anzahl von Festbesuchern entfernt. Schließlich sind wir erst nach Beendigung des Konzertes zum Tatort gerufen worden.

Wir werden deshalb über die Presse etwaige Zeugen bitten, sich bei uns zu melden. Wieland, Sie kennen sich doch hier aus. Veranlassen Sie entsprechende Meldungen in der Hohenloher Zeitung und in den Zeitungen der Gebiete, aus denen die Festbesucher kamen. Wir haben gestern Besucher aus dem mittleren Jagsttal, der Künzelsauer Umgebung, aber auch aus dem Raum Öhringen, Schwäbisch Hall, Blaufelden und Creglingen befragt. Welche Zeitungen wären das dann?«

»Außer der ›Hohenloher Zeitung‹ das ›Haller Tagblatt‹, das ›Hohenloher Tagblatt‹ in Gerabronn, die ›Tauber-Zeitung‹ in Bad Mergentheim und vielleicht noch die ›Gaildorfer Rundschau‹.«

»Gut. Das sollte heute noch für die Montagausgaben geschehen. Wir haben sowieso um 17 Uhr eine Pressekonferenz zu diesem Fall. Was hat die Spurensicherung für Erkenntnisse gebracht? Bitte sehr!«

»Zuerst müssen wir davon ausgehen, dass Tatort und Fundort der Leiche identisch sind. Es gibt keinerlei Anhaltspunkte für die Verbringung des Getöteten an den Auffindungsort.

Das Tatwerkzeug haben wir sichergestellt. Es ist eine Gabel mit 24 Zentimeter langen Zinken. Am Gabelstiel sind die Buchstaben EK eingebrannt, vermutlich die Initialen des Eigentümers. Wir haben an dem Stiel dreierlei Fingerabdrücke gefunden. Einer stammt von dem Opfer selbst. Möglicherweise hat das Opfer unmittelbar nach dem Angriff den Gabelstiel mit den Händen umfasst. Die beiden anderen haben wir mangels Vergleichsmaterial selbstverständlich noch nicht zuordnen können. In der Datei sind sie nicht gespeichert. Außerdem trug der Gabelstiel graufaserige Anhaftungen, die vermutlich von Arbeitshandschuhen mit Wildlederbesatz stammen.

Am Fundort der Leiche und an der Leiche selbst waren keinerlei Kampfspuren zu erkennen, auch keine fremden Faserantragungen oder – außer den Einstichlöchern – Beschädigungen an der Kleidung des Opfers. Auch hatte der Getötete nach Zeugenaussagen und auf den Fotos der Streifenbeamten vor der Bergung seinen Hut noch auf, was einen Kampf oder ein Handgemenge ebenfalls unwahrscheinlich macht. Hautabschürfungen im Nacken und am linken Ohr des Opfers stammen von den Zweigen des Erlenbusches, in den der Mann nach dem Angriff rückwärts gefallen sein muss.

Blutspuren im Gras sind eindeutig dem Toten zuzuordnen, der dort schon vor unserem Eintreffen von den Sanitätern abgelegt wurde. Hundehaare am Boden, an der Kleidung und an den Händen des Opfers stammen von dem Jagdhund des Getöteten. Der Hund hatte bis zur Bergung der Leiche neben dem Toten im Gras gelegen. Weitere Spuren waren nicht auszumachen. Zwei leere Getränkedosen, ein benutztes Kondom und eine Zigarettenschachtel am Tatort müssen dort schon längere Zeit gelegen haben und stehen in keinem Zusammenhang mit der Tat. Das wäre so weit alles.«

»Danke. Wieland, lesen Sie doch mal den Bericht des Gerichtsmediziners vor, den der uns vorhin zugefaxt hat!«

»Also, da steht: ›Bericht des … im Auftrag der … gefertigt am … durch …‹ Aha, jetzt kommt's: ›Todesursache ist eine Stichverletzung im Oberbauch, laut Polizeibericht durch eine landwirtschaftliche Gabel. Die Gabel wurde von vorne mit großer Wucht bis zum Schaft unterhalb des Brustkorbes in den Oberkörper des Opfers gestoßen. Die circa 25 Zentimeter langen Einstichkanäle verlaufen – vom vermutlich frontal stehenden Täter aus gesehen – von links unten nach rechts oben. Der linke Gabelzinken durchbohrte die Leber und das Zwerchfell und drang dann in den rechten Lungenflügel des Opfers ein. Der mittlere Einstichkanal führt durch den Magen und endet hinter dem Brustbein ebenfalls im rechten Lungenflügel. Der rechte Zinken durchbohrte außer der Lunge den rechten Vorhof des Herzens und die rechte Herzkammer und dürfte zum augenblicklichen Tod des Opfers geführt haben. Aus der Stichrichtung lässt sich schließen, dass der Angreifer mit hoher Wahrscheinlichkeit Linkshänder sein muss. Ein Linkshänder fasst eine Gabel mit der rechten Hand unten und mit der linken Hand oben am Gabelstiel, den er links vom Körper hält. Beim Arbeiten oder Zustoßen bewegt sich also die Gabel vom Täter aus gesehen von links unten nach rechts oben. Bei einem Rechtshänder ist das meist genau umgekehrt, weil er eine Schaufel oder eine Gabel mit der linken Hand unten und der rechten oben anfasst und den Stiel des Arbeitsgerätes rechts vom Körper führt.

Im Einlieferungsbericht ist von einer Mistgabel die Rede. An den Einstichstellen war jedoch keinerlei Schmutzantragung festzustellen, weder an den Stellen, wo die Kleidung durchbohrt wurde, noch in den Stichkanälen im Körpergewebe des Opfers.

Das Opfer weist keinerlei Hämatome oder Hautabschürfungen auf, die auf einen Kampf oder eine Abwehrbewegung schließen ließen. Der Angriff muss also plötzlich und überraschend erfolgt sein.

Kratzer im Nacken und am linken Ohr des Opfers rühren vom rückwärtigen Fallen in ein Gebüsch her, wie aus dem Leichenfundbericht hervorgeht.

Nachtrag: Der Getötete hatte 1,6 Promille Alkohol im Blut.‹«

»Ha ja, ein Wirt halt«, brummt Lutz und fügt hinzu: »Was der da über den Linkshänder schreibt, ist hochinteressant, oder?«

Nach einigem Hin und Her kommen die fünf überein, die fragliche Szene nachzustellen. Mit dem Zeigestock der Projektionstafel als Mistgabel simulieren sie nacheinander den Angriff auf das Opfer. Mal mimt ein Linkshänder, mal ein Rechtshänder in Zeitlupe den Stoß. Sie wechseln mehrfach die Stellungen und Positionen.

»Ihr seid mir vielleicht eine Spießertruppe!«, kichert da Wieland, der das Opfer spielt.

Die Kollegen lassen die Arme sinken und starren ihn an. »Wie bitte?«, kommt es wie aus einem Mund.

»Entschuldigung, ist mir so rausgerutscht! Wie ihr da reihum mit dem Zeigestock den Ochsenwirt aufspießt – wenn das jemand sehen könnte …«

Am Ende ihrer szenischen Aufführung finden sie dann die Schlussfolgerungen des Pathologen eindeutig bestätigt.

So, wie sich Täter und Opfer offenbar gegenüberstanden, ist für die Beamten nun mit hoher Wahrscheinlichkeit davon auszugehen, dass die beiden sich kannten. Da darüber hinaus jegliche Anzeichen für eine Abwehrbewegung oder eine Handgreiflichkeit fehlen, muss das Opfer dem Täter auch ohne Arg gegenübergestanden haben.

Lutz schickt einen Beamten das Tatwerkzeug holen.

»Ziehen Sie aber Latex über!«, ruft er ihm hinterher.

»Darauf wäre ich jetzt nicht gekommen«, brummt der Beamte beleidigt. Der Neue hält sie hier wohl für leicht unterbelichtet.

Die Gabel hat blitzblanke Zinken, wenn man von den dünnen Blutspuren absieht. Kein Wunder also, dass der Gerichtsmediziner keinerlei »Schmutzantragungen«, wie er das formulierte, gefunden hat. Der Beamte, der gestern Abend schnell noch den Tatortbericht geschrieben hat, benutzte den Begriff »Mistgabel«. Für Städter ist halt manchmal jede bäuerliche Gabel einfach eine Mistgabel.

»Ich wusste gar nicht«, wundert sich Wieland, »dass Gerichtsmediziner sich über solche Details Gedanken machen.«

»Ist halt ein guter«, murmelt Lutz nachdenklich. »Vielleicht war sein Vater Landwirt. Apropos Landwirt, meine Herren: Wir haben gestern von Zeugen erfahren, dass ein Bauer aus Jagstbach unmittelbar vor dem Verbrechen und ganz in der Nähe des Tatortes Drohungen gegen den Ochsenwirt ausgestoßen hat, er werde ihm seine Gabel in den Leib rammen. Wieland und ich haben den Bauern noch gestern Abend aufgesucht und befragt, einen Nachbarn des Getöteten. Er heißt Eugen Karle. Eine erste Spur, die wir selbstverständlich weiter verfolgen werden. Was meinen Sie dazu, Wieland?«

»Also, erstens: Bauer Karle hat den Getöteten gehasst. Daraus machte er bei der Befragung gestern keinen Hehl. Zeugenaussagen haben diesen Umstand bestätigt. Zweitens: Die eingebrannten Initialen EK, die wir hier auf der Gabel sehen, weisen auf Eugen Karle als Eigentümer des Tatwerkzeugs hin. Drittens: Etwa zur Tatzeit war er in der Nähe des Tatorts mit dieser Gabel unterwegs. Dabei ist er dem Opfer begegnet, hat sich mit ihm gestritten und wurde von diesem beleidigt. Wir haben also ein schlüssiges Motiv, wir haben das Tatwerkzeug mit Karles Initialen, wir haben einen Verdächtigen mit Ansage und der hat für den Tatzeitraum kein Alibi. Alles läuft auf den Nachbarn hinaus. Es wird verdammt eng für Herrn Karle. Für mich könnte der Fall schnell gelöst sein. Sozusagen Knall auf Fall.«

»Langsam, langsam, Wieland! War die Überraschung des Bauern Karle über den Tod des Ochsenwirts nicht echt? Hielten Sie das für gespielt? Kann ein so aufbrausender alter Mann sich so verstellen? Außerdem: Er mag vielleicht nicht der Hellste sein, aber warum sollte er sich selbst belasten und uns von sich aus über seine Begegnung mit dem späteren Opfer zur ungefähren Tatzeit berichten? Es gab schließlich keine Zeugen. Hätte er ein schlechtes Gewissen, hätte er uns das verschwiegen. Wir hätten nie von ihrem Zusammentreffen erfahren.«

Der junge Kommissar wiegt sein Haupt: »Kann es denn Zufall sein, dass einer droht, mit seiner Gabel gewalttätig zu werden und vielleicht eine halbe Stunde später geschieht genau dieses? Karle regt sich schnell auf, ist unbeherrscht und cholerisch, das haben wir erlebt. Nach dem ganzen Ärger dieses Nachmittags ist einfach der Gaul mit ihm durchgegangen. Und jetzt spielt er den Biedermann.«

»Wieland, was halten Sie davon, mich nach Jagstbach zu begleiten? Wir sollten uns dort noch einmal umsehen«, findet Lutz.

»Wie? Jetzt gleich? Heute ist Sonntag, Chef!«

»Ach, Wieland, das Böse in der Welt kennt weder Sonn- noch Feiertag. Das lernen Sie schon noch. Je schneller wir die Sache hinter uns bringen, desto besser. Man soll das Eisen schmieden, solange es heiß ist. Sobald wir unseren Fall gelöst haben, bekommen Sie Ihren freien Tag zurück, versprochen.«

Wieland zieht einen Flunsch, langt aber wortlos seine Jacke vom Haken und nimmt den Autoschlüssel vom Brett. Er will es sich nicht gleich zu Anfang mit seinem neuen Chef verderben.

* * *

»Sind Sie eigentlich ein Linker?«, will Lutz wissen, kurz nachdem sie losgefahren sind.

»Wie bitte? Sie wollen wissen, was ich wähle?«

Lutz muss lachen: »Nein, ob Sie Links- oder Rechtshänder sind.«

»Ach so! Absoluter Rechtshänder, Chef. Ich habe schon Schwierigkeiten, mir die Fingernägel der rechten Hand zu schneiden.«

»Sehen Sie, da habe ich es besser. Ich kann es links und rechts gleich gut. Ich bin ein umgeschulter Linkshänder. Das heißt, eigentlich wäre ich ein Linkshänder gewesen, aber man hat mich nicht gelassen. Man hat mich umzubiegen versucht wie eine Büroklammer. Dabei habe ich mir das doch nicht im Übermut ausgesucht. Linkshänder zu sein ist eine Veranlagung.«

»Ja klar, Chef. Die einen sagen, Linkshänder zu sein ist eine Gnade, andere sagen, es ist eine Heimsuchung. Genau wie bei den Schwaben.«

»Das will ich jetzt überhört haben, Wieland! Für mich ist diese Angelegenheit überhaupt nicht witzig. Als kleines Kind haben sie mir den Löffel im rechten Winkel nach hinten gebogen, stellen Sie sich das vor! Ich konnte damit nur essen, wenn ich ihn in die andere Hand nahm. Eine Gemeinheit war das für mich, reine Schikane.«

»Stimmt. Ich habe auch nie verstanden, dass man seine Suppe mit der rechten Hand löffeln soll, die Gabel aber mit der Linken zum Mund führt. Sagt Knigge.«

»Hab ich jemandem guten Tag gesagt, hieß es: ›Nicht doch, nimm das schöne Händchen!‹ Auch in der Schule: ›Nimm das schöne Händchen!‹ Hielt ich den Stift in der bequemeren und geschickteren Linken, bekam ich mit dem Stöckchen eins drauf: ›Wirst du wohl das schöne Händchen nehmen!‹ Ergebnis: Ich habe heute noch eine krakelige Handschrift. Aber ich kann immer noch ganz gut auch mit links schreiben.«

»Bei uns in der ersten Klasse haben drei oder vier Kinder links geschrieben. Das war bei uns schon längst normal.«

»Tja, Wieland, das war auch Jahrzehnte später. Heute hat man in der Hinsicht viel dazugelernt. Ich fand immer, die eine Hälfte der Menschheit wird von der anderen unterdrückt.«

»Hälfte? Ich habe gelesen, 36 Prozent der Menschen seien geborene Linkshänder. Die Gehirnstruktur sei bei denen anders. Meine Oma sagt immer: ›Armer Tropf, verdreht im Kopf.‹«

»Also Wieland, ich darf doch bitten!«

»Sage nicht ich, Chef, sagt meine Oma.«

»Aber wirklich nur 36 Prozent? Hat sich deshalb also rechts durchgesetzt? Ich hatte immer geglaubt, das sei eine zufällige Laune unserer Kultur. Irgendwann hätten sich irgendsolche tonangebenden Leute aus irgendwelchen unerfindlichen Gründen für rechts entschieden und seither hätten wir Linkshänder dieses Problem der Diskriminierung. Zufall, Aberglaube, oder es steckt wie bei allen Übeln dieser Welt wohl auch da eine Religion dahinter.«

»Vorsicht, Chef: Das Jagsttal ist ganz überwiegend streng katholisch!«

»Ich aber nicht. Sehen Sie, Wieland, in der Bibel steht, wie es beim Jüngsten Gericht einmal zugehen wird: ›Und er wird die Schafe zu seiner Rechten stellen und die Böcke zu seiner Linken. Dann wird er sagen zu denen zur Linken: Gehet hinweg von mir, ihr ewig Verfluchten!‹ An anderer Stelle heißt es über Jesus: ›Er wird sitzen zur Rechten Gottes, seines Vaters.‹ Zur Rechten sitzen oder gehen gilt bei uns als eine Ehrenbezeugung.«

»Klar, Chef, Sie dürfen ja auch rechts neben mir sitzen, wenn ich fahre.«

»Ha, Sie wissen halt, was sich gehört, Wieland! Aber im Ernst: Schon damals hatte alles Linke einen negativen Klang: Wer ungeschickt ist, wird linkisch genannt und hat zwei linke Hände. Wer betrügt, der linkt seine Mitmenschen. Eine linke Tour lehnen wir ebenso ab wie eine linke Type. Besonders im Orient und in Asien gilt die Linke als unrein. Weil sich die Leute dort mit links den Hintern wischen, muss die Linke beim Essen unter dem Tisch bleiben. Haben Sie das gewusst?«

»Deshalb waschen wir uns also vor dem Essen die Hände, damit wir nachher beide auf den Tisch legen können?«

»Ja, machen Sie sich nur lustig! Sie geborener Rechtshänder wollen absolut nicht wahrhaben, dass hier ein ernstes Problem vorliegt. Es ist doch so: Wir schreiben mit rechts von links nach rechts. Wir fahren rechts, im Straßenverkehr gilt rechts vor links. Der Uhrzeiger läuft ebenso rechtsherum wie eine Schraube und eine Bohrmaschine. Auch Fotoapparate sind für Rechtshänder gebaut, selbst die Scheren. Rechts ist recht, das heißt richtig, nicht nur bei der Recht-schreibung und der Recht-sprechung. Wir begrüßen uns mit rechts und wir schwören mit rechts. So ist es recht, sagen wir und meinen, so ist es gut. Die Begriffe gerecht, aufrecht oder berechtigt haben eine positive Bedeutung. Es geht eben alles mit rechten Dingen zu. Sogar bei Milchsäurebakterien sollen die rechtsdrehenden leichter verdaulich sein als die linksdrehenden.«

»Gilt aber nicht generell, Chef. Bei zahlreichen Naturvölkern ist die linke Hand die wichtigere. Sehen Sie, wir heften uns Orden und Abzeichen auf die linke Seite. Die Amis legen bei der Nationalhymne ihre Hand auf die linke Brust, weil dort das Herz sitzt. Bei einer schwarzen Katze sagt meine Oma: Von rechts nach links, Gutes bringt's, von links nach rechts bringt es Schlecht's. Außerdem fahren sie in England und in Irland alle links herum, ich glaube, auch in Indien und Pakistan, in Malaysia und Indonesien, in Australien, Japan und vielen anderen Ländern. Die arabische Schrift geht von rechts nach links. Es ist also nicht ganz so, wie Sie sagen.

Übrigens ist es oft auch nur eine Frage, von welcher Seite man die Sache sieht. Steigen Sie eine Wendeltreppe hoch, gehen Sie rechts herum, von oben nach unten aber bekommen Sie auf derselben Treppe Ihren Drehwurm nach links. Die Sonne läuft von Ost nach West. Sieht man zu ihr hin, läuft sie also rechts herum. Kehrt man ihr aber den Rücken zu, ist es eben umgekehrt. Entsprechend die Erddrehung: Schau ich nach Süden, dreht sich die Erde nach links, nehme ich einen Globus, wo Norden immer oben ist, dreht er sich nach rechts. Auf allen Sternkarten läuft die Erde links herum um die Sonne. Oder sehen Sie sich die Wetterkarte an: Alle Tiefdruckgebiete kreiseln nach links, die Hochdruckgebiete aber im Uhrzeigersinn. Auf der Südhalbkugel ist es dagegen genau umgekehrt. Ein Wasserstrudel im Abfluss dreht sich bei uns links herum. Lebe ich auf der Südhalbkugel, kreiselt er nach rechts. Herren knöpfen ihre Kleidung nach rechts, Damen aber nach links. Es gibt selbst Schrauben und Muttern, die man nach links zudreht: Alle Gasinstallationen zum Beispiel haben Linksgewinde. Sie sehen, ganz so einseitig ist die Sache nicht. Mal links, mal rechts, vom unendlichen Weltall bis hinunter zu den winzigen Bakterien in Ihrem Joghurtbecher.

Im Übrigen sollen die Linkshänder die kreativeren Menschen sein, Chef. Michelangelo war zum Beispiel einer, Leonardo da Vinci auch und der olle Goethe. Tröstet Sie das ein wenig?«

»Links, Wieland, links! Biegen Sie hier links ab. Wir gehen zuerst in den ›Ochsen‹. Und denken Sie an den Gerichtsmediziner: Wir richten unser Augenmerk ab jetzt besonders auf Linkshänder.«

* * *

An der hölzernen Wirtshaustür des »Ochsen« ist mit Reißnägeln ein DIN-A4-Blatt befestigt: »Vorübergehend geschlossen«.

Die beiden gehen durch den leer stehenden Biergarten ans Jagstufer hinunter. Lutz verspricht sich etwas davon, den Fundort der Leiche vom Vortag noch einmal zu einer anderen Tageszeit und bei anderem Licht in Augenschein zu nehmen.

Wieland weiß nicht so recht, was sie hier noch sollen, und steht etwas hilflos in der Landschaft. Sollten sie beide etwa mehr sehen als die ausgebufften Fachleute von der Spurensicherung? Er beobachtet seinen Chef, wie der sinnend aus verschiedenen Blickwinkeln das Ufergestrüpp betrachtet, eine Hand in der Hosentasche, den Zeigefinger der anderen nachdenklich über die Lippen gelegt.

»Was ist das?« Lutz deutet auf ein Rechteck direkt neben dem Fluss, etwa fünf auf zehn Meter, ein Becken, mit Holzstangen eingefasst. Es hat zur Jagst hin ein Rohr als Zulauf und eines als Ablauf. »Forellen?«

Wieland nickt. »Der ›Ochsen‹ ist bekannt für frische Forellen.«

Lutz steht gebückt an der Stelle, wo gestern der Tote lag. Alles ist niedergetrampelt. Vielleicht kann man jetzt, bei dem helleren Mittagslicht, doch noch etwas entdecken, was ihnen gestern Abend entgangen ist. Einen verlorenen Gegenstand, Spuren eines Kampfes vielleicht, einen abgerissenen Knopf, irgendwas … Er sieht verkrustetes Blut auf Löwenzahnblättern, aber das bringt ihn nicht weiter.

»Hier hatten doch die Rettungssanitäter gestern den Toten hingelegt, nicht wahr?« Lutz deutet vor sich auf das Löwenzahnbüschel.

Wieland, der etwa zehn Meter abseits im Gras steht, antwortet nicht sofort, geht in die Hocke.

»Nein, Chef. Hier hat der Tote bestimmt nicht gelegen. Aber hier ist Blut.«

»Was, dort auch? Wie kommt das da hin?«

Lutz geht zu seinem Assistenten hinüber und bückt sich. Er pfeift leise durch die Zähne: »Interessant, Adlerauge!«

Die beiden tüten sorgfältig das blutige Kräutlein ein. Sie gehen über die Wiese, wo gestern noch die Biertische standen, zum Gasthaus hinüber. Der Jagdhund des Ochsenwirts liegt mit der Schnauze auf den Pfoten vor seiner Hundehütte und schielt zu den Beamten hinüber, als ob er traurig wäre. Sie klingeln am seitlichen Eingang zur Wohnung der Wirtsleute.

»Es ist offen!«, ruft jemand von drinnen.

Jetzt springt der Hund auf und schlägt wütend an.

Der Sohn des Toten, Paul, wirkt etwas gefasster als gestern. Da war er völlig durch den Wind und kaum ansprechbar gewesen. Bleich, übernächtigt, mit fahrigen Bewegungen steht er vor dem Wohnzimmertisch, der mit mehreren Schnellheftern und Stapeln von Papieren bedeckt ist.

»Ich sichte gerade diverse Unterlagen meines Vaters. An denen muss er gestern noch gearbeitet haben. Da bin ich hier auf merkwürdige Belege gestoßen, die ich mir nicht erklären kann. Hier, sehen Sie diese Kontoauszüge. Es handelt sich um erstaunlich hohe Abbuchungen und Gutschriften. 20 000, 80 000, 50 000 Euro. Meist runde fünfstellige Beträge. Abgewickelt wurden sie über die hiesige Raiba-Filiale. Von der Gastwirtschaft oder von seinen Holzverkäufen können diese Summen nicht stammen.«

»Holzverkäufen?«

»Wir haben viel Wald.«

»Haben Sie sich verletzt?« Lutz zeigt mit dem Kinn auf Pauls linke Hand, die ihm die blauen Kontoauszüge hinhält.

Zwei blutige Kratzer ziehen sich über den Handrücken und aus dem Hemdärmel lugt ein weißer Verband hervor.

»Hundebiss?«

Paul scheint verlegen: »Ja, stimmt. Also, das war der Rezzo.«

»Ziemlich frisch, hm?«

»Ja, genau. Das war … also heute früh, beim Füttern, da bin ich dem Rezzo wohl zu nahe gekommen. Hat er noch nie gemacht. Ich weiß auch nicht, was in ihn gefahren ist.«

Paul schaut verlegen aus dem Fenster. Hundert Meter weiter sieht er den Volvo des Filialleiters vor der Raiffeisenbank stehen. Eine willkommene Gelegenheit, das Thema zu wechseln.

»Komisch, dort vor der Bank steht der Wagen von Filialleiter Dierolf. Am Sonntagmittag! Den könnten wir doch gleich nach dem Konto meines Vaters fragen. Was meinen Sie? Der kann uns das sicher erklären.«

Als die drei über den Hof zur Straße gehen, springt der Hund auf, knurrt, fletscht die Zähne, reißt an seiner Kette, bellt heiser, springt hoch und gebärdet sich wie wild.

»Was hat er denn?«, wundert sich Wieland. »Eben war er noch ganz friedlich.«

»Ach«, meint Paul, »eigentlich ist er Fremde gewohnt. Aber seit gestern ist Rezzo völlig durcheinander. Kann man auch verstehen, nach dem, was passiert ist, oder? Er war ja dabei! Man weiß nie, was in so einem Tier vorgeht.«

Er hält sich außer Reichweite der Kette und macht auch keinen Versuch, das aufgebrachte Tier zu beruhigen.

* * *

Am Sonntag hat die Bank natürlich geschlossen, aber durch ein Seitenfenster sehen die drei, wie drinnen ein Mann hektisch an einem Aktenvernichter arbeitet.

Wieland klopft an die Scheibe und winkt.

Eine Tür wird geöffnet: »Ja, bitte?«

»Kommissar Wieland von der Kripo Künzelsau. Und das hier ist Kriminalhauptkommissar Lutz. Wir ermitteln im Fall des getöteten Ochsenwirts. Sie haben davon gehört?«

»Ja, heute früh. Schrecklich, gell? Wer tut so etwas?«

»Sind Sie hier der Filialleiter, Herr ...?«

»Dierolf.«

»Herr Dierolf, wir hätten da eine Frage an Sie, die Sie uns sicher rasch beantworten können.«

»An mich? Wegen dem Ochsenwirt?«

»Dürfen wir kurz reinkommen?«

»Wieso? Heute ist Sonntag. Ich wollte gerade gehen und wieder abschließen. Fragen Sie halt.«

Lutz ergreift das Wort: »Kommen Sie, gehen wir lieber rein.«

Ohne eine Antwort abzuwarten, drängelt er sich schon an Dierolf vorbei in den Gang und betritt das Büro des Filialleiters. Dierolf folgt ihm verdutzt, Wieland und Paul betreten ebenfalls das kleine Büro.

»Sie arbeiten auch sonntags?«, will Lutz wissen.

»Normalerweise natürlich nicht. Aber mir ist vorhin eingefallen, dass ich gestern etwas vergessen habe, und das wollte ich schnell erledigen.«

»Akten vernichten? Soso. Das muss aber sehr dringend sein.«

»Tja, wann hat man schon für so etwas Zeit?«

Lutz nimmt die Papiere auf dem Schreibtisch in Augenschein, von denen gerade ein Teil geschreddert worden war, und entdeckt den Namen des Ochsenwirts auf dem Rücken eines Aktenordners.

»Sie vernichten Papiere aus diesem Ordner? Sie gestatten, dass ich den Ordner an mich nehme.«

Dierolf widerspricht energisch: »Das geht auf gar keinen Fall! Das sind vertrauliche Unterlagen. Sie würden das Bankgeheimnis verletzen. Das dürfen Sie nicht. Dazu bräuchten Sie, soviel ich weiß, eine richterliche Anordnung.«

»Aha, der Herr schaut öfter Krimis! Herr Dierolf, wir haben es hier mit einem Kapitalverbrechen zu tun. Ist Ihnen das klar? Mord und Totschlag sind keine Kleinigkeiten. Alles, was mit der Person des Getöteten in Zusammenhang steht, kann für die Aufklärung des Falles von Bedeutung sein. Also: Der Ordner ist beschlagnahmt.«

Lutz beginnt sogleich zu blättern und stößt auf einen Brief des Ochsenwirts an Dierolf, in dem er ihm androht, »die ganze Geschichte mit den Transaktionen« auffliegen zu lassen, wenn die Bank nicht die durch die Finanzkrise der letzten Monate ausgelösten Totalverluste »auf ihre Kappe nimmt«.

»Das müssen Sie mir erklären. Hat das etwas mit diesen Kontoauszügen hier zu tun, die wir mitgebracht haben?«

Dierolf wirft einen flüchtigen Blick auf die Unterlagen, die Paul ihm auf den Tisch legt. »Muss ich darüber sprechen?« Er wirkt ziemlich verzweifelt.

»Sie müssen. Entweder jetzt gleich oder morgen Vormittag im Kommissariat in Künzelsau.«

»Aber das Bankgeheimnis …«

»Verstecken Sie sich nicht hinter dem Bankgeheimnis, Herr Dierolf! Oder soll ich Ihnen jetzt sämtliche Türen versiegeln und morgen mit einem Trupp Beamter ihre

Bank auf den Kopf stellen? Der Skandal könnte kaum größer sein.«

»Um Himmels willen!«

»Also?«

Dierolf windet sich, wendet seinen Kopf unentschlossen hin und her. Schließlich gibt er seinen Widerstand auf.

»Also gut. Ich kann Ihnen diese Kontoauszüge erklären. Ich werde Ihnen den ganzen Vorgang schildern und die Angelegenheit restlos aufklären. Aber mit der dringenden Bitte, dass Sie mir Vertraulichkeit zusichern.«

»Das wird man sehen. Und jetzt raus mit der Sprache!«

Erst stockend, dann immer befreiter wie bei einer Beichte berichtet Dierolf, wie er gemeinsam mit dem Ochsenwirt über drei Jahre hinweg riskante Papiere am internationalen Finanzmarkt gehandelt hat. Die stetig steigenden Geldanlagen hatte er trickreich durch wechselnde Umbuchungen und Stornos an den Bilanzen der Bank vorbeimogeln können.

»Absolut nichts Ungesetzliches«, beteuert er ein ums andere Mal, »alles vollkommen legal. Nur eben … ohne Wissen meiner Vorgesetzten.«

Er, Dierolf, hatte das Wissen und die Verbindungen, der Ochsenwirt hatte das Anfangskapital. Die Gewinne waren beträchtlich. Man hat sie sich brüderlich geteilt und meist sofort wieder investiert.

Nun aber ist mit der Pleite der Investmentbank das gesamte Anlagevermögen über Nacht wertlos geworden. Dierolf hat nur seine reinvestierten Gewinne verloren, schlimm genug. Dem Ochsenwirt aber drohte der finanzielle Ruin. »Die Bank kann das verkraften, ich nicht«, hatte er kurz angebunden Dierolf angeblafft. »Sieh zu, wie du die Sache deichselst!«

Dierolf hatte Bedenken geäußert. Bisher seien die Transaktionen nur als durchlaufende Posten verbucht worden und konnten verschleiert werden. Wenn die Bank nun in Form von umfangreichen Wertberichtigungen die Verluste übernähme, tauchten sie aber in der Bilanz auf. Er wisse nicht, wie er die horrenden Abschreibungen vor seinem Vorstand rechtfertigen solle.

Da war der Ochsenwirt grob geworden, hatte »Schwätz kaan Scheiß!« geschrien und Dierolf am nächsten Tag ebendiesen Brief geschrieben, den Lutz nun in die Finger bekommen hat. Das Schreiben ist vom letzten Donnerstag.

Lutz liest laut daraus vor: »›Wenn ich meinem Jagdgenossen Weidner, dem Vorstandsvorsitzenden der Raiba Jagsttal, mein Leid klage, wie ich durch Deine windigen Empfehlungen mein ganzes Vermögen verloren habe und dass ich die Bank wegen Falschberatung haftbar machen werde, dann dürfte über Dich die wahre Hölle hereinbrechen. Das muss Dir doch klar sein. Am Ende wirst Du mit Schimpf und Schande davongejagt und bekommst beruflich kein Bein mehr auf den Boden. Willst du den Weg vom Filialleiter zum Hartz-IV-Empfänger beschreiten? Überleg Dir das gut. Du hast doch auch Frau und Kind und Euer schönes Haus noch nicht abbezahlt. Also sieh zu, wie du die Sache geräuschlos über die Bühne bringst, dann halte ich den Mund …‹«

Der Filialleiter tupft sich mit dem Taschentuch Schweißperlen von der Stirn.

Lutz lässt das Schreiben sinken und sieht Dierolf fest in die Augen. »Der Ochsenwirt hat Sie erpresst.«

»Heute früh, als ich hörte, was passiert war, ist mir sofort klar geworden, dass ich jetzt aus dem Schneider bin. Ich wusste: Die ganzen Verluste bleiben allein am Ochsenwirt hängen. Dem ist es ja jetzt sowieso egal. Es war ja auch sein Geld. Und es war seine Idee. Ich musste nur noch die Unterlagen beseitigen und kein Mensch würde je etwas davon erfahren.«

»Ihnen kommt also der Tod des Ochsenwirts gelegen, sehr gelegen?« Lutz sieht Dierolf nachdenklich an.

»Ja, genau!«, fällt da Paul eifrig ein. Plötzlich ist er hellwach. »Der Tod meines Vaters kam für Sie genau zum richtigen Zeitpunkt. Na, das ist ja interessant!«

»So würde ich das nicht gerade sagen«, wehrt Dierolf ab. »Aber diese unheimliche Drohung, die über mir hing, war plötzlich weg, das stimmt.«

»Sag ich doch!«, ruft Paul triumphierend. »Wie praktisch, was? Na, so ein Zufall aber auch!«

Lutz macht eine abwehrende Handbewegung zu Paul hinüber und nimmt seinen Gedanken wieder auf. »Sie waren durch die Drohung Ihres Geschäftspartners in Panik geraten?«

»Panik – vielleicht. Ich wusste nicht mehr ein noch aus. Er wollte heute Abend mit Weidner auf die Jagd gehen. Was hätte mich am Montag in der Bank erwartet?«

»Da könnte man schon auf den Gedanken kommen, Sie hätten in dieser gefährlichen Situation die Flucht nach vorn angetreten und die Bedrohung aus der Welt geschafft.«

»Wie meinen Sie das?«

»Sie waren in die Enge getrieben. Wer sich in die Enge getrieben sieht, wehrt sich, der lässt alle Hemmungen fahren, der wird gefährlich.«

»Ich verstehe Sie nicht.« Wieder tupft Dierolf sich die Stirn.

»Sie verstehen mich sehr gut. Ich kann eins und eins zusammenzählen, Herr Dierolf. Sie wussten auf der einen

Seite, Sie können dem Willen des Ochsenwirts unmöglich entsprechen. Sie wussten außerdem: Am Sonntagabend würde alles herauskommen und Sie wären erledigt. Sie mussten handeln. Noch vor Sonntagabend. Tote stellen keine Forderungen und Tote plaudern nichts aus. Die einzige Lösung Ihres Dilemmas hieß: Der Ochsenwirt muss weg.«

»Das ist nicht Ihr Ernst!«

»Mein Ernst? Das ist Ihre Logik, Herr Dierolf. Wir sprechen uns noch … Ach, sagen Sie mir noch eins: Waren Sie gestern bei dem Konzert im Ochsengarten?«

»Ich? Konzert? Was für ein Konzert? Ach so, ja, Annâweech hat gespielt. Ich habe die Plakate gesehen. Bei uns hängt ja auch eins. Nein, war ich nicht. Da hatte ich zu tun.«

»Wo?«

»Hier in der Bank.«

»Auch am Samstagnachmittag?« Lutz dreht sich im Gehen noch einmal um. »Übrigens: Wir haben Sie vorhin am Aktenvernichter arbeiten gesehen – Sie sind Linkshänder?«

»Ja, warum fragen Sie?«

Als sie wieder im Auto sitzen, geht Wieland der Satz seines Chefs durch den Sinn: »Aha, der Herr schaut öfter Krimis!«

»Schauen Sie eigentlich Krimis?«, will er wissen.

»Ich? Wo denken Sie hin! Tagsüber Verbrechen aufklären und sich abends diese absurden Filmchen reinziehen? Denken Sie, ein Priester guckt ›Um Himmels Willen‹?«

»Ha, ich weiß es, Chef: Wahrscheinlich sehen Pfarrer sonntagabends ›Tatort‹ und Kriminaler ›Pfarrer Braun‹.

Hinterher meint dann jeder, jetzt wisse er Bescheid, wie's bei denen tagsüber so zugeht.«

* * *

Bauer Karle, den Lutz und Wieland als Nächsten aufsuchen, wird von den beiden wie schon gestern vom Sofa geholt. Er hat nach dem aufgewärmten Mittagessen gerade seinen sonntäglichen Mittagsschlaf halten wollen. Von Wiedersehensfreude ist ihm denn auch nicht das Geringste anzumerken. Vielmehr braust er sogleich auf, als die beiden ihn an der Haustüre begrüßen.

»Ihr zwaa Schlaubercher scho widder? Ihr hent mr grad no gfehlt! Hent ihr am heiliche Sunndichmiddooch nix Bessers z'duene als do rumschnüffle?«

Kommissar Wieland geht sogleich auf den Ton des ungnädigen Bauern ein: »No macht emol langsam, Bauer Karle! Mir hent a boor Frooche und scho simmer widder fort. Eins, zwei, drei, isch glei vorbei.«

»Na, hoffentlich!«

»Herr Karle«, Lutz bemüht sich um einen sachlichen Ton, »die Sache mit der Gabel ist uns noch nicht ganz klar. Wie viele Gabeln besitzen Sie?«

Karle kratzt sich am Kopf. »Vier, worom?«

»Und wo bewahren Sie die auf?«

»Im Scheuerle.«

»Dürfen wir die mal sehen?«

»Hent ihr no nie a Gawel gseh?«

»Bitte!«

»Von mir aus.«

Karle geht den beiden brummelnd voraus in die Scheunendurchfahrt.

»Wow!«, ruft da Wieland entzückt, »Was steht denn hier? Wo haben Sie denn den her?«

Ehrfürchtig umkreist er langsam einen uralten Traktor. Lutz wundert sich. Er hätte das Teil keines Blickes gewürdigt, sondern eher für ein schrottreifes Stück grünen Sperrmülls gehalten.

»Ich fass es nicht, Herr Karle! Ein alter Kramer, dass es die noch gibt! Ist das nicht ein KL 200 aus den 60er-Jahren?«

»Nââ, des isch mei KL 360 von 1968. Von dem sind sellemols bloß 700 Stück baut worde. Der hat e spitze Schnauze und 35 PS, der 200er hat e runde Schnauze und bloß 20 PS. Verstehn Sie ebbes von alde Bulldog?«

»Mein Opa hatte einen alten Fendt. Er und mein Vater haben mich immer zu den Traktoren-Treffen in Künzelsau-Haag mitgenommen. Dort paradieren jedes Jahr die schönsten Schmuckstücke der Region aus vergangenen Jahrzehnten. Arbeiten Sie noch mit dem Kramer?«

»Ha freile. Der duets mir noch. Echte deutsche Qualität. So ebbes wird heut gar nimme baut. Und wenn emol was isch, kann i's noch selber richte. Glaube Sie, die neumodische Computer auf vier Räder laafet aa 40 Johr? Sind voll mit Elektronik und koschde ums Nomgucke gleich 100 000 Euro. So ebbes brauch i nimme.«

Lutz winkt ungeduldig. Wieland kann sich nur schwer von dem alten Kramer trennen.

In die Holzwand der Scheunendurchfahrt sind eine ganze Reihe 10-Zoll-Nägel geschlagen. An ihnen hat Bauer Karle seine Gerätschaften hängen, auch Schnüre, Stricke und Riemen hängen da. Als seine Frau noch lebte, erzählt er, hatte jeder sein Werkzeug. Er schreitet die Reihe ab. Da hängen zwei Rechen, zwei Schaufeln, zwei Spaten, zwei

Hacken und zwei Gabeln. Lutz geht nahe an die Gerätschaften heran und inspiziert die Stiele. Alle tragen sie die Initialen »EK« eingebrannt.

»Sie sagten, Sie haben vier Gabeln.«

»Stimmt, zwaa Heugaweln, zwaa Mischtgaweln. Die ei Mischtgawel loint dusse an der Wand, mit dere hob i gestrich no de Miischt uffgsetzt. Und die ander Heugawel, die steckt auf meim Wiesle in 'me Haufe Heu. Des isch gestrich lieche bliewe. Des will i morche ufflade und haamfiehre. Die do hänge, des wore die Gaweln von meiner Fraa.«

»Darf ich mal?«

Lutz nimmt eine der Gabeln vom Haken, fasst sie fest in beide Hände und stößt sie mit Wucht in einen Strohballen. Einmal von links, einmal von rechts.

»Machen Sie das mal nach«, fordert er Karle auf.

»Und was soll des?«, will der verärgert wissen.

»Nun machen Sie schon!« Lutz reicht ihm die Gabel.

Bauer Karle nimmt sie widerwillig brummend und stößt zu. Lutz und Wieland beobachten, dass er sie dabei rechts hält.

»So«, sagt Lutz, »und jetzt andersherum!«

»Wie, andersrum?«, fragt Karle erstaunt.

»Ha, auf der anderen Seite halt. So, wie ich es eben gemacht habe.«

Karle wechselt die Gabel nach links, versucht die Hände abwechselnd oben und unten anzusetzen, lässt die Gabel aber wieder sinken und meint: »Des goht doch gor net. Do krieg i ja en Knopf in d' Ärm.«

Nun fordert Lutz seinen Assistenten Wieland auf, es zweimal zu versuchen, links und rechts. Das Ergebnis ist das gleiche.

»Es geht tatsächlich nur mit rechts«, meint der.

»Und was soll jetzet des ganze Kasperletheater? Wellet Sie mir au no beim Heue helfe?«, bellt Karle. »No kommet er morche früh um siewene. Aber jetzt lasset er mir mei Ruah.«

Lutz geht gar nicht darauf ein und fragt stattdessen: »Was ist der Unterschied zwischen einer Heugabel und einer Mistgabel?«

»Ha, so a bleede Frooch, seahnt ihr des net? A Heugawel, mit der mr au fuedere tut, die hot drei Zinke, a Mischtgawel hot vier. Awwer des waas doch a jeds Kind! So saudumm könnet bloß Kochertäler frooche – oder Städter. Und ihr zwaa seid beides. So, jetzt wisset ihr, was i von euch halt!«

»Warum sind Sie denn bloß so böse zu uns, Herr Karle?«

»Worom i bös uf euch bin? Im ganze Dorf wird rumgschwätzt, i häb de Ochsewirt umbrocht. Und vom wem kommt des Gschwätz? Von euch zwaa natierlich! Wenn i komm, gucket se alle weg und kaaner schwätzt meh ebbes. Heit morche bei dr Frühmess hot me kaaner meh griaßt. Bloß bleed glotzt hen se ond sin von mer weggruckt in dr Kirch. Dr Pfarrer hat domm rausgschwätzt von me Deifel, der in onserm Dorf umgeht. Als ob er da mi gmaant hätt. Und do soll i net bös sei? Älles wege nix und wieder nix, sapperlot!«

»Herr Karle, ist Ihr Wiesle weit weg?«

»A wa, glei dohanne an dr Joogscht. Des isch mei Wiesle, wo die Dummbaidl gestrich ihre Kärre neig'stellt hent. Seahnt'r die Laaser?« Karle zeigt hinüber zu der Wiese mit den tiefen Reifenspuren im aufgeweichten Grund.

»Ach ja«, meint Lutz, »da liegt ja auch der Heuhaufen. Aber eine Gabel?«

Die drei gehen gemeinsam die paar Schritte zu der Wiese hinüber.

»Ha, so ebbes! Ja, Heilandsdunnderwetter!« Bauer Karle umkreist fuchtelnd den Heuhaufen und regt sich schon wieder auf.

»Ach, du Schreck, die Gabel ist weg!«, sagt Wieland mit suchendem Blick.

»Kein Wunder«, brummt Lutz, »die liegt ja bei uns auf dem Polizeirevier.«

***

Da der »Ochsen« geschlossen ist, versuchen die beiden Beamten ihr Glück im »Stern«.

»Für mich bitte ein Viertele Niedernhaller Distelfink Spätburgunder und für ihn ein Clausthaler. Der muss noch Auto fahren.«

»Clausthaler haben wir nicht«, meint der Wirt. »Darf's auch ein Distelhäuser alkoholfrei sein? Das kommt aus der Region.«

Sie bestellen als Mittagessen das Tagesmenü 1: Als Vorspeise Rinderkraftbrühe mit Flädle. Als Hauptgang Geschnetzeltes vom Hohenloher Landschwein mit handgeschabten Spätzle und Rahmsoße mit frischen Waldpilzen, dazu in Butter gedünstetes Sommergemüse, das Ganze garniert mit grünem Kräutersalat aus der Jagstaue. Als Nachtisch gibt es Zitroneneis mit heißer Himbeersauce.

Lutz zeigt sich spendabel: »Das geht auf meine Rechnung, Wieland. Sie opfern ja auch Ihren Sonntag.«

»Danke, Chef! Für Sie als Schwaben ist das ja gänzlich untypisch, wenn ich das mal so sagen darf.«

»Wie meinen Sie das?«

»Na, man sagt ja, stammesgeschichtlich hätten die Schwaben vor der Völkerwanderung in Schottland gesiedelt.«

»In Schottland? Und wie sind die dann hierhergekommen?«

»Sie wurden dort wegen übergroßer Sparsamkeit, anders gesagt, wegen Geizes des Landes verwiesen.«

»Also, das will ich jetzt aber überhört haben, Herr Kommissar!«

Der Wirt, der das Funkgerät mit dem Polizeistern auf dem Tisch liegen sieht, fragt neugierig: »Sind die Herren wegen der Sache mit dem Ochsenwirt unterwegs? Schrecklich! Weiß man da schon etwas?«

»Wenig Konkretes«, brummt Lutz. »Wir fangen ja erst an.« Dann mustert er den »Stern«-Wirt: »Wie sind Sie eigentlich mit Ihrem Konkurrenten, dem Ochsenwirt, ausgekommen? Er hatte ja nicht nur Freunde im Dorf, wie ich gehört habe.«

Der Angesprochene kratzt sich am Kopf: »Wir waren mehr Kollegen als Konkurrenten. Sicher, er war schon eigen, aber ich hatte keine Probleme mit ihm.«

»Eigen?«

»Na ja, er ließ sich nicht gerne etwas sagen. Es sollte alles möglichst nach seinem Willen gehen. Das halbe Dorf hat nach seiner Pfeife getanzt. Das haben wohl auch seine Ämter mit sich gebracht. Er war Ortsvorsteher, für die CDU im Kreistag, im Kirchengemeinderat, Vorsitzender des Gesangvereins, vor Jahren auch Vorsitzender der Flurbereinigung. Außerdem ist er hier der größte Waldbesitzer und Jagdpächter noch dazu. Platzhirsch sagen die

Jäger. So einer hat halt schon ein großes Ego, noch größer als sein protziger Geländewagen.«

»Aber Sie hatten keine Probleme mit ihm?«

»Sehen Sie, der ›Ochsen‹ ist eine Bauernwirtschaft. Die läuft zwar recht gut, aber es ist halt eine Bauernwirtschaft. Das einzig Besondere, was Sie dort außer Schnitzel und guter Hausmannskost bekommen, sind seine Forellen. Bei mir, das sehen Sie ja selbst, finden Sie ein Ambiente, das eher eine gehobene Kundschaft anspricht. Unsere Speisekarte bedient verwöhntere Ansprüche, wenn sie auch konsequent regional geprägt ist. Damit ziehen wir Gäste aus der Region an, die in idyllischer Umgebung gepflegt bedient sein wollen. Unsere Gäste kommen aus dem ganzen Hohenloher Raum, auch vom Neckartal und aus Bayern herüber. Im ›Ochsen‹ kehren die Leute aus dem Dorf und aus der näheren Umgebung ein. Von den Radfahrern, die in immer größeren Scharen auf dem Kocher-Jagst-Radweg durch Jagstbach kommen, kehren die Familien und die Radlergruppen eher im Ochsengarten ein, während die betuchteren Rennradtouristen und die Individualisten, die gerne mit Kreditkarte bezahlen, den ›Stern‹ vorziehen. Sie sehen also, ›Stern‹ und ›Ochsen‹ sind keine Konkurrenz. Wir tun uns gegenseitig nicht weh.«

»Seit wann gibt es den ›Stern‹?«

»Wir haben ihn vor sechs Jahren übernommen. Damals war er noch die zweite Dorfwirtschaft hier. Zügig haben wir den ›Stern‹ zu dem ausgebaut, was er heute ist. Manche Jagstbacher haben daraufhin ihren Stammtisch vom ›Stern‹ in den ›Ochsen‹ verlegt. Als der Ochsenwirt das gemerkt hat, hat er auch aufgehört, gegen uns zu stänkern und uns als ›Reigschmeckte‹ und als ›Nobelschuppen‹ zu bezeichnen.«

»Wie war Ihr persönlicher Kontakt zu ihm?«

»Grüß Gott und ade. Mal ein Wort übers Wetter, über den Bierpreis vielleicht oder den Tourismus. Mehr hatten wir uns nicht zu sagen. Ich bin ja auch kein Jagstbacher und im Dorf nicht wirklich eingebunden. Mich hat er in Ruhe gelassen.«

»Die anderen nicht?«

»Ach, er hat hier schon das große Wort geführt, hat niemand neben sich geduldet. In einer Bürgerversammlung habe ich einmal miterlebt, wie wenig er Widerspruch ertragen konnte. Er zeigte sich grob, ungeduldig und herablassend denen gegenüber, die eine andere Meinung hatten.«

»So macht man sich Feinde.«

»Kann schon sein, dass er Feinde hatte. Es gab auch immer wieder Gerede.«

»Gerede? Worüber?«

»Nein, nein, meine Herren, das möchte ich nicht auch noch kolportieren! Dorfklatsch halt. Keine Ahnung, ob da etwas dran war. Wissen Sie, ein guter Wirt ist wie ein Priester.« Er legt den Zeigefinger auf die Lippen. »Beichtgeheimnis, haha! Man darf nicht vergessen: Der Mann hat auch viel für das Dorf getan, das weiß hier jeder. Ich kann mir, ehrlich gesagt, keinen aus dem Ort vorstellen, der ihn hätte umbringen wollen. Und sollten Sie tatsächlich den Eugen Karle im Visier haben, wie man erzählt, dann lassen Sie sich sagen: Sie sind auf dem Holzweg, meine Herren. So einer ist das nicht. Der Karle ist einer, der bellt, aber nicht beißt.«

***

Die frühere Ochsenwirtin empfängt die beiden Besucher mit einem freundlichen Lachen. Sie ist eine gepflegte Erscheinung, trägt ein glockiges, großgeblümtes Sommerkleid und eine dicke Filzkugelkette um den Hals. Ihr blau gestrichenes Haus in Buchenbach, unterhalb des reizenden, schlank und hoch aufragenden Buchenbacher Schlössle gelegen, ist von einem gepflegten Bauerngarten mit leuchtenden Rosenkugeln umgeben. Die Haustüre wird von zwei Gartenzwergen bewacht.

Als Kommissar Wieland seinen Polizeiausweis vorzeigt und ihr eröffnet, worum es geht, legen sich Sorgenfalten auf ihr glattes Gesicht. Ihr Mund bekommt einen bitteren Zug.

»Erst einmal unser herzliches Beileid!«, murmelt Lutz und ist sich nicht sicher, ob das jetzt angebracht war.

»Ganz furchtbar, die G'schicht! Ich kann's immer noch net glaabe. Und wie grausam! Ich hab heut Nacht kein Auge zugetan. Dass er so enden musste … Aber wieso kommet Sie da zu mir? Ich hab zu meim g'schiedene Mann schon lang kein Kontakt mehr. Ich glaub net, dass ich Ihne in irgendeiner Weise weiterhelfe kann.«

»Das ist so«, erklärt Lutz, »dass wir uns bei den Ermittlungen ein möglichst umfassendes Bild von den beteiligten Personen und den Umständen machen müssen, um erfolgreich aufklären zu können. Und da dachten wir, dass Sie uns vielleicht einige wichtige Auskünfte erteilen könnten. Sie kannten den … hm, den Getöteten schließlich besser als die meisten anderen.«

»Ja, wenn Sie meine. Dann komme Sie doch bitte rei. Ich wollt grad Kaffee aufsetze. Trinke Sie e Tässle mit?«

»Schenken Sie ein, wir sagen nicht nein!«, ruft Wieland und Lutz schmunzelt.

Die freundliche, rundliche Frau, die etwa fünfzig Jahre alt sein mag, bietet den beiden Platz auf der Couch im lichtdurchfluteten Wohnzimmer an und verschwindet kurz in der Küche. Der Raum ist hell und geschmackvoll eingerichtet. Mit einem Teller aufgeschnittenem Rührkuchen kommt sie zurück und stellt drei Gedecke auf den Couchtisch mit dem ovalen Häkeldeckchen und dem prachtvollen Sommerblumenstrauß in einem ausgedienten Milchkrug.

»Viel haben wir in der Kürze der Zeit noch nicht herausgefunden«, beginnt Lutz vorsichtig. »Aber Ihr Exmann muss schon eine sehr bestimmende Rolle in Jagstbach gespielt haben.«

»Des könne Sie aber laut sage!«, pflichtet ihm die Gastgeberin resolut bei. »Der ist … also, der war so e richtig's – wie sagt man? – ein Alphabettier.«

»Ein Alphatier!«, ruft Wieland.

»Genau. Des isch doch nix Schlimm's, oder? Man soll über Tote ja net schlecht rede. ›Seine Stimme hat Gewicht, seine Meinung ist maßgebend‹, stand mal in der Zeitung. Andere Meinunge hat er gor net gelte lasse. Die Eistellung und sei starks Selbstbewusstsein hen ihm ja auch die viele Ämter eibracht und die viele Ämter hen ihn no widder in seinerer herrische Art bestätigt. Ich weiß net, was da Ursach und was Folge war. Wahrscheinlich beides, eine Art – wie sagt man? – Wechselweise…, eh, Wechselwirkung, verstehen Sie?«

»Und an diesem Punkt möchten wir gerne einhaken. Wir fragen uns nämlich: Ist er durch seine robuste Art und seinen bestimmenden Einfluss irgendwo dermaßen angeeckt, dass es zu einer mörderischen Feindschaft kommen konnte? Denken Sie einmal nach: Fällt Ihnen da jemand ein, auf den wir aufmerksam werden sollten?«

»Ich werd mich hüte, hier aus dem hohle Bauch raus irgendjemanden anzukreide, eh, anzuschwärze!«

»Und Sie haben auch nicht den geringsten Verdacht? Sie haben sich doch sicher auch schon ihre Gedanken gemacht. Zum Beispiel heute Nacht, als Sie nicht schlafen konnten.«

»Ha, freilich froocht mer sich in eim fort, wer des wohl due hat. Im Dorf wird verzählt, der Bauer Karle häb mein Ex umbracht. Ich kenn Eugen Karle gut. Glaube Sie mir, da isch nix dran.«

»Immerhin hat der Karle Ihren Mann gehasst, das sagt er selbst.«

»Scho, der hat ihn domols bei der Flurbereinigung – wie secht mer ? – über die Theke gezogen.«

»Über den Tisch gezogen«, hilft Wieland.

»Genau. Aber des Verhältnis von dene zwaa müsse Sie sich eher so vorstelle wie des zwischen ere Dogge und eme Pinscher: Die kläffe sich lautstark o, aber se falle net übereinander her.«

»Seltsam«, bemerkt Wieland, »Sie sind schon die Zweite heute, die den Karle mit einem Hund vergleicht. Das ist ja nicht gerade schmeichelhaft.«

»Na, weil der halt glei so losbellt, wenn er sich uffrecht. Sonst is er e braver Kerle.«

»Über den Tisch gezogen, sagen Sie«, hakt Lutz nach. »Hat er das öfter gemacht, andere über den Tisch gezogen?«

»Der? Wo's bloß ging! Des war sei Lieblingssport. Er hat des wirklich sportlich g'sehe, wisset Sie, wie e Spiel, bei dem er immer gewinne wollt. Den Sägmüller hat er mit dem Holz aus seim Wald überfordert – eh – übervorteilt, den Bierlieferante mit seine Rechnunge zappeln g'losst, den Autohändler runterg'handelt, bis dem d' Träne kumme sin, und so weiter. Aber wirklich kriminell is mei Mou nie g'worde und an de Rand der Existenz hat er niemern brocht. Nââ, bös wor der net. Es war für ihn ganz ofach spannend zum säh, dass er sich am End halt doch wieder durchsetzt. Des hat er braucht als – wie secht mer? – als Selbstbefriedigung.«

Wieland grinst: »Sie meinen Selbstbestätigung.«

»Genau.« Sie lächelt verlegen. Ihre Stimme senkt sich: »So, wie der noch ganz andere Sache als – eh – Selbstbestätigung braucht hat …«

»Jetzt machen Sie mich aber neugierig.«

»Er hat auch die Bestätigung seiner Männlichkeit braucht, verstehe Sie? Ich hab's gern, wenn Männer männlich und Frauen fraulich sind. Für ihn aber wore Herre herrlich und Dame dämlich, hat er immer gsocht. So viel kann ich ja sage: Da müsse Sie scho der Spur ›geweihter Ehemann‹ folge.«

Lutz versteht nicht. Wieland hilft wieder: »Sie meint wohl ›gehörnter Ehemann‹, Chef.«

»Oder so«, bestätigt die Gastgeberin. »Was glaube Sie, warum ich mich hab scheide lasse? Es ging mir gut bei ihm. Mir konnte uns vieles leiste. Aber als unser Sohn Paul erwachse war, wollt ich die Eska…, die Eskalap..., also die Extratoure von seim Vadder endgültig nimme ertrage, seine Techtelmechtel, auf gut Deutsch seine Bocksprüng! Jahrelang is er mir fremdgange, erst klammheimlich, dann immer offener. Hat im ganzen Jagsttal rumbockt. Jeder im Dorf und in der Umgebung weiß Bescheid, bloß schwätzt keiner drüber. In solchene verklemmte Käffer wie in Jagstbach wird des – wie secht mer ? – unterm Teppich – eh, unter der Decke g'halte. Wer will es sich scho mit dem ach so wichtige Ochsewirt verderben, dem Herrn Kreisrat, dem Ortsvorsteher, dem Kirchengemeinderat, dem Gesangvereinsvorsitzenden?«

»In diese Richtung sollten wir wohl tatsächlich ebenfalls ermitteln. Das ist ein völlig neuer Aspekt. Darauf sind wir bisher noch nicht gestoßen. Was meinen Sie, Wieland?«

»Unbedingt. Der Ochsenwirt wäre wahrhaftig nicht der Erste, der aus Eifersucht umgebracht wurde oder aus Rache von einem betrogenen Ehemann. Ein geradezu klassisches Motiv, Chef. Cherchez la femme!«

Die Gastgeberin schenkt lächelnd Kaffee nach und bietet Kuchen an.

»Konkrete Tipps wollen Sie uns wohl nicht geben?«, fasst Lutz vorsichtig nach.

»Ich weiß net, ob ich hier tratsche soll. Wisse Sie, man tut so schnell jemand Orecht … Aber … Aber den Lehrer Frenz von Ailringen, den kann ich Ihne ruhig nenne, weil der am Stammtisch im Sportheim in Mulfingen öffentlich rumkrakeelt hat, er tät den Ochsenwirt umbringe. Des finde Sie sowieso schnell raus. Die Affäre vom Ochsenwirt mit der Lehrersfrau war nämlich dies Frühjahr 's Dorfg'schwätz im ganze Jagsttal. Wie ernst der Lehrer sei Drohung g'meint hat und nach wie viele Viertele er sie nausposaunt hat, weiß ich natürlich net. Nachdem sei Frau reumütig zu ihm zurück is, hat er sich ja vielleicht beruhigt.«

Wieland macht sich eifrig Notizen und schiebt seine Tasse zum Nachfüllen über den Tisch.

»Sie sollte sich aber net bloß auf geweih – eh – auf gehörnte Ehemänner beschränke, meine Herre. Es komme grad so Vädder mit ihre Töchter und junge Bursche mit ihre Freundinne in Froch. Je älter mei Mou gworde isch, desto jünger sei – wie secht mer? – sei Beutelschema.«

»Sie meinen Beuteschema!«

»Oder so. Ich weiß net, soll mer des unappetitlich oder oifach bloß peinlich nenne? Er selbst hat dazu den Ausdruck Frischfleisch benutzt. ›I brauch ab und zu Frischfleisch‹, hat er ganz offe g'soocht. Widerlich hob i des gfunde, mädchenverachtend, eh, menschenverachtend. Der geile Bock! – Oh, Entschuldigung, des hätt ich jetzt net sage gsollt. Aber des hat mich so gekränkt, gedemütigt, verletzt, verstehe Sie? Deshalb hab ich ihn schließlich verlasse.«

»Sie hören sich verbittert an. Haben Sie je daran gedacht, sich an ihm zu rächen?«

»Rache?« Sie lacht auf. »Ich weiß, was Sie jetzt denke!«

Ihr Mund lacht, aber in ihren braunen Augen glimmt bedrohlich ein dunkles Feuer auf, wie glühende Kohlen, die man anpustet.

»Nââ, ich war gestern net in Jagstbach und scho gar net im Ochsengarte, was glaabet denn Sie! Ich hab bis um halber siebene in meim Garte g'schafft. Nein, ich bin net rachsüchtig. Ich empfind eher Scham, obwohl ich nix Schändlichs gmacht hab. Und Mitleid fühl ich. Nââ, net mit ihm, sondern mit dene junge Dinger! Frischfleisch! In dem Punkt hat der vor gar nix haltgmacht. Mer munkelt, er hätt in letzter Zeit sogar was mit der Melanie angfange.«

»Melanie?«, wirft Wieland verdutzt ein. »Sie meinen aber jetzt nicht zufällig die Tochter von seinem Nachbarn Karle?«

»Doch, genau die, stelle Sie sich des vor! Die ist grad vierundzwanzig, halb so alt wie er! Vor zwanzig Johr hot des Nachbarmädle auf seine Knie hoppe, hoppe, Reiter gspielt und jetzt macht er mit ihr auf ganz andere Art hoppe, hoppe, Reiter! Und was no ’s Schlimmste ist: Melanie ist mit unserm Sohn Paul befreundet. Der macht ihr scho seit einiger Zeit de Hof. Zum Glück weiß der Bue noch nix von der Gschicht, falls überhaupt was dran sein sollt. Ich will’s âfach net glaabe. Wenn der Paul dahinterkomme tät … also dahinterkomme wär, hätt des bestimmt de größte Krach gebe. Sein Verhältnis zu seinem Vater is nämlich … also war sowieso – wie secht mer? – etwas problematisch.«

»Halten Sie auch nach der Scheidung den Kontakt zu Ihrem Sohn aufrecht?«

»Aber ja! Er wohnt zwar noch bei sei’m Vadder, aber er bsucht mich regelmäßig. Wenn er von der Arbeit bei seiner Firma ebm in Mulfingen heimfährt, kommt er hier direkt am Haus vorbei und guckt immer wieder mal rei. Er is e gueter Bue, bloß ebbes waach.«

»Und weshalb nennen Sie das Vater-Sohn-Verhältnis ›etwas problematisch‹?«

»Ach, wisse Sie, der Paul konnt seim Vadder noch nie was recht mache. Wenn sei Vadder den kleine Kerle mit auf d’ Jagd gnomme hat, hat der sich beim Schießen d’ Ohre zug’halte. Er hat g’heult vor Mitleid, wenn e tots Reh dag’lege is. Sei Vater hat ihn deshalb ausglacht.

Hätt Abitur machen sollen, der Bue, und studiere, hat dann aber mit der Mittleren Reife abgschlosse und e Lehre gmacht. Ich fand des ganz okay. Jetzt hat er en gute Poste als Lüftungstechniker beim Ventilatorenhersteller ebm-papst. War mit sechsundzwanzig scho Gruppenführer! Aber dem Vadder war des zu wenig. Er hat immer wieder an dem Bue rumgnörgelt: ›Bisch net weiter komme als bis

Mulfinge, hasch's bloß zum Techniker bracht, bisch scho achtundzwanzig und hasch immer noch kei Fraa, spielsch beim TSV immer bloß in der Reserve, bisch im Gsangverei nach me halbe Jahr ausg'stiege, hasch bei der letzte Wahl die grüne Trottel g'wählt …‹ Und so weiter und so fort in einer Tour. Nix war ihm recht.«

»Und wie hat Ihr Sohn darauf reagiert? Hat er das alles klaglos geschluckt? Hat er sich nicht gewehrt, sich nie zu behaupten versucht?«

»Der und sich wehre! Der hat alles in sich neig'fresse. Obwohl er von klei auf – auch heut noch – regelrechte Jähzornanfäll kriege kann. Seim Vater gegenüber hat er sich des aber nie traut, der war einfach übermächtig und – wie sagt mer? – dominant. Paul hat sein' Vater immer bewundert und, ja, er hat ihn auch geliebt. Dem wollte er sein' Frust net zeige.

Wenn dem Paul sei Zornesader an der Stirn blau ang'schwolle is, dann is er nausg'stürmt und hat sei Wut beim Holzhacken ausg'lasse oder er is an d' Jagst nunterg'rennt und hat wie verrückt mit eme Stecke im Sommer die Seerose und im Winter 's Eis peitscht, bis alles in Stücke ging. Hinterher war er dann wieder ganz ruhig und die blaue Ader war verschwunde. Heut rennt er nimme an d' Jagst, wenn ihn der Rappel packt, sondern springt in sein BMW und jagt mit quietschende Reife davo. Wisse Sie, den BMW hat er sich eigentlich bloß kaaft, um der Melanie zu imponiere. Die steht e bissle auf Luxus. Ein Zweier-Cabrio! 36 000 Euro hat der kostet. Die muss er jetzt abstottern. Aber der Melanie gefällt's.«

»Na ja, wir schweifen ab. Das hat mit unserem Fall nun weniger zu tun«, meint Kommissar Lutz vorsichtig. »Viel mehr interessiert mich die Sache zwischen ebendieser Melanie Karle und Ihrem Exmann. Was meinen Sie, ist da wirklich etwas dran? Und hat Melanies Vater davon gewusst?«

»So unglaublich es auch klingt, aber meim Ex trau ich des tatsächlich zu. Ob der Eugen davon erfahre hat? Möglich. Wenn Sie des wichtig finde, frage Sie die Melanie doch selber! Heut ist Sonntag, da arbeitet sie als Bedienung im Café Bauer in Langenburg drobe. Aber sage Sie bitte net, dass Sie des von mir wisse! Das mit ihr und meim Ex, mein ich.«

* * *

Wieland chauffiert seinen Chef von Buchenbach das Jagsttal aufwärts bis Bächlingen. Eine Menge Radler sind heute unterwegs. Sonntagsausflügler aus der näheren Umgebung, aber auch Touristen auf dem beliebten Kocher-Jagst-Radweg, der zwischen Oberregenbach und Bächlingen auf die schmale, gewundene Kreisstraße geleitet wird und die Autofahrer zu vorsichtigem Fahren zwingt. Einige Bundesländer haben schon Sommerferien.

»Pöbel und Adel, alles fährt Radel«, lacht Wieland.

Da sie so langsam fahren müssen, kann Lutz schon wieder diese herrliche Landschaft genießen und vergisst dabei ganz, aus welch ernstem Anlass er hier eigentlich unterwegs ist. Rechts in der Talaue sieht er einen großen Vogel regungslos in der Wiese stehen.

»Was ist das denn?«, ruft er erstaunt. »Gibt es hier Störche?«

»Ja, schon, aber eher weiter unten in der Gegend um Krautheim«, erklärt Wieland. »Das hier ist ein Graureiher. Die Angler nennen ihn Fischreiher, die sehen den gar nicht gern. Dabei frisst er, glaub ich, mehr Mäuse und Frösche als Fische.«

Als sie schließlich im weiten Bogen von Bächlingen den Hang hinauf nach Langenburg fahren, blickt Lutz schwärmerisch ins Tal hinunter und ruft verzückt: »Ist das eine Landschaft! Schauen Sie doch nur, Wieland, schauen Sie!«

Der wirft pflichtschuldig einen flüchtigen Blick nach links ins Tal hinunter und denkt, was hat er nur wieder? Schon steuert er die Einfahrt in das Städtchen hoch oben auf dem langen Bergsporn an und hält nach einer Parklücke Ausschau. Links liegt das weiß verputzte Renaissance-Schloss, rechts das lange, leicht ansteigende Rechteck des historischen Städtchens mit seinen schmucken Fassaden und den bunten Sonnenschirmen davor. Mehrere gepflegte Fachwerkgiebel geben dem Karree etwas Anheimelndes, wie aus einer anderen Welt, wie aus der Zeit gefallen.

Lutz dreht sich nach dem Aussteigen einmal um seine eigene Achse und mustert bewundernd das Städtchen bis hinauf zur Stadtkirche und dem massigen, runden Wehrturm, an den sich etwas schief das historische Stadttor anlehnt.

»Oh, ein Bus kommt da aber nicht durch«, lacht er.

»Nein«, meint Wieland, »da macht es leicht peng, denn das Tor ist zu eng. Die Reisebusse, die Sie dort am Schloss parken sehen, die mussten alle mehrere Kilometer außen um Langenburg herumfahren.«

»Gibt es hier denn etwas Besonderes zu sehen, weil da so viele Busse stehen?«

»Oh ja. Außer dem hübschen Städtchen, das sich übrigens kleinste Stadt Baden-Württembergs nennt, ist das Schloss mit Barockgarten sehenswert. Dort rechts, in dem langen, flachen Gebäude davor, dem früheren Marstall, ist ein Automobilmuseum untergebracht. Das lockt in Scharen Technikfreaks an. Und im April werden hier die ›Langenburg Historics‹ veranstaltet. Dazu gehört unter anderem ein Bergrennen mit historischen Autos aus dem letzten Jahrhundert. Wirklich sehenswert, das Ganze.«

Rechts, hinter zwei stattlichen Linden, unter denen sommerlich gekleidete Menschen auf Bänken im Schatten sitzen, fällt Lutz in einem der einladenden, kunstvoll geschmiedeten Gasthausschilder ein golden blitzendes Gebilde auf. Es ähnelt einer liegenden Acht.

»Was ist das denn? Sieht fast aus wie ein vergoldeter Hundeknochen.«

Wieland muss lachen: »Das Schild am Giebele, das zeigt ein Wibele.«

»Wie bitte?«

»Ein Langenburger Wibele. Kennen Sie nicht?«

»Nie gehört. Und was macht man damit?«

Wieland kichert: »Aber Chef, das ist etwas zum Essen. Ein Wibele ist ein winzig kleines Gebäck. Kommen Sie, schauen Sie es sich ruhig genauer an. Das Schild gehört nämlich zum Café Bauer. Genau da wollen wir ja hin.«

* * *

Lutz sucht sich an der Theke ein Stück Käse-Sahne-Torte aus, Wieland einen Himbeerkuchen, bevor sie das Lokal durchqueren und sich auf der großen, sonnigen Terrasse einen freien Tisch unter einem rot-weißen

Sonnenschirm suchen. Wieland hängt seine Jacke über die Lehne des Nachbarstuhls. Es ist doch sehr warm hier draußen.

»Uns geht es aber gut heute«, grinst er und klopft sich dabei mit der flachen Hand auf seinen Bauch. »Erst das opulente Mittagsmahl im ›Stern‹ in Jagstbach, dann Kuchen in Buchenbach und jetzt Torte in Langenburg.«

»Also bitte«, wiegelt Lutz ab. »Den trockenen Rührkuchen von Buchenbach können Sie in Ihrer Kalorien-Bilanz ruhig vernachlässigen. Übrigens müssen Sie hier selber bezahlen, Herr Kommissar. Kaffee und Kuchen fallen nicht mehr unter meine Fürsorgepflicht gegenüber Untergebenen. Nur die Grundversorgung. So, mein Lieber, das haben Sie jetzt von Ihrem Spott über den Geiz der Schwaben! Sie können ja versuchen, die Rechnung als Bewirtungskosten auf einer Dienstfahrt einzureichen oder von der Steuer abzusetzen.«

»Oh, da seh ich schwarz«, lacht Wieland.

»Aber schauen Sie sich das nur an, Wieland: Ein solch herrlicher Sommernachmittag auf dieser blumengeschmückten Terrasse, diese zauberhafte Landschaft, das pittoreske Jagsttal zu Füßen. Man könnte doch glatt vergessen, dass wir nicht im Urlaub sind, sondern uns hier im Dienst den Sonntag um die Ohren schlagen, und aus welch traurigem Anlass wir uns hierherbegeben haben.«

»Ich glaube, der gar nicht so traurige Anlass ist gerade im Anmarsch«, raunt Wieland seinem Chef zu. »Große Augen, dunkle Glut, volle Lippen, rot wie Blut.«

Lutz riskiert einen Blick über die Schulter und sieht ein kleines Persönchen in einem kurzen, schwarzen Kleid, schwarzen Netzstrümpfen und winzigem weißen Schurz zielstrebig auf ihren Tisch zusteuern.

»Wer bekommt die Käse-Sahne-Torte?«

Lutz hebt den Finger.

»Aha. Und der Himbeerkuchen ist für Sie. Bitte sehr, lassen Sie's sich schmecken!«

»Entschuldigen Sie bitte: Sie sind Melanie Karle, nicht wahr? Wir haben Sie gestern Abend bei Ihrem Vater getroffen. Könnten wir Sie vielleicht kurz sprechen?«

»Jetzt? Haben Sie den Bus gesehen, der draußen vorgefahren ist? Vierzig ungeduldige ältere Herrschaften. Wir sind gerade am Rotieren.«

»Es dauert auch gar nicht lange und es wäre uns sehr wichtig, Frau Karle.«

»Ich habe mir gleich gedacht, dass Sie beide nicht zufällig hier sind. Aber es geht jetzt wirklich nicht, tut mir leid. Vielleicht in einer halben Stunde. Entschuldigung, ich muss jetzt …«

Mit wippendem, blondem Haarschopf und hackenden, knallroten Absätzen eilt sie davon.

»Sie hat recht«, gibt Wieland zu. »Wir sind im ungünstigsten Moment gekommen. Wann ist denn das Pressegespräch?«

Lutz schaut auf die Uhr. »Um 17 Uhr. Das könnte noch reichen. Wo wir nun schon einmal hier sind …«

»Wo wir nun schon einmal hier sind«, wiederholt Wieland, »da könnten Sie doch die Gelegenheit nutzen und Ihrer Frau eine Tüte echte Langenburger Wibele mitbringen. Drachenfutter.« Er erschrickt und schlägt sich mit der Hand auf den Mund. »Entschuldigung! Das ist mir so rausgerutscht. Ich kenn Ihre Frau ja gar nicht. Ich – ich dachte nur, wo Sie jetzt auch noch am Wochenende Ihre Frau allein lassen, wäre ein süßes Mitbringsel vielleicht angebracht. Gibt's vorne an der Theke.«

Lutz lacht in sich hinein. »Das böse Wort habe ich nicht gehört, Wieland. Aber Ihr Vorschlag ist gar nicht schlecht. Da lerne ich doch auch gleich noch etwas dazu. Bin gleich zurück.«

Im Verkaufsraum sieht er nun die große Auslage mit diesem seltsamen winzigen Gebäck in Tüten, Dosen und Packungen aller Art und Größe und auch lose zum Abfüllen nach Wunsch.

»Darf ich mal eins probieren?«, fragt er die Verkäuferin.

Es ist etwa zwei Zentimeter lang, wie zwei ineinandergelaufene Tropfen, hart, glänzend, knusprig, süß.

»Schmeckt wie Russisch Brot«, urteilt er.

»Stimmt«, sagt die Verkäuferin, »die Zutaten sind ja auch ähnlich. Das genaue Rezept ist streng geheim, seit über zweihundert Jahren. Exklusiv das Café Bauer darf weltweit die berühmten, echten Langenburger Wibele herstellen.«

»Und woher hat dieses drollige Gebäck seinen drolligen Namen?«, will Lutz wissen.

»Der Erfinder dieser Delikatesse war vor 250 Jahren der Langenburger Hofkonditor Wibel. Daher der Name Wibele, weil sie so klein sind. Draußen ist eine Tafel angebracht, da können Sie das nachlesen.«

»Geben Sie mir bitte zwei dieser Tüten da. Oder nein, besser drei. Eine essen wir gleich, die anderen sollen Mitbringsel sein.«

»Hier«, schmunzelt Lutz und überreicht am Tisch dem wartenden Wieland die zweite Tüte Wibele. »Drachenfutter. Sie haben doch eine Freundin, oder?«

Wieland bekommt rote Ohren.

Lutz legt die dritte Tüte in die Mitte auf den Tisch und zeigt darauf. Abwechselnd schieben sich die beiden Kriminaler schweigend ein Wibele in den Mund, zerbeißen es krachend und lutschen es hinunter.

Ihre Blicke schweifen über die im flirrenden Sommerlicht liegende Landschaft und hinunter ins tief unter ihnen liegende Jagsttal. Die Terrasse ist hoch oben auf die alte Stadtmauer gebaut. Man blickt von ihr ins Tal hinunter, als säße man in einem Flugzeug. Die Radfahrer wuseln winzig klein wie auf einer Ameisenstraße. Die Gedanken der beiden drehen sich um das schreckliche Geschehen gestern Nachmittag und um die Gespräche, die sie heute im Laufe des Tages geführt haben, angefangen von der morgendlichen Dienstbesprechung, dann mit Paul, dem Filialleiter, Bauer Karle, dem Sternwirt, der Exfrau des Ochsenwirts …

»Wenn das mit der Melanie und dem Ochsenwirt stimmt«, bricht Wieland als Erster das Schweigen, »dann ist das ein weiteres belastendes Indiz für die Täterschaft des Bauern Karle, der für mich noch lange nicht aus dem Schneider ist, Rechtshänder hin, Mistgabel her. Da kommt doch ein Motiv zum andern. Stellen Sie sich nur vor, Chef, wie das seinen Hass auf den Ochsenwirt ins Unermessliche steigern musste, als er von dem Techtelmechtel des ungeliebten Nachbarn ausgerechnet mit seiner Tochter erfuhr! Er musste das als schwere Demütigung empfinden, als unerträgliche Provokation.«

»Tja, Wieland, wenn! Ich sage: Wenn es diese Affäre wirklich gegeben hat und wenn Bauer Karle tatsächlich davon erfahren hat. Wenn, wenn …«

Wieland sinniert: »Meine Oma sagt immer: Wenn der Hund net gschisse hätt, na hätt er de Hase kriegt.«

»Und meine Oma sagte: Wenn der Has net gschisse hätt, na hätt ihn der Hund net kriegt.«

Die beiden Männer hängen weiter stumm ihren Gedanken nach und knuspern dabei ein Wibele nach dem andern.

»Darf's noch etwas sein oder möchten die Herren zahlen?« Melanie steht auf ihren Absätzen kippelnd am Tisch und blickt die beiden fragend an.

»Oh, Frau Karle, wir warten auf Sie! Ja, wir möchten gerne bezahlen, aber hätten Sie dann auch fünf Minuten Zeit für ein paar Fragen?«

»Fünf Minuten? Na gut, ich geh kurz meiner Kollegin Bescheid sagen, ja? Zusammen oder getrennt?«

»Jeder für sich.«

Als sie mit den Kassenbons zurückkommt, zahlt erst Wieland, dann Lutz, der aus reiner Berechnung ein reichlich bemessenes Trinkgeld gibt.

»Ich bin der Leiter der Kripo Künzelsau, Lutz, und das ist mein Kollege Wieland. Bitte setzen Sie sich doch!«

»Nein, es wird nicht gern gesehen, wenn sich die Bedienung zu den Gästen setzt. Also, was ist jetzt?«

»Frau Karle, gehen Sie nun in Schwarz, weil das gestern mit Ihrem Nachbarn passiert ist?«

»Quatsch! Das ist mein Outfit als Bedienung. Meinen Sie, ich spiele hier trauernde Witwe oder was?«

»Hat mich mein Eindruck getäuscht, oder hatten Sie gestern Abend verweinte Augen?«

»Kann schon sein.«

»Und warum?«

»Was geht Sie das an?«

»Ihnen ist der Tod des Ochsenwirts wohl sehr nahe gegangen?«

»Und wenn?«

»War er für Sie ein guter Nachbar?«

»Seit ich denken kann. Ich habe schon als kleines Mädchen bei ihm auf dem Hof gespielt, mit dem Paul zusammen.«

»Dann war der Ochsenwirt für Sie fast so etwas wie ein Onkel?«

»Das haben Sie gesagt.«

»Wie ein lieber, guter Onkel?«

»Ach, hören Sie doch auf!«

»Da kommt man sich natürlich sehr nahe.«

»Was soll das jetzt?«

»Haben Sie nur als Kind bei ihm gespielt oder auch in letzter Zeit noch Besuche bei ihm gemacht?«

»Also, wird das jetzt ein Verhör hier, oder was?«

»Frau Karle, Sie sind nicht sehr kooperativ. Wenn Ihnen das lieber ist, lade ich Sie zu einer Unterredung aufs Polizeirevier nach Künzelsau vor. Außerdem kann ich mich auch gerne bei den Leuten im Dorf umhören. Sie dürften wissen, da wird so manches herumerzählt. Der eine weiß dies und der andere das und manch einer erzählt sogar mehr, als er weiß. Ich komme schon an meine Informationen, da können Sie sicher sein. Wir ermitteln in einem Mordfall, Frau Karle, ist Ihnen das klar? Da müssen wir sämtliche Details im Umfeld des Geschehens unter die Lupe nehmen, um die Tat aufklären zu können. Alles kann von Bedeutung sein. Also jetzt Klartext, Frau Karle: Ich möchte wissen, wie Ihr Verhältnis zum Ochsenwirt war. Hat sich da mehr abgespielt als eine gutnachbarschaftliche Beziehung?«

»Also gut. Ich hab ihm manchmal geholfen.«

»Geholfen, wobei?«

»Ich hab ihm seine Buchführung gemacht. Das hat früher seine Frau erledigt, aber die ist ja … Seither hat er eine

Angestellte, die als Wirtin fungiert. Er selbst ist ja gerade abends oft nicht da wegen seiner vielen Ämter. Buchführung kann die aber nicht, deshalb hat er mich gefragt.«

»Dann waren Sie also regelmäßig im ›Ochsen‹?«

»Immer mal wieder montags. Montag ist hier Ruhetag und ich fahre am Nachmittag nach Jagstbach zu meinem Vater, um ihm den Haushalt zu machen. Wenn ich dort fertig war, also abends, bin ich in den ›Ochsen‹ gegangen und hab mich dort um die Buchführung gekümmert. Ich kenn mich damit ein wenig aus, weil ich auch hier im Café bei der Buchführung mithelfe.«

»Hatte Ihr Vater denn nichts dagegen?«

»Der Knatsch, den die beiden miteinander hatten, ging mich nichts an. Ich hab es so gemacht, dass Vater nichts davon gemerkt hat. Ich bin bei ihm weggefahren, hab das Auto hinter der Kirche abgestellt und bin dann in den ›Ochsen‹ hinübergegangen.«

»Und der Paul, Ihr Freund? Der wohnt doch bei seinem Vater im ›Ochsen‹.«

»Der hat montags Kegeln. Da kommt er immer sehr spät nach Hause und geht gleich auf sein Zimmer.«

»Seit wann lief das schon so?«

»Etwa ein Jahr.«

»Hat der Ochsenwirt Sie für diese Tätigkeit bezahlt?«

»Ach wo!«

»Frau Karle, wir sind von der Kriminalpolizei, nicht von der Steuerfahndung! Haben Sie das ein Jahr lang immer wieder umsonst gemacht oder haben Sie etwas dafür bekommen?«

»Ja, gut. Am Anfang mal ein Fläschle Wein, eine Dose Wurst oder ein paar Räucherforellen.«

»Am Anfang, und später?«

»Später auch mal eine Stange Zigaretten oder einen Fuffi.«

»Das war alles?«

»Na ja, und dann hat er mir Geschenke gemacht.«

»Und weiter? Was waren das für Geschenke?«

»Also, was hat das jetzt mit dem Mord zu tun? Sie quetschen mich hier aus, als ob ich den Ochsenwirt umgebracht hätte. Erst verdächtigen Sie meinen Vater und jetzt nehmen Sie mich in die Mangel. Absolut lächerlich!«

»Weiß man's? Bis jetzt kann das noch jeder gewesen sein, Frau Karle. Welche Fragen ich stelle, müssen Sie schon mir überlassen. Sie haben sie zu beantworten und sonst gar nichts, verstehen Sie? Denken Sie, ich bin zum Kaffeetrinken hierhergekommen? Ich habe um 17 Uhr einen Termin und wenn Sie hier noch lange um den heißen Brei herumreden, dann nehmen wir Sie morgen auf dem Polizeirevier in Künzelsau in die Mangel, wie Sie das ausdrücken. Zeit genug haben Sie ja am Montag. Also, jetzt raus mit der Sprache: Was waren das für Geschenke?«

»Hm, ja, also, da brachte er schon mal ein kleines Schmuckstückle daher oder … oder was zum Anziehen halt.«

»Soso, was zum Anziehen halt. Sie wollen mir aber jetzt nicht erzählen, dass er Ihnen mal ein Regencape und mal ein Paar Gummistiefel geschenkt hat, oder?«

»Hören Sie auf! Mir ist das jetzt sehr peinlich …«

»Ich verstehe. Na, dann machen wir's doch so, Frau Karle: Ich erzähle Ihnen jetzt, wie sich die Sache meiner Meinung nach abgespielt hat, und Sie brauchen nur zu nicken, wenn das, was ich sage, zutrifft. Für Sie ist das dann weniger peinlich und ich spare eine Menge Zeit.

Also: Seit einem Jahr sitzen Sie fast jeden Montagabend beim Ochsenwirt und machen ihm die Buchhaltung der vergangenen Woche. Sie beide sind allein. Die Gastwirtschaft hat Ruhetag, Paul ist beim Kegeln. Es ist recht gemütlich. Sie sitzen eng nebeneinander, tauschen die Belege aus, beugen sich über die Zahlen, vergleichen die Ergebnisse. Es kommt zu Berührungen, die Hand des Ochsenwirts legt sich mal flüchtig auf Ihre Schulter, dann auf Ihr Knie. Er streichelt Ihnen auch schon mal über die Wange, sagt Ihnen, wie tüchtig Sie doch sind, wie lieb zu ihm und wie hübsch obendrein. Nach getaner Arbeit wechseln Sie beide vom Schreibtischstuhl auf das Sofa, trinken noch ein Gläschen Wein zusammen. Die Stimmung steigt. Er kann überaus charmant plaudern, macht Ihnen Komplimente. Er versteht sich auf Frauen und weiß, was sie gerne hören. Er beschwört alte Zeiten herauf und erinnert Sie an die Tage, als Sie auf seinen Knien hoppe, hoppe, Reiter gespielt haben. Der kräftige Mann zieht Sie auf seinen Schoß und liebkost Sie. Es kommt zu wechselseitigen Zärtlichkeiten. Er zieht ein Päckchen hervor und bedankt sich damit für Ihre Hilfe. Sie sollen es sogleich auspacken. Es sind sündhaft schicke Dessous. Schwarz und rot, Ihre Lieblingsfarben. Er verlangt von Ihnen, dass Sie die sogleich anprobieren. Den Rest können wir uns schenken, Frau Karle«, schließt Lutz in scharfem Ton.

Melanie steht verlegen da, kippelt unentwegt auf ihren hohen, roten Absätzen und nickt ein ums andere Mal, dass der hochgesteckte Blondschopf gar nicht mehr aus dem Wippen herauskommt.

Erst ist ihr peinlich, was Kriminalhauptkommissar Lutz gesagt hat, jetzt ist ihr fast noch peinlicher, dass keiner mehr was sagt.

»Paul hat von alledem überhaupt nichts mitbekommen?«, fragt Lutz schließlich. »Und Ihr Vater auch nicht?«

»Oh Gott, nein! Das hätte das größte Unglück gegeben.«

»Frau Karle, es *hat* das größte Unglück gegeben!«

***

»Toll, wie Sie das aus der Melanie herausgekitzelt haben! Hat mich schwer beeindruckt, Chef. Sicher und schnell, professionell.«

Lutz und Wieland schaffen es gerade noch pünktlich zu dem angesetzten Pressegespräch.

Anschließend verabschiedet sich Lutz von seinem jungen Kollegen. »War ein langer Tag heute. Ich möchte am Abend noch in ein Konzert gehen.«

»Sie mögen Musik? Welche hören Sie denn am liebsten, Chef, E- oder U-Musik?«

»B-Musik.«

»B-Musik? Hm, doch nicht etwa Blasmusik?«

»Hoho, seh ich so aus? Nein: Bach, Beethoven, Brahms, Blues, Bebop, Beatles.«

»Oh, ein breites Spektrum!«

»Ach, wissen Sie, Wieland, jedes Jahrhundert hat seine musikalischen Pretiosen hervorgebracht. Es hat zu allen Zeiten wunderbare Musik gegeben. Ich bin mir ganz sicher, selbst der Steinzeitmensch, der vor 40 000 Jahren auf der Schwäbischen Alb vor seiner Höhle bei Blaubeuren in der Sonne saß und auf seiner selbst geschnitzten Knochenflöte gespielt hat, auch der hat schon ganz wunderbare Musik gemacht. Und eines Tages wird sie auf dem Mars ertönen. Es wird wunderbare Musik geben, solange es Menschen gibt.«

»Ja, und wenn es Ihnen nun die B-Musik so angetan hat, dann auch Pierre Boulez, Béla Bartok, Boris Blacher oder Benjamin Britten?«

»Oho, der junge Mann kennt sich aus!«

»Ich hatte halt einen guten Musiklehrer.«

»Aber nein, Wieland, mit dieser Art Musik fang ich nicht viel an. Ich versteh sie zu wenig.«

»Und wie steht's dann mit Biermann, Bohlen und Bushido? Auch B-Musik.«

»Ach, hören Sie doch auf! Diese Blödmänner.«

»Eben: B-Musik.«

»Denen geht es doch gar nicht um Musik, sondern nur darum, ihr mickriges Ego aufzupäppeln. Alles, was denen wichtig ist, ist eine Bühne unter den Füßen, ein Mikrofon in der Hand und ein Scheinwerfer im Gesicht. Es ist immer schlimm, wenn das Maul größer ist als das Hirn.«

»Übrigens: Boudsch ist auch B-Musik.«

»Kenn ich nicht.«

»Doch, seit gestern. Peter Botsch aus Künzelsau, Gitarrist und Sänger bei Annâweech.«

»Ach der, mit dem ich nach dem Konzert im Ochsengarten gesprochen habe?«

»Genau. Der hat viele Lieder für die Gruppe geschrieben.«

»Den habe ich noch nicht singen gehört.«

»Würde sich aber lohnen. Annâweech sind echt Spitze. Und nebenbei könnten Sie noch etwas Hohenlohisch lernen.«

»Also gut. Bei nächster Gelegenheit.«

»Dann halten Sie sich mal gleich den nächsten Freitagabend frei, Chef. Da spielen Annâweech beim Brückenfest in Hohebach. Wir könnten zusammen hingehen.«

»Abgemacht, Wieland! Unter einer Bedingung: Unser Fall Ochsenwirt muss bis dahin gelöst sein.«

Lutz freut sich jetzt auf den Abend mit seiner Frau. Sie haben Karten für ein Konzert des Hohenloher Kultursommers im Rittersaal im Schloss Kirchberg an der Jagst. Kammermusik wird gegeben. B-Musik: Beethoven und Bruckner. Außerdem ist er schon gespannt auf das Ambiente. Man hat ihm erzählt, der Rittersaal sei sehenswert, allein schon seine prachtvolle Holzkassettendecke mit den kunstvoll ausgemalten Feldern. Das wird ihn auf andere Gedanken bringen.

* * *

Etwa zur gleichen Zeit, als Lutz und Wieland auseinandergehen, hat Melanie die letzten Gäste abkassiert. Das Café Bauer schließt sonntags schon um 18 Uhr. Abräumen, die Aufsteller vor der Eingangstür zusammenklappen und in den Flur stellen, die Spülmaschine beschicken, Aschenbecher leeren, Tischdecken einsammeln, die Abrechnung erledigen … All diese Arbeiten dauern noch gut eine Stunde. Die Chefin ist hinten im Büro, die Kollegin hat sich schon verabschiedet. Melanie faltet noch rasch die Sonnenschirme auf der Terrasse zusammen und legt ein Klettband um jeden, damit keine Windbö sie bis übermorgen aufbauschen und umwerfen kann. Morgen, Montag, ist Ruhetag.

Gerade will auch sie Feierabend machen, da stürmt Paul auf die Terrasse.

»Hey, Paul, so eine Überraschung! Willst mich abholen? Bin gerade fertig.«

»Ich will dich nicht abholen, ich muss mit dir reden.«

»Gut, gehen wir zu Massimo? Du, mir tun vielleicht die Füße weh! Heute war richtig viel Betrieb! Und ich hätt jetzt echt Hunger auf eine Pizza.«

»Ich will keine Pizza, ich will mit dir reden!« Paul baut sich vor Melanie auf, stemmt die Fäuste in die Seite. »Ich will wissen, was mit meinem Vater war!«

Melanie legt den Kopf schief, schaut ihn traurig an und fährt ihm mit der Hand am Arm auf und ab: »Ach Gott, Paul, das möchten wir doch alle gerne wissen. Aber die Polizei weiß noch nicht, wie das passieren konnte und wer es getan hat. Die waren heute Nachmittag hier.«

»Das meine ich nicht. Ich will wissen, was mit dir und meinem Vater war!«

»Mit mir und deinem Vater?« Melanies Lächeln gefriert auf ihren roten Lippen, sie wird blass und weicht einen Schritt zurück. »Was, eh, was soll gewesen sein? Ich weiß nicht, was du meinst, Paul.«

»Hast du etwas mit meinem Vater gehabt?«

»Aber Paul, wie kommst du denn darauf? Was soll ich denn mit deinem Vater gehabt haben?«

»Jetzt tu nicht so! Hat er dich angefasst? Hat er oder hat er nicht? Hat der dich angefasst?«

»Aber woher weißt du denn, Paul …? Und warum bekommst du jetzt deine blaue Ader auf der Stirn? Moment mal, Paul, lass dir das doch in Ruhe erklären!«

Paul beginnt zu schreien. »Also ja! Er hat dich also angefasst! Und du hast es dir gefallen lassen! Was gibt es da zu erklären?«

»Aber Paul, das war doch nichts Ernstes! Da musst du dich doch nicht so furchtbar aufregen.«

»Nichts Ernstes! Ich soll mich nicht so aufregen!«, brüllt Paul jetzt außer sich. »Da ist doch gar nichts dabei, was?«

Er bekommt einen hochroten Kopf. Man könnte meinen, die blaue Zornesader auf seiner Stirn platzt im nächsten Augenblick. Bei jedem Satz stößt er Melanie gegen Brust und Schultern, dass sie nach hinten stolpert.

»Das war doch nichts Ernstes? Mensch, mein Alter fickt dich und das ist nichts Ernstes!«

Melanie starrt Paul angstvoll an, reckt ihm abwehrend die Arme entgegen und sagt nun gar nichts mehr.

Paul schreit immer wieder: »Was hast du gemacht! Was hast du gemacht!«, und beginnt Melanie links und rechts zu ohrfeigen. Sie taumelt rückwärts ans Terrassengeländer. »Was hast du gemacht!«, kreischt Paul völlig von Sinnen und stößt mit beiden Fäusten gegen Melanies Oberkörper.

Melanie kippt nach hinten über das Geländer. Sie keucht, stößt einen Schrei aus, ihre Hände suchen hektisch Halt. Sie bekommen eine Geranienstaude zu fassen. Die bricht ab und stürzt mit der kleinen Frau hinunter in die Tiefe.

Paul sieht nur noch rot. Der Himmel ist rot, der Sonnenschirm ist rot, die Gartenstühle, die blanken Tische, die Geranien, alles rot. Er beugt sich schwer atmend über das Geländer. Weit unten sieht er die kleine, schwarzgekleidete Person regungslos auf einem Mauervorsprung liegen. Sie ist seltsam geknickt. Liegt da wie ein Z. Auf dem Stein unter ihrem Kopf breitet sich langsam eine blutrote Lache aus. Das knallige Rouge ihrer leicht geöffneten Lippen sticht aus dem bleichen Gesicht. Die Geranien in ihrer Hand leuchten rot. Unter ihrem hochgeschobenen Kleid blitzt ein bordeauxroter Slip hervor. Die Lackpumps sind rot. Einen hat sie verloren. Die Fingernägel, Zehennägel, rot, rot, alles rot!

Paul stöhnt auf. »Melanie, steh auf!«, schreit er hinunter. »Melanie, sag was!« Er steht, starrt, bis er begreift. »Melanie«, flüstert er.

Er wendet sich langsam um, geht wie in Trance quer durch das Café zum Vorderausgang und begegnet dort der Chefin, die gerade aus dem Büro kommt.

»Ach, Paul!«, ruft sie. »Ich glaube, die Melanie ist gerade heimgegangen.«

Heimgegangen, ja, heimgegangen … Paul nickt stumm, verlässt das Café, springt in seinen BMW und verlässt mit quietschenden Reifen den Parkplatz.

»Narrenkasper!«, murmelt die Chefin kopfschüttelnd und schließt sorgfältig die Eingangstür ab.

***

Auf der Dienstbesprechung am Montag früh, diesmal in voller Besetzung, macht die Hohenloher Zeitung die Runde. »Mit Mistgabel erstochen« lautet die Schlagzeile und der Untertitel »Täter flüchtig – Polizei tappt im Dunkeln«. An dem Bericht ist eigentlich nichts auszusetzen, finden die Beamten. Er ist nicht reißerisch aufgemacht. Im Wesentlichen enthält er die Informationen aus dem gestrigen Presseinformationsgespräch, dazu ein paar Fotos des Tatortes, eines von Kriminalhauptkommissar Lutz, ein Archivfoto vom Ochsenwirt, ein paar Zitate von Konzertbesuchern im Ochsengarten. Die Bitte der Polizei, keine wilden Spekulationen und Gerüchte zu verbreiten, wurde respektiert. Kein Wort über den Bauern Karle. Am Schluss die erbetene Aufforderung an Zeugen, sich zu melden.

»Kommissar Wieland und ich waren den ganzen Sonntag im Jagsttal unterwegs und haben dort eine Reihe von

Gesprächen und Befragungen durchgeführt. Dabei tauchten verschiedene Hinweise auf eine mögliche Tatbeteiligung auf, die wir heute intensiv weiterverfolgen wollen. Vor allem aber können wir uns jetzt ein recht genaues Bild von dem Opfer und seinen persönlichen Verhältnissen machen.«

Kriminalhauptkommissar Lutz berichtet ausführlich vom Ergebnis ihrer gestrigen Ermittlungen. Er informiert auch über die zweite Blutspur am Tatort, die er ins Labor gegeben hat. Sie soll jetzt untersucht werden, um zu klären, ob sie ebenfalls vom Opfer stammt, was er, nach der Fundstelle zu schließen, stark bezweifelt. Dann fordert er die Kollegen zu Stellungnahmen, Anregungen oder Fragen auf. Anschließend wird das weitere Vorgehen diskutiert und in Absprache jedem seine Aufgabe für den heutigen Tag zugewiesen. Der Fall Jagstbach genießt ab sofort absolute Priorität im Polizeirevier Künzelsau.

Man zeigt sich in der Runde professionell und versucht jeden Anschein von Aufgeregtheit zu vermeiden, aber ein Mordfall im Hohenlohekreis ist schon eine absolute Seltenheit, da kann von kühler Routine keine Rede sein.

Besonders dringend wird den Kollegen vom Erkennungsdienst eingeschärft, möglichst rasch Fingerabdrücke und Speichelproben vom Bauern Karle und seiner Tochter Melanie, von Filialleiter Dierolf und dessen Ehefrau sowie der ehemaligen Ochsenwirtin beizubringen, im Laufe der Ermittlungen möglicherweise noch von weiteren Verdächtigen. Trotz aller Dringlichkeit sollen die Beamten aber diskret und mit Fingerspitzengefühl vorgehen und keine Auskünfte an die Presse geben.

»Wieso eigentlich von Melanie und der Ochsenwirtin?«, will Wieland wissen. »Gibt es Verdachtsmomente gegen die beiden?«

»Wir dürfen keine Eventualität ausschließen«, meint Lutz. »Verdächtig gemacht haben sie sich bislang nicht, aber ein Motiv könnte man ihnen sehr wohl unterstellen, denken Sie mal nach! Ich will einfach auf Nummer sicher gehen und nichts unversucht lassen.«

»Also, ich weiß nicht«, gibt Wieland zu bedenken. »Ich kann mir nicht vorstellen, wie die Melanie, dieses zierliche Persönchen, zu so etwas fähig wäre.«

»Nun, ich möchte mit der jedenfalls keinen Streit haben, so energisch, wie die ist. Die kann schon eine rechte Beißzang sein. Ist Ihnen auch diese Stimme aufgefallen? Außerdem: So eine Gabel ist spitz und so ein Bauch ist weich. Da braucht es keinen Herkules.«

Lutz wendet sich wieder an die versammelte Mannschaft: »Ich habe vorhin mit der Staatsanwaltschaft Schwäbisch Hall telefoniert. Sie erwartet von uns genauso wie die Öffentlichkeit rasche Ergebnisse, das sollte uns allen klar sein. Der Ochsenwirt war schließlich nicht irgendjemand. Er hatte hier im Hohenlohekreis eine gewisse Prominenz. Da spüren wir den Druck der Öffentlichkeit besonders deutlich, das ist keine Frage. Zwei Regionalsender haben bereits nachgefragt und werden in Kürze zu Interviews hier aufkreuzen, auch SWR4 Frankenradio Heilbronn. Bei unseren Ermittlungen stecken wir in einer äußerst schwierigen Situation: Außer den eben Genannten könnte fast jede der bei dem Konzert anwesenden Personen als Täter infrage kommen. Besonders natürlich solche, die bei unserem Eintreffen den Ochsengarten längst verlassen hatten. Das wird nicht einfach werden, Kolleginnen und Kollegen, deshalb müssen wir alle unsere Augen und Ohren offen halten. Wir werden auf Kommissar Zufall angewiesen sein.«

Die Sekretärin erscheint in der Tür des Besprechungszimmers: »Herr Lutz, könnten Sie mal kurz ...?«

»Ist das jetzt so dringend?«

»Ja, ein Zeuge ist am Telefon. Es ist wegen Jagstbach ...«

»Meine Damen und Herren, Sie wissen Bescheid. Jeder hat seine Aufgabe. An die Arbeit! Schaffe, net schwätze!« Er klatscht energisch in die Hände.

Die Kollegen schauen sich verwundert an.

***

Lutz geht ins Büro und nimmt den Hörer vom Schreibtisch: »Kriminalhauptkommissar Lutz.«

»Sind Sie von der Kripo, die den Mord in Jagstbach untersucht?«

»Mit wem spreche ich?«

»Botsch, Künzelsau, von der Band Annâweech.«

»Ach ja, wir haben am Samstagabend miteinander gesprochen. Was gibt's, Herr Botsch?«

»Also, ich lese gerade in der Zeitung, dass Sie nach Zeugen suchen. Da hat mir gestern ein Fan Fotos vom Konzert in Jagstbach gemailt, die er am Samstag mit seinem Handy geschossen hat. Auf einem ist der wütende Bauer mit seiner Mistgabel drauf, von dem ich Ihnen berichtet habe. Manche haben nachher gesagt, der sei's gewesen. Interessieren Sie sich für das Foto?«

»Auf jeden Fall, das könnte für uns von Interesse sein. Geben Sie mir bitte die Adresse von diesem Fan?«

»Das nützt jetzt nichts, denn der ist heute früh um fünf abgereist. Er ist diese Woche auf Montage, ich weiß aber nicht, wo. Doch ich kann Ihnen das Foto gleich mailen, wenn Sie wollen.«

»Tun Sie das, Herr Botsch, das wäre sehr freundlich von Ihnen. Meine Sekretärin gibt Ihnen gleich unsere Mailadresse durch. Ach, wissen Sie was, Herr Botsch? Schicken Sie uns doch alle Fotos, die Sie haben, Wie viele sind es denn?«

»Fünf.«

»Gut, ich danke Ihnen.«

Zehn Minuten später ruft die Sekretärin Kriminalhauptkommissar Lutz an ihren PC: »Sehen Sie, da sind die Fotos gekommen.«

Auf dem ersten Bild sieht man den halben Ochsengarten von Jagstbach mit dem LKW-Anhänger im Hintergrund, auf dem die Bühne der Band aufgebaut war. An drei Seiten und oben ist er mit einer blauen Plane abgedeckt. Das zweite Foto zeigt Annâweech in Großaufnahme mit Molle Winkler am Mikrofon. Nun erscheint das Bild, das Lutz besonders interessiert.

»Holen Sie mal bitte den Wieland her, der soll sich das mit ansehen!«

»Ja, wen haben wir denn da?«, ruft Kommissar Wieland, als er das Foto sieht. »Unsern hispeligen Freund Karle mit seiner Mistgabel vor der Bühne im Ochsengarten. Wo haben Sie das denn her?«

»Herr Botsch von Annâweech hat uns das gerade gemailt. Nun sehen Sie sich das mal genauer an – was fällt Ihnen auf, Dr. Watson?«

»Kann man das größer machen?«, fragt Wieland.

Die Sekretärin zoomt das Foto groß.

Lutz pfeift durch die Zähne: »Sehen Sie auch, was ich sehe?«

»Ich sehe vier Zinken in der Sonne blinken.«

»Und was sagt uns das?«

»Der Karle hat tatsächlich seine stinkige, vierzinkige Mistgabel dabeigehabt und nicht die saubere, dreizackige Heugabel.«

»Was zu beweisen war«, stellt Lutz befriedigt fest. »Er kann also kaum unser Täter sein. Spielen wir doch beide Varianten durch, seine Version und Ihre, Wieland.

Nach Karles Darstellung ist er auf dem Heimweg mit der Mistgabel in der Hand dem Ochsenwirt begegnet, hat kurz mit ihm gesprochen und dann seinen Weg zum Hof fortgesetzt, während der Ochsenwirt den Weg an der Jagst nahm. Nach Ihrer Version … aber sagen Sie doch selbst!«

»Also, so wie es jetzt aussieht, müsste er auf seinem Heimweg nach dem Disput mit dem Ochsenwirt die Mistgabel aus der Hand gelegt haben, dafür die Heugabel von seinem nahen Wiesle geholt haben und mit der dem Ochsenwirt bis zum Tatort am Forellenbecken gefolgt sein. Dort hat er ihn dann gestellt und zugestoßen. Die Gabel hat er stecken lassen. Dann ist er zurückgelaufen, hat seine Mistgabel wieder aufgenommen und ist zum Hof gegangen. Hm, zugegeben, Chef, hört sich nicht gerade plausibel an. Der Gabelwechsel … Eine weitere Möglichkeit: Karle und der Ochsenwirt gehen nach der kurzen Diskussion ihrer Wege. Erst zu Hause überkommt den Bauern der richtig große Zorn. Er lässt die vierzinkige Gabel bei der Miste, läuft dem Ochsenwirt nach, schnappt sich in seiner Wut unterwegs die dreizinkige Gabel aus dem Heuhaufen, stellt den Ochsenwirt beim Forellenbecken und ersticht ihn. Hm, klingt auch nicht gerade logisch, oder?«

»Tja, Wieland, wie sagt der Schwabe? Kannsch di drehe und wende, wie de willsch, der Arsch bleibt immer hinte!

Fällt Ihnen übrigens an dem Foto noch etwas auf? Sehen Sie genau hin!«

»Ja, verdammt! Da rechts unten in der Ecke haben wir die Uhrzeit der Aufnahme: 17.04. Na, das ist ja super! Jetzt können wir davon ausgehen, dass die Tat frühestens gegen 17.10 Uhr begangen wurde. Immer vorausgesetzt, Karle hat auf seinem Heimweg tatsächlich den Ochsenwirt getroffen. Es gibt aber keinen Grund, daran zu zweifeln.«

»Schauen wir uns auch die anderen Bilder an, es sind insgesamt fünf: Hier ist der halbe Ochsengarten drauf, hier nur die Bühne, das mit dem Karle kennen wir schon, das nächste zeigt lauter Zuhörer an ihren Tischen und das letzte einen Bierkrug mit einer angelehnten Annâweech-CD in Großaufnahme. Nichts Interessantes.«

»Bitte noch mal zurück! Hier, Chef, den da vorne am zweiten Tisch von rechts, den kennen wir doch. Das ist eindeutig der Raiba-Filialleiter Dierolf. Hat der nicht gesagt, er war gar nicht bei dem Konzert?«

»Das ist er tatsächlich, gratuliere, Adlerauge! Wieso hat der uns angelogen? Seltsam. Das muss einen Grund haben. Die eingeblendete Uhrzeit ist 17.14. Und schauen Sie, da hinten läuft noch ein Bekannter durchs Bild: Sohn Paul. Der trägt Bermudas. Was hat er denn da in der Hand?«

»Einen blauen Eimer, so einen großen, rechteckigen, wie die Putzfrauen ihn haben. Der Paul hat ja gesagt, er habe am Samstagnachmittag in der Gastwirtschaft mitgeholfen. Vielleicht trägt er gerade Abfälle fort. Aber der Dierolf – das ist schon interessant.«

***

Lutz und Wieland machen sich gleich nach den Rundfunk-Interviews noch einmal auf nach Jagstbach. »Also, Wieland, mir geht immer wieder der Ochsenwirt im Kopf herum. Was hat der bloß angestellt, dass ihn jemand so gehasst hat, dass er ihn auf diese grausige Weise ins Jenseits befördert hat? Wissen Sie, nach allem, was wir bis jetzt über den Toten erfahren haben, war der ja ein ausgemachter Tischzieher.«

»Verstehe ich nicht, Chef. Was soll das denn sein, ein Tischzieher?«

»Ach, wissen Sie, Wieland, ich teile die Menschheit ein in Tischzieher und Stuhlrücker. Stellen Sie sich mal eine ganz alltägliche Situation vor: Jemand setzt sich an einen Tisch, so. Jetzt bemerkt er, der Abstand zwischen Stuhl und Tisch ist aber unbequem groß. So kommt er schlecht an seinen Teller. Was tut er nun, Wieland?«

»Ganz einfach, er rückt näher an den Tisch.«

»Richtig. Das ist dann ein Stuhlrücker. Es gibt aber auch eine zweite Möglichkeit: Er zieht den Tisch näher zu sich her.«

Wieland lacht: »Darauf muss einer aber auch erst einmal kommen! Ruckzuck, hau ruck! Ein ziemlich rabiates Vorgehen, meinen Sie nicht?«

»Sie sagen es! Gerade deshalb bietet dieser einfache Vorgang psychologisch betrachtet aufschlussreiche Einblicke in Charakter und Seelenleben dessen, der sich gerade hinsetzt: Was macht der jetzt, rückt er oder zieht er?

Ich bezeichne den, der seinen Stuhl an den Tisch rückt, der Einfachheit halber als ›Stuhlrücker‹. Nachdem er sich also gesetzt hat, hebt der Stuhlrücker noch einmal leicht sein Hinterteil an, tut in gebückter Haltung zwei, drei Trippelschrittchen nach vorne, zieht den Stuhl nach und lässt sich wieder darauf nieder. Damit zeigt er, dass er sich den Gegebenheiten, die er vorfindet, anpassen will und kann. Pragmatisch, ohne viel Aufhebens, kaum bemerkt von den andern bringt sich der Stuhlrücker in die gewünschte Position.

Ganz anders aber nun der ›Tischzieher‹: Kaum sitzt er und registriert den zu großen Abstand, blickt der Tischzieher kurz nach links und rechts, fasst mit beiden Händen unter den Tisch und zieht ihn zu sich her. Anpassung, das demonstriert er damit, heißt für ihn ganz selbstverständlich, unverrückbar auf seiner Position zu verharren und seine Umgebung an ihn anzupassen. Dass nun alle anderen ihrerseits zu Stuhlrückern werden, weil sie dem Tisch hinterherrücken müssen, nimmt der Tischzieher entweder gar nicht wahr, oder wenn doch, so ist das für ihn ganz in Ordnung. Sehen Sie, Wieland, nach dieser Klassifizierung war der Ochsenwirt nun mal ein typischer Tischzieher.«

»Na, Sie haben vielleicht Ideen, Chef! Mir ist dieses Bild aber viel zu grob. Man kann doch nicht alle Menschen über einen Kamm scheren, auch nicht über zwei Kämme. Es gibt ihn doch gar nicht, diesen nur konzilianten oder nur rabiaten Mitmenschen. Wir sind doch mal so, mal so, wir haben immer von jedem etwas in uns, nicht?«

»Sie haben ganz recht. Es handelt sich hier um eine äußerst grobe Einteilung, eine Typisierung. Weil die Seele des Menschen in Wirklichkeit noch viel mehr Falten und Windungen aufweist als sein Gehirn, will ich der Genauigkeit halber auf diverse Modifizierungen hinweisen. Die Eigenschaft als Stuhlrücker oder Tischzieher ist, wie Sie ganz richtig bemerken, selten in der oben angedeuteten archetypischen Eindimensionalität ausgeprägt, sondern weit vielschichtiger in ihren Erscheinungsformen und Graden der Ausprägung. Es bedarf durchaus spezifischer Ausdifferenzierung.«

»Au, jetzt wird's wissenschaftlich!«, ruft Wieland aus.

»Kann man sagen. Ich habe mir darüber nämlich schon recht gründlich meine Gedanken gemacht. So will ich beispielsweise innerhalb der Spezies der Stuhlrücker zwischen dem verhaltenen und dem robusten Stuhlrücker unterscheiden. Beim verhaltenen Stuhlrücker lässt sich beobachten, dass er ängstlich vermeiden will, dass sein Stuhl beim Vorrücken laute Schleif- oder Quietschgeräusche erzeugt. Deshalb rückt er mit größter Vorsicht und Geräuschlosigkeit an den Tisch, schaut sich dabei dennoch schuldbewusst nach seinen Tischnachbarn um und nuschelt leise ›Verzeihung!‹.

Der robuste Stuhlrücker hingegen ruckelt mehrfach geräuschvoll, bis er die behaglichste Position erreicht hat, und redet dabei in der Regel bereits laut mit den Tischgenossen. Eine Steigerung schafft der robuste Stuhlrücker noch dadurch, dass es ihm auf rätselhafte – oder, wie er meint, auf schicksalhafte – Weise gelingt, jedes Mal mit dem Knie derart heftig gegen ein Tischbein zu rammen, dass reihenweise Gläser wackeln oder Kaffeetassen überschwappen. Sein robustes Naturell lässt ihn daraufhin auch keinerlei Betroffenheit äußern, sondern lediglich den heiteren Ausruf: ›Ach, ich schon wieder!‹

Auch bei den Tischziehern ist die Spanne der Erscheinungsformen weit. Sie reicht von dem abstoßend aggressiven, despotischen Egomanen, der fast schon filmreif ohne Rücksicht auf schwappende Teller und kippende Gläser die Sache wie gewohnt buchstäblich an sich reißt, über den unbedarften, rüpelhaften Proll, dann den einfach nur dummen Bauern ohne Manieren bis hinunter zu dem absolut unsensiblen, alles umarmenden Kumpeltyp, der jovial ruft: ›Obacht, nun kommt mal alle her zu Papa!‹ Letzterer achtet denn auch sehr darauf, dass auf dem Tisch, den er herzieht, kein Schaden angerichtet wird. Damit wirkt der joviale Vertreter innerhalb seiner eher unsympathischen Spezies Tischzieher noch als der rücksichtsvollste und wäre auf einer gedachten Skala gleich unterhalb des robusten Stuhlrückers einzuordnen.« Lutz gerät zusehends in Fahrt und findet selber Gefallen an seinem Vortrag. »Wie gesagt, es gibt zahlreiche weitere Typen, die Sie durch eigene Beobachtungen klassifizieren könnten. Unberücksichtigt ist in meinen Überlegungen beispielsweise die geschlechterspezifische Gewichtung geblieben. Der Einfachheit halber habe ich nur die maskulinen Formen benutzt. Ach, Wieland, das wäre noch ein weites Feld!

Ganz allgemein eignen sich die beiden Begriffe Stuhlrücker und Tischzieher aber durchaus zur groben Einordnung unserer Mitmenschen. Versuchen Sie es einmal, Wieland! Schauen Sie sich um! Es gibt sie unter den Kollegen, im Straßenverkehr, im Verein, unter Politikern nicht weniger als unter Klerikern, in der Nachbarschaft, der Verwandtschaft, der Beziehung, ja selbst in Schule, Kindergarten und sogar schon im Sandkasten – was übrigens eine anlagenbedingte Determination vermuten lässt, denn genetisch, das haben neuere Forschungen ergeben, ist der Mensch …«

»Stopp, Chef! Um Himmels willen, das artet ja zu einer psychosoziologischphilosophischen Vorlesung aus! Ich komme mir wieder vor wie auf der Polizeihochschule in Villingen-Schwenningen. Da hatten wir einen Dozenten, der seine helle Freude daran hatte, mit Hingabe und Ausdauer solche Themen zu Tode zu reiten.«

»Na, sagen Sie doch gleich pseudopsychosoziologisch-philosophische Vorlesung, dann weiß ich, was Sie davon halten, Sie Ignorant. Dabei sind derlei Erkenntnisse gerade für unseren Beruf von größter Wichtigkeit, glauben Sie mir.«

»Okay, Chef, ich verstehe: Für Polizeiarbeit höchst relevant, wer das nicht glaubt, ist ein Ignorant. Ich will mich bessern, ich bin ja noch jung. Wir sind übrigens gleich da. Wo wollen wir denn zuerst hin?«

»Also gut, Herr Kommissar, zum ›Ochsen‹ bitte.«

***

Bei einem Anruf in Pauls Firma hatte man den Polizisten gesagt, Paul habe sich heute frei genommen, weil es nach dem Tod seines Vaters noch einiges zu erledigen gebe.

Als das Kriminaler-Duo vor dem »Ochsen« aus dem Dienstwagen steigt, dringt vom Hof her Lärm herüber. Die beiden gehen um die Gastwirtschaft herum und sehen Paul mit einem Sprudelkasten auf den Seiteneingang zusteuern. Rezzo, der Jagdhund, gebärdet sich wie toll, reißt den Rachen auf und bleckt die Zähne, knurrt bedrohlich, bellt und geifert, während er Sprünge vollführt und wild an seiner Kette zerrt. Paul macht einen Bogen um die Reichweite des Hundes, als plötzlich mit einem Knall dessen Kette reißt. Wie rasend stürzt sich das Tier auf Paul, der seine Getränkekiste von sich wirft und dabei den anstürmenden Hund trifft. Der jault laut auf, rappelt sich hoch und geht erneut zum Angriff über. Paul schreit immer wieder: »Rezzo, aus!«

Der rasende Angreifer springt an Paul hoch, als wolle er ihm buchstäblich an die Kehle. Paul blickt sich hektisch um, sieht hinter sich einen Hackklotz stehen, reißt das Beil vom Klotz und streckt Rezzo mit einem wuchtigen Schlag auf den Schädel nieder. Ein leises Winseln noch, zuckende Pfoten, dann geht diese turbulente Szene, die nur wenige Sekunden gedauert hat, in absolute Stille über.

Der Hund rührt sich nicht mehr. Die beiden Beamten verharren in ihrer angespannten Haltung, als wollten sie gleich eingreifen. Paul hält noch das Beil in der Linken. Er keucht leise, auf seiner Stirn eine blau angeschwollene Ader. Jetzt bemerkt er die beiden Polizisten, schlägt das Beil wieder in den Hackklotz und kommt langsam auf sie zu.

»Ich fass es nicht!«, ruft Wieland und Lutz schüttelt angewidert den Kopf. »Was für eine abgefahrene Nummer haben Sie denn da gerade abgezogen?«

»Haben Sie das nicht gesehen?«, keucht Paul, immer noch außer Atem.

»Ja, aber den eigenen Hund so brutal zu erschlagen!«

»Das war ein Reflex. Was sollte ich machen? Der war ja wie von Sinnen. Der Tod meines Vaters muss ihn völlig verrückt gemacht haben. Er war ja dabei! Dass so ein Erlebnis einen braven Jagdhund zur Bestie machen kann!«

Paul atmet tief durch, wird langsam ruhiger. Die Zornesader ist verschwunden.

»Wir wollten noch einmal kurz mit Ihnen sprechen.«

Paul blickt die Beamten mit ängstlichem Misstrauen an. »Weshalb denn? Wegen der Sache mit meinem Vater, oder?«

»Ja, natürlich. Ihre Mutter sagte uns, Sie wohnen noch hier.«

Paul nickt.

»Wir haben von Ihrer Firma die Auskunft erhalten, Sie hätten sich heute frei genommen, um wichtige Dinge zu erledigen.«

»Ja, klar, die ganzen Formalitäten, seine Termine absagen, Standesamt, Notariat, einen Besuch beim Pfarrer, Bestattungsunternehmen, die Vorbereitungen der Beerdigung, die Versicherungen informieren und was da noch so alles kommt. Ich hab das ja noch nie gemacht.«

»Da wird es für Sie besonders wichtig sein«, sagt Lutz, »wenn ich Ihnen mitteilen kann, dass die Leiche ab sofort freigegeben ist. Teilen Sie das möglichst heute noch dem Bestattungsunternehmen mit.«

»Danke. Und dem Pfarrer natürlich, dem Totengräber, dem Posaunenchor, dem Gesangverein. Dann kann ich vielleicht heute noch die Todesanzeigen aufgeben. Meine Mutter hilft mir zum Glück bei diesen Dingen. Ach, übrigens: Ich habe bei den Papieren eine Lebensversicherung meines Vaters gefunden. 200 000 Euro. Wird die auch nach einem Mord ausbezahlt?«

»Ich denke schon. Es sei denn, der Begünstigte war der Mörder. Das müssen Sie mit der Versicherung klären.«

»Mein Vater hat nach der Scheidung wohl nicht daran gedacht, die Versicherung umschreiben zu lassen. Oder es nicht gewollt. So ist meine Mutter noch als Begünstigte eingetragen. Aber die wird ihn ja wohl kaum umgebracht haben.«

»Wohl kaum. Wir ermitteln noch. Wusste Ihre Mutter von der Lebensversicherung?«

»Ich glaube nicht. Sie war jedenfalls sehr überrascht, als ich ihr das heute sagte. Aber was stehen wir hier im Hof. Kommen Sie doch bitte herein.«

Paul blickt noch einmal traurig auf Rezzo hinunter, steigt kopfschüttelnd über den toten Hund, sammelt mit hängenden Schultern die Sprudelflaschen wieder in den Kasten und geht voraus zum Nebeneingang.

»Die Barschaft hat Ihr Vater größtenteils verzockt, die Lebensversicherung geht an Ihre Mutter. Was wird aus dem ›Ochsen‹? Werden Sie ihn weiterführen? Ihre Freundin Melanie hätte sicher Gefallen daran.«

Paul erstarrt. Lutz und Wieland entgeht das nicht, aber sie wollen nicht fragen.

»Den ›Ochsen‹ weiterführen? Mit der Melanie?« Paul schluckt. »Das ist nicht möglich. Auf gar keinen Fall! Nein, das ist nicht mein Ding. Ich tauge nicht zum Wirt. Ich bin ganz anders gestrickt. Mein Job gefällt mir. Den möchte ich nicht aufgeben. Vielleicht werde ich den ›Ochsen‹ verpachten. Das ist aber heute noch nicht so wichtig. Wer weiß denn, was kommt.«

Der Wohnzimmertisch ist wie gestern mit Papieren übersät. Wieland schiebt ein paar beiseite und legt zwei der Fotos vom Samstag auf den Tisch.

»Ach ja«, meint Paul, »das ist der filmreife Auftritt vom Eugen mit der Mistgabel. Eine Bedienung hat mir davon erzählt. Ich habe ihn leider selbst nicht miterlebt. Und auf dem zweiten Foto – hm – da rechts, da sitzt doch der Dierolf! Hat der gestern nicht behauptet, er sei gar nicht im Ochsengarten gewesen? Warum lügt der? Wenn einer die Polizei anlügt, hat er doch Dreck am Stecken, oder?«

»Möglich. Dazu werden wir ihn noch ausgiebig befragen. Sie selbst haben ihn nicht bemerkt?«

»Nein, sonst hätte ich das doch gestern gleich gesagt.«

»Sie sind aber auch auf dem Foto.«

»Ich? Stimmt! Da hinten laufe ich gerade mit dem blauen Eimer vorbei. Mit dem gehe ich immer Forellen holen, wenn Gäste welche bestellen.«

»Das Foto wurde um 17.14 Uhr gemacht. Das ist ungefähr die ermittelte Tatzeit. Haben Sie da unten an der Jagst irgendetwas oder jemanden gesehen? Ihren Vater vielleicht, seinen Hund, den Nachbarn Karle, Herrn Dierolf oder einen Unbekannten, Mann oder Frau?«

»Nein. Tut mir leid. Nein, da war niemand. Ich habe natürlich auch nicht groß herumgeschaut. Ich hatte es eilig. Die Forellen müssen innerhalb einer halben Stunde auf dem Tisch sein. Oh je, dann muss das mit meinem Vater wohl gleich danach passiert sein!«

»Eine Frage noch: Der Hundebiss an Ihrer linken Hand, wann war das?«

»Wie ich Ihnen schon sagte, am Sonntag beim Füttern.«

»Noch ein Linkshänder, Chef«, murmelt Wieland im Hinausgehen.

* * *

»So«, meint Lutz, »und jetzt knöpfen wir uns noch einmal den Banker vor.«

»Laufen wir die paar Schritte?«

»Nein, Wieland, in weiser Voraussicht nehmen wir den Wagen.«

Wieso das denn?, denkt Wieland im Stillen.

Raiba-Filialleiter Dierolf ist nicht gerade erfreut, als die beiden Kriminaler in seinem Büro erscheinen.

»Haben Sie meinen Mitarbeitern draußen erzählt, dass Sie von der Kripo sind?«

»Nein, Herr Dierolf. Aber sagen Sie einfach, wir überprüfen die finanziellen Verhältnisse des Ochsenwirts. Ist ja nur halb gelogen. Mit der Wahrheit nehmen Sie es ja ohnehin nicht so genau.«

»Das verbitte ich mir!«

»Und die Mauscheleien mit den dubiosen Geldanlagegeschäften an Ihren Vorgesetzten vorbei? Die hastige Vernichtung wichtiger Unterlagen? Aber das interessiert uns nur am Rande. Wir fragen uns eher, Herr Dierolf, weshalb Sie uns Ihre Anwesenheit im Ochsengarten am Samstagnachmittag verschwiegen haben. Dummerweise, denn Sie mussten doch damit rechnen, dass wir davon erfahren.«

»Ich war den halben Samstag in der Bank. Ich hatte dort viel zu tun.«

»Ei, ei, ei, solch ein fleißiger Mitarbeiter aber auch! Von Montag bis Freitag während der normalen Dienstzeiten in der Bank. Am eigentlich freien Samstag in der Bank. Sogar am heiligen Sonntag in der Bank. Donnerwetter! Wieland, nehmen Sie sich ein Beispiel an Herrn Dierolf, was unbezahlte Überstunden und gewissenhafte Pflichterfüllung angeht!«

»Geschenkt, Chef. Wissen Sie, Herr Dierolf, wir mögen das gar nicht, wenn wir am heiligen Sonntag beim Ableisten unbezahlter Überstunden« – Wieland wirft mit hochgezogenen Augenbrauen einen raschen Blick zu Lutz hinüber – »wenn wir da von Ihnen angelogen werden. Und Polizisten werden ganz ungemütlich misstrauisch, wenn sie angelogen werden. Dann hat da nämlich jemand etwas zu verbergen.«

Lutz tippt Dierolf mit dem Zeigefinger auf die Krawatte: »Warum diese Lüge?«

»Ach so … ja … also … jetzt fällt mir das wieder ein: Ich hab eine kurze Mittagspause gemacht und weil es so heiß war, bin ich kurz in den Ochsengarten hinüber und hab ein Spezi getrunken. Als Sie mich danach fragten, dachte ich, es gehe um den späten Nachmittag. Da war ich tatsächlich nicht dort. Ich hab hier um halb fünf Schluss gemacht und war so gegen fünf Uhr schon zu Hause.«

Wieland holt das Foto aus der Tasche und legt es Dierolf auf den Schreibtisch. »Und was ist das?«

»Das? Wo haben Sie das denn her? Zeigen Sie mal! Ja, genau wie ich gesagt habe: Da sitze ich mit einem Glas Spezi im Ochsengarten. Ungelogen.«

»Und wer ist die junge Frau neben Ihnen?«

»Kenn ich nicht.«

»Aber es sieht so aus, als würden Sie beide sich unterhalten.«

»Sie hat nur gefragt, ob ich Annâweech auch so gut finde.«

»Aha. Und Annâweech sieht man gerade auf der Bühne neben Ihnen spielen.«

»Ja, genau. War ganz lustig, haha.«

»Dumm nur, mein lieber Herr Dierolf, dass Annâweech um die Mittagszeit noch gar nicht da waren. Die haben erst um 15 Uhr mit ihrem Konzert begonnen.«

»Oh – hihi, sehen Sie, wie vertieft ich in meine Arbeit war? Ja, kann gut sein, dass ich erst um zwei oder drei Pause gemacht habe. Ich hab nicht auf die Uhr geschaut. Und in der Bank gibt es ja keinen Pausengong, hihi!«

»Wieland, merken Sie das auch? Er hört nicht auf, uns für dumm zu verkaufen, und verheddert sich dabei immer tiefer in seine ungemütliche Lage.« Lutz haut mit der flachen Hand auf Dierolfs Schreibtisch.

Nicht nur Dierolf, auch Wieland zuckt erschreckt zusammen.

Lutz schlägt einen ganz neuen Ton an, den Wieland bisher noch nicht an ihm erlebt hat: laut, scharf, drohend. »Sehen Sie rechts unten in der Ecke die Aufnahmedaten des Fotos? 17.14 Uhr steht da. Und Sie wollen um 17 Uhr zu Hause gewesen sein! Haben Sie da auch nicht auf die Uhr geschaut? Oh doch, das haben Sie! Ihre Frau sagt aus, Sie seien am Samstag pünktlich um 18 Uhr zur ›Sportschau‹ heimgekommen.«

»Sie haben mit meiner Frau gesprochen?«

Dierolf sackt förmlich über dem Foto zusammen. Dann zerknüllt er es in seiner Faust und wirft es wütend in den Papierkorb.

»Vernichtung von polizeilichem Beweismaterial. Eine Ordnungswidrigkeit, wenn nicht gar eine Straftat«, bemerkt Lutz trocken. »Wieland, drucken Sie dann bitte ein neues Foto aus.« Und zu Dierolf sagt er: »Es ist aus, Herr Dierolf. Alles Lügen hat keinen Zweck mehr. Macht Ihre Lage nur noch schlimmer. Wir haben Sie am Wickel, junger Mann. Es ist bewiesen, dass Sie erstens am Tatort waren und zweitens exakt zur ermittelten Tatzeit. Sie hatten drittens ein handfestes Tatmotiv: Ihre Existenz stand auf dem Spiel. Sie sind viertens Linkshänder wie unser Täter. Reicht das nicht? Uns schon.

Sie wollten wohl noch einmal den Versuch machen, mit dem Ochsenwirt in Sachen Ihrer aus dem Ruder gelaufenen Geldgeschäfte eine Einigung zu erzielen oder wenigstens einen Aufschub, bevor der sich am Abend mit Ihrem Chef zum Ausplauderstündchen auf den Hochsitz kuscheln würde. Der verärgerte Ochsenwirt ließ aber nicht mehr mit sich reden, stimmt's? Es kam zum Streit. Sie drehten durch, ergriffen die Gabel und stachen zu.«

»Ha! Was für eine Gabel? Da war keine Gabel.«

»Das heißt also, Sie waren am Tatort?«

»Aber nein! Ich meine nur, ich hatte keine Gabel. Ich besitze gar keine Gabel. Ich hab den Ochsenwirt gar nicht gesehen. Ja, ich wollte noch einmal mit ihm reden, aber er war nicht da. Er sei mit dem Hund unterwegs, sagte die Bedienung. Da habe ich ein Spezi bestellt und fast eine Stunde auf ihn gewartet. Er kam aber nicht. Dann bin ich gegangen.«

»Haben Sie das gehört, Wieland? Sitzt da, will nur reden, wartet ein Weilchen, trinkt ein Spezi und geht dann brav heim. So eine völlig harmlose, unschuldige, nette kleine Geschichte! Und wegen der bekommen wir« – und jetzt schreit er fast und schlägt bei jedem Wort mit der Hand auf den Tisch – »eine hanebüchene Lüge nach der anderen aufgetischt?«

In seinem üblichen sachlichen Ton fährt er fort: »Herr Dierolf, Sie begleiten uns jetzt nach Künzelsau. Wir müssen Ihre Aussagen dort zu Protokoll nehmen. Das geht hier nicht. Wir werden Sie dem Haftrichter vorführen. Heute noch oder morgen. So lange bleiben Sie erst einmal in Gewahrsam. Wollen Sie Ihre Frau anrufen?«

Dierolf ist kreidebleich geworden. »Sie wollen mich verhaften?«

»Nein, das wird dann der Haftrichter entscheiden. Wir nehmen Sie nur in vorläufigen Gewahrsam.«

Dierolf erhebt sich langsam. Seine Unterlippe zittert: »Bitte, bitte ohne Handschellen! Nehmen wir den Seitenausgang?«

»Sollten Sie nicht Ihren Stellvertreter kurz informieren? Es könnte länger dauern.«

* * *

Kriminalhauptkommissar Lutz dreht sich im Auto zu Dierolf auf der Rückbank um.

»Ich habe gehört, hier im Jagsttal seien die meisten Menschen gut katholisch. Sie auch?«

»Eh, wie bitte? Ja, bin ich. Warum fragen Sie?«

»Dann kennen Sie doch sicher auch die sieben Todsünden?«

»Ja, klar. Hatten wir mal im Religionsunterricht.«

»Ist aber schon lange her, nicht wahr? Sie könnten die sieben Todsünden jetzt nicht auf Anhieb hersagen.«

»Glaub nicht. Was wird das jetzt? Halten Sie mir nun eine Predigt, weil Sie meinen, ich habe schwer gesündigt? Oder wollen Sie mir hier im Polizeiwagen die Beichte abnehmen? Ich hatte ›Protokoll‹ verstanden, Herr Lutz, nicht Predigt oder Beichte.«

»Ich habe kürzlich die Komburg in Schwäbisch Hall besichtigt. Da stehen auf der Kanzel der Klosterkirche sieben Skulpturen der sieben Todsünden. Eine der sieben Todsünden ist die Habgier, Herr Dierolf. Gerade in Ihrer Branche ist die Habgier berufsbildprägend. Dort trifft man die Habgier besonders häufig an – auf beiden Seiten des Bankschalters, Herr Filialleiter. Die Banken sind tragende Säulen innerhalb des Kapitalismus. Sie pervertieren die Todsünde Habgier zu einer der Grundtugenden des Systems. Das nennen sie dann Profitmaximierung. So sind auch Sie mit Ihren windigen Anlagegeschäften zusammen mit dem Ochsenwirt der Habgier verfallen.«

»Sie machen da einen Fehler, Herr Lutz. Ich bin Angestellter einer Raiffeisenbank. Raiffeisenbanken sind genossenschaftliche Unternehmen. Zwar haben wir auch das Wort ›Bank‹ im Namen, aber wir sind nicht eigentümergeführt wie die Privatbanken oder börsennotiert wie die Großbanken. Genau diesen treten wir als Gegenentwurf gegenüber. Bei denen stehen Umsatz, Ertrag, Gewinn, Ausschüttung, Börsenkurs und Internationalität im Vordergrund. Bei uns ist es Regionalität, Überschaubarkeit und Solidarität. Genossenschaften sind dazu da, sich gegenseitig zu helfen, nicht den eigenen Profit zu maximieren.«

»Ach, wie edel! Hören Sie das, Wieland? Der Herr Dierolf sitzt nicht hier bei uns, weil er bankertypisch der Habgier verfallen ist, sich auf die krumme Tour bereichern wollte. Nein, er wollte genossenschaftlich solidarisch sein. Dummerweise nur mit seinem Spezi Ochsenwirt und mit sich selbst. Und als es mit der Solidarität dann Essig war, da hat er seinen lieben Genossen womöglich ganz, ganz unsolidarisch ins Jenseits befördert. Zorn, Herr Dierolf, ist ebenfalls eine Todsünde.«

»Das ist eine unbewiesene Unterstellung!«

»Richtig, bis jetzt noch, Herr Dierolf. Aber dass Genossenschaften dazu da sind, sich gegenseitig zu helfen, ist auch eine Unterstellung. Ja, das war der Gründungsgedanke des Herrn Raiffeisen, das weiß ich auch. Aber inzwischen sind Genossenschaftsbanken in ihrem Geschäftsgebaren den Kunden gegenüber nicht einmal mit der Lupe von den anderen Banken zu unterscheiden. Bei Ihrer Bank bekommt der Sparer laut Aushang in Ihrem Schalterraum 0,00 Prozent Zinsen für seine Einlagen, ab 1500 Euro dann lumpige 0,05 Prozent. Für einen eingeräumten Dispo-Kredit aber zahlt er 12,55 Prozent, wenn er den überzieht, sogar 16,5 Prozent. Dabei bekommt die Bank selbst das Geld von der Zentralbank um 0,25 Prozent nachgeschmissen. Schämen Sie sich nicht? Ihre Gebührenliste ist dreiundzwanzig Seiten lang!

Für einen Überweisungsvordruck mit seiner Kontonummer zum Beispiel buchen Sie dem Kunden fünf Cent ab. Pro Stück!«

»Wir müssen eben sehen, wo wir bleiben. Der Kunde bekommt ja auch dreiundzwanzig Seiten erstklassigen Service geboten.«

»Sehen Sie, neben der Habgier und dem Zorn ist auch der Hochmut eine der sieben Todsünden, Herr Dierolf. Das wären dann schon drei. Ich sehe schwarz für Ihr Seelenheil. Fegefeuer ist da das Mindeste. Sie kennen ja die Karriereleiter für katholische Sünder. Aber das hat Zeit, hoffe ich. Vorher wird Sie wahrscheinlich die irdische Justiz in die Zange nehmen.«

Der kurzfristig anberaumte Anhörungstermin beim Haftrichter bringt eine faustdicke Überraschung: Dierolf windet und krümmt sich eine Weile. Dann erklärt er schließlich seine ganzen Ausweichmanöver und Falschaussagen mit einem intimen Verhältnis, das er seit Monaten mit einer Bekannten aus Bad Mergentheim unterhält. Diese peinliche Tatsache wollte er unter allen Umständen vor seiner Frau und der Polizei verbergen. Auch deshalb, weil seine Bekannte selbst verheiratet ist und in Mergentheim eine öffentliche Funktion bekleidet.

So sei er auch an dem fraglichen Tattag gar nicht in der Bank, sondern mit seiner Freundin unterwegs gewesen. Er habe mit ihr am Samstagnachmittag auch den Ochsengarten in Jagstbach aufgesucht in der Hoffnung, dort noch die Gelegenheit zu einem Gespräch mit dem Ochsenwirt zu erhalten. Dazu sei es aber nicht gekommen, weil der Ochsenwirt angeblich mit seinem Hund Gassi gegangen war und ewig nicht zurückkam. Daraufhin hätten sie beide gegen halb sechs den Ochsengarten verlassen und seien jeder zu sich nach Hause gefahren.

Lutz gibt zu Protokoll, dass Frau Dierolf von einer zunehmenden beruflichen Belastung ihres Mannes berichtet habe, die ihn in letzter Zeit immer wieder vor allem an Wochenenden stark in Anspruch nehme. Die Sitzungen, Seminare und auswärtigen Kundenkontakte habe es in dieser Häufigkeit früher nicht gegeben.

Der Haftrichter hält deshalb Dierolfs Aussagen für durchaus glaubhaft. Er lässt sich die Kontaktdaten der Freundin geben, um die Angaben zu überprüfen. Träfen sie zu, habe er kein Interesse daran, diese Umstände an die Öffentlichkeit zu bringen. Fluchtgefahr sieht er nicht gegeben. Der Antrag auf Untersuchungshaft wird abgelehnt. So kann Dierolf noch am Montagnachmittag ohne viel Aufhebens in seine Bankfiliale zurückkehren, soll sich aber zu weiteren Befragungen zur Verfügung halten.

* * *

In Ailringen treffen Lutz und Wieland den Lehrer Frenz beim Rasenmähen an. Ein schmächtiger Mann mit Brille im knallroten Polohemd, einer Basketballmütze mit verschlungenem »BJ« auf dem ausladenden Schirm und viel zu großen Gummistiefeln müht sich schwitzend mit der lauten Maschine ab.

»Schau an«, brummt Lutz, »typisch Lehrer: Vormittags hat er recht und nachmittags hat er frei!«

Als sie sich vorstellen und ihre Dienstausweise zeigen, ist die Überraschung groß.

»Ja, Wieland, sou ebbes!«, krächzt Frenz erstaunt und wischt sich den Schweiß von der Stirn. Als er die Mütze abnimmt, entblößt er eine gerötete Halbglatze und wirres, schütteres Haar. »I hob gor net gwisst, dass Sie Polizist gworde sind, oder?«

»Und ich wusste nicht, dass Sie jetzt in Ailringen wohnen, Herr Frenz. Sonst hätte es bei mir gleich geklingelt, als ich Ihren Namen gehört habe. Es gibt ja so viele Frenz im Hohenlohischen. – Wissen Sie, Herr Lutz, er war mein Lehrer in Deutsch und Geschichte.«

»Ja, wir haben vor drei Jahren hier gebaut. Ruhige Lage, schöne Landschaft, bezahlbarer Bauplatz. Ich habe leider nicht viel an Eigenleistungen beisteuern können. Körperlich zu schwach und handwerklich völlig unbegabt, haha! Nur zum Tapezieren hat es gerade noch gereicht. Sie wissen ja, die Arbeiterbewegung hat zwischen Handarbeitern und Kopfarbeitern unterschieden. Und als Lehrer … Sind Kripobeamte eichentlich au Kopfarbeiter, Wieland? Aber Sie trage ja gor kaa Uniform! Komme Sie mi etwa privat bsuche, oder?«

»Nein, nein, die Kriminalpolizei trägt Zivil.«

»Und wie sind Sie zu dem Verein komme?«

»Nach der Mittleren Reife habe ich das Berufskolleg absolviert und dann die Polizeischule besucht. Zwei Jahre war ich bei der Bereitschaftspolizei und habe anschließend auf der Polizeihochschule in Villingen-Schwenningen studiert. Dieses Frühjahr habe ich meinen Abschluss gemacht und bin nun seit zwei Monaten als Kriminalkommissar im gehobenen Dienst.«

»Respekt, Wieland! Ja, ja, i erinner mich dunkel, dass Sie e heller Kopf ware.«

»Dunkel und hell, kein Gegensatz, gell?«

Kommissar Lutz räuspert sich: »Entschuldigen Sie bitte, meine Herren. Ich will Ihre Wiedersehensfreude nicht trüben, aber der Anlass für unseren Besuch ist weit weniger erfreulich und alles andere als privat.«

»Ach ja, natürlich, hätt ich mir ja denke könne!«, ruft der Lehrer. »Raus mit der Sprooch, Wieland! Was hab ich ausgfresse?« Er reckt dem jungen Kommissar theatralisch seine gekreuzten Hände in den grauen Arbeitshandschuhen hin: »Verhafte Sie mich, Wieland! Mensch, des muss doch ein gfundes Fressen für Sie sei, seim alte Lehrer Handschelle ouz'lecha, oder?«

Lutz findet das gar nicht lustig: »Herr Frenz, bitte! Wir müssen dringend mit Ihnen reden, aber nicht hier beim Rasenmähen.«

»Oh, Entschuldigung! Aber selbstverständlich, meine Herren von der Staatsmacht, kommen Sie doch bitte herein in unser trautes Heim! Ich ziehe nur noch schnell meine Gummistiefel aus und wasch mir die Hände, damit Sie saubere Fingerabdrücke für Ihre Verbrecherkartei nehmen können, haha!«

»So, jetzet, was verschafft mir die Ehre Ihres hohen Besuchs?«, fragt Frenz gut gelaunt, als die drei im Wohnzimmer Platz genommen haben.

»Können Sie sich das nicht denken, Herr Frenz? Vorgestern ist in Jagstbach der Ochsenwirt ermordet worden, das wissen Sie.«

»Klar. Hab ich am Sonntag beim Frühschoppen im Sportheim in Mulfingen erfahren. Stelle Sie sich vor: Ich bin darüber auch keineswegs in Tränen ausgebrochen. Nein, ich hab eine Runde spendiert. Der hat das doch verdient, oder?«

»Was hat er verdient? Dass er umgebracht wurde?«

»Hm, zumindest die Runde Zwetschgenschnaps hat er verdient. Er war doch schließlich ein Ehrenmann, oder?«

»Wie soll ich das nennen, Herr Frenz? Ironisch, sarkastisch, zynisch, gehässig? Auf alle Fälle pietätlos.«

»Ha, ha, pietätlos! Der war gut! Ich nenn es gradraus, Herr Lutz, ehrlich, frisch von der Leber weg. So bin ich. Ich nehm kein Blatt vor den Mund.«

»So wie vor sechs Wochen, als Sie im Sportheim getönt haben, Sie würden den Ochsenwirt umbringen? Da haben Sie auch kein Blatt vor den Mund genommen.«

»Ah, jetzt dämmert mir, warum Sie hier sind!«

»Ermittlungsarbeit. Logisch, oder?«

»Hören Sie zu, Herr Lutz! Dann haben Sie sicher auch ermittelt, aus welchem Anlass ich diese Äußerung getan habe, oder? Ich mache eben aus meinem Herzen keine Mördergrube. In diesem Moment, nach dem zweiten Viertele, war mir halt danach, bitte sehr. Hätte ich das wirklich ernst gemeint, hätte ich den Kerl schon vor sechs Wochen abgestochen, oder? Meine Frau hat bald eingesehen, auf was sie sich da eingelassen hatte. Sie ist längst zu mir zurückgekehrt. Das haben Sie bestimmt auch ermittelt, oder? Wozu sollte ich mir da Wochen später noch die Finger schmutzig machen an diesem schwarzen Schmierlappen? Übrigens, das würde mich interessieren: Wo hat denn die Gabel genau gesteckt?«

»Das wissen Sie doch!«

»Nein, leider, leider war ich nicht dabei, und in der Zeitung stand nichts davon. Hoffentlich in seinem dicken Hals, den er nicht voll bekommen konnte!«

»Falsch. Weiter unten.«

»Unten? Haha, dann hat ihm womöglich einer sein geiles Gemächt gepierct? Damit hat er ja alles beglückt, was einen Rock trug und nicht bis drei auf den Bäumen war.«

»Zum Beispiel Ihre Frau. Die war wohl selbst bei zehn noch nicht auf dem Baum.«

»Das stimmt. Ach, wissen Sie, Herr Lutz, zugegeben, im Gegensatz zu mir halber Portion hat der Ochsenwirt tatsächlich richtig gut ausgesehen. Das muss der Neid ihm lassen. Er war, wie ihr Schwaben sagt, ›ein gestandenes Mannsbild‹. Die Amis nennen so einen ›womanizer‹. Konnte richtig charmant sein, der Kerl, witzig, jovial. Der konnte eine ganze Gesellschaft unterhalten. Vor allem beim anderen Geschlecht kam der gut an. Sein Ego war mindestens so groß wie sein Geländewagen. Trifft übrigens auf die meisten SUV-Fahrer zu, diese Ellbogentypen. Ja, ja, der machte schon was her, der ehrenwerte Herr CDU-Mandatsträger. Setzte sich in seinen dicken amerikanischen Pickup und schaukelte wichtigtuerisch seine geschwollenen Eier durch die Gegend. Und jetzt? Was ist das Ende vom Lied? Oh, Vanitas! Kannten Sie ihn?«

»Als ich ihn kennen lernte, Herr Frenz, sah er leider nicht mehr ganz so vital und attraktiv aus.«

Wieland mischt sich ein: »Bleich, gespießt mit einer Gabel, zwischen Brustkorb und dem Nabel.«

Frenz lacht hell auf: »Ach, da? Au recht. Mensch, Wieland, Sie machet ja immer noch Ihre ›Verslich‹! Hat schon im Unterricht manchmal in Reimen geantwortet und in der Schülerzeitung Gedichte veröffentlicht, unser Schulpoet. Sage Sie amol, Wieland, man hört deutlich, dass Ihr Vorgsetzter a Schwoob isch. Wie komme Sie denn so mitanander aus, e Hohenloher und e Schwoob?«

Wieland wirkt leicht irritiert ob dieser Wendung des Gesprächs: »Mir kenne uns erst seit zwaa Woche. Aber warum sollt es da a Problem gebe?«

»Weil – und das sollte Sie im Gschichtsunterricht bei mir glernt habe – die Schwoobe uns Hohenloher 1806 gege unsern Wille in ihr neu gschaffenes Königreich neizwunge hewwe und uns seither wie württembergische Kolonialherre unterdrücke.«

»Oje, Herr Frenz! 1806, das ist aber nun schon ein paar Wochen her.«

»Wieland, Wieland, die Völker haben ein langes Gedächtnis, merken Sie sich das! Die Schmach ist bis heute unvergessen, wie die bis 1803 nur dem Kaiser untertanen Herren unserer Gegend zur Huldigung vor dem dicken Friedrich in Stuttgart gezwungen wurden. Viermal haben sie sich vor dem eitlen Fettsack verneigen müssen! Hinterher hat er vor Napoleon geprahlt, er habe die Herren Fürsten zu Gutsbesitzern degradiert.

Ebenso unvergessen ist, wie die württembergische Soldateska wie die Vandalen das reiche Kloster Schöntal an der Jagst geplündert hat. Nicht nur Leuchter und Sakramentsgefäße aus Gold und Edelsteinen haben sie an den Nesenbach geschafft, auch die wertvollen Brokatgewänder, Möbel und Musikinstrumente. Sogar die drei Orgeln aus der Klosterkirche haben sie ausgebaut und nach Württemberg verfrachtet. Solch schöne Orgeln hatten die Schwaben halt bis dahin nicht. Die jahrhundertealten Bibliotheksbestände des Klosters, so ungefähr 10 000 Bände, wurden auf Pferdefuhrwerken in die neue Landeshauptstadt gekarrt. Und das Schlimmste daran: Ein Großteil der Bestände wurde dort von den primitiven schwäbischen Eingeborenen zu Makulatur zermahlen. Zu Makulatur, Wieland! Ganze 1500 Bücher haben diese barbarische Aktion überstanden. Und das ist nur *ein* Beispiel.«

»Deshalb wollen wir aber jetzt nicht Separatisten spielen wie die Schotten, die Basken oder Katalanen, Herr Frenz. Ich jedenfalls bin ein recht zufriedener Baden-Württemberger. Ich habe nichts gegen Schwaben und komme mit meinem neuen Chef bestens zurecht, und das sage ich nicht nur, wenn er neben mir sitzt.«

»Vergessen Sie nicht, Wieland: Schwabe zu sein, ist eine Heimsuchung – Hohenloher zu sein eine Gnade.«

»So ähnlich habe ich das gestern schon mal gehört«, wirft Lutz ein. »Bescheidenheit gehört wohl nicht gerade zu den Alleinstellungsmerkmalen eines Hohenlohers?«

»Das ist nur gesundes Selbstbewusstsein, Herr Lutz. Der Slogan ›Wir können alles, außer Hochdeutsch‹ klingt ja auch nicht übermäßig bescheiden. Wissen Sie, Herr Lutz, wir möchten nur nicht gern vereinnahmt werden. Kennen Sie das neue Lied von Annâweech, ›Hohalohe bleibt‹? Da heißt es im Refrain: ›… mir lasse uns net eiverleibe, mir müsse Hoheloher bleibe‹. Wir mögen es halt gar nicht, wenn man uns Schwaben nennt und unsere Sprache Schwäbisch. Wir sind Hohenloher und sprechen Hohenlohisch. Schwaben gehören zum alemannischen Stamm, wir aber sind Franken und unsere Mundart ist ein fränkischer Dialekt.«

»Da fällt mir ein, Herr Frenz, Sie hatten doch immer so einen lustigen Satz auf Hohenlohisch drauf. Irgendwas mit Hosen.«

»Mir kumme von do, wo Hasen Hoose haase und Hosen House haase.«

Lutz schüttelt schmunzelnd den Kopf: »Ich versteh jedes Wort! Man hat mich vor unserem Umzug nach Hohenlohe gewarnt. Man sagte mir, die Hohenloher seien Schlitzohren. War das Aufschlitzen eines Ohrs nicht eine Körperstrafe für Gauner im Mittelalter?«

»Gauner? Vielleicht. Sehen Sie, die Hohenloher mussten sich Jahrhunderte lang zwischen größeren Mächten hindurchlavieren, den mächtigen Fürstbischöfen von Mainz und Würzburg, den wohlhabenden Reichsstädten Nürnberg, Hall, Heilbronn und Rothenburg, den eigensinnigen Freiherren von Stetten und dem herrischen Kloster Komburg. Da halfen nur Verhandlungsgeschick und Diplomatie weiter und oft genug auch eine Portion List und Verschlagenheit. Geradeheraus auf seiner Position zu verharren, führte da weniger zum Ziel. Künzelsau zum Beispiel ist in seiner langen Geschichte nie in größere kriegerische Auseinandersetzungen geraten, konnte sich immer schlau heraushalten.

Bezeichnend ist da ein Ausspruch des Bächlinger Pfarrers und Schriftstellers Rudolf Schlauch, übrigens der Vater des Grünen-Politikers Rezzo Schlauch: ›Ist der Schwabe für das Brechen, so ist der Hohenloher eher für das Biegen.‹ Das ist unsere Schlitzohrigkeit.«

Lutz klatscht in die Hände: »Zurück zum Thema, meine Herren, wenn ich hier als Schwabe in der Minderheit auch etwas sagen darf, ohne gleich als schwäbischer ›Herr‹ gesehen zu werden, der Hohenloher schurigelt. Aber wir sind schließlich nicht auf ein heimatkundliches Plauderstündchen zu Ihnen gekommen, Herr Lehrer. Die Sache ist bitterernst. Ein übles Verbrechen ist hier vor zwei Tagen geschehen. Herr Kommissar Wieland, ich und unser ganzes Team arbeiten mit Hochdruck an dessen Aufklärung. Sie werden verstehen, Herr Frenz, dass wir im Mordfall Ochsenwirt ernsthaft jedem Hinweis nachgehen müssen, jedem.«

»Ich verspüre allerdings nicht die geringste Lust, meine Herren von der Kriminalpolizei, als Zeuge zur Aufklärung dieses ›üblen Verbrechens‹, wie Sie die Beseitigung eines widerlichen Typen nennen, beizutragen. Wenn ich etwas gesehen habe, werde ich das hübsch für mich behalten.«

»Das ist ein Missverständnis, Herr Frenz. Wir befragen Sie nicht als Zeugen, sondern als Tatverdächtigen. Sie lieben doch Klartext, sagten Sie? So leid es mir tut, Ihre öffentlich ausgestoßene Drohung gegen den jetzt Ermordeten ist ein schwerwiegendes Indiz gegen Sie. Die Affäre des Wirtes mit Ihrer Ehefrau müssen wir als handfestes Tatmotiv einstufen. Eifersucht ist ein klassisches Mordmotiv. Somit gehören Sie für uns absolut zum engeren Kreis der Verdächtigen. Also, Herr Frenz, wo waren Sie am Samstag zur Tatzeit zwischen etwa 17 und 18 Uhr?«

»Au weia, da sitzen Sie hier also einem potenziellen Mörder gegenüber! Wie fühle Sie sich dabei, Herr Kommissar Wieland? Menschenskind, hätt i doch bloß weiter mein Rase gmäht! Nun denn: Am Samstagnachmittag, da war ich ganz harmlos und in friedlicher Absicht auf Fotopirsch. Ich bin so gegen 15 Uhr losgezogen. Das Nachmittagslicht ist im Sommer weicher als das harte Mittagslicht, müssen Sie wissen. Die Farben kommen kräftiger. Außerdem werden die Blüten am Nachmittag zahlreicher von Insekten …«

»Ja, ja, ja, ist schon gut, Herr Frenz! Was haben Sie fotografiert und wo?«

»Orchideen. Orchideen, Herr Lutz, vor allem Knabenkräuter und verschiedene Ragwurz-Arten. Hier oberhalb an den unbewirtschafteten Talhängen mit Magerrasen gibt es im Frühsommer jede Menge Orchideen zu beobachten, wenn man die Plätze kennt. An den senkrecht den Hang herablaufenden Steinriegeln erkennen Sie, dass das früher einmal alles Weinberge waren. Dort wächst das gefleckte Knabenkraut, Helmknabenkraut, sogar Frauenschuh, Ständelwurz, Waldvögelein, Fliegenragwurz, Bienenragwurz, Hummel…«

Lutz unterbricht den erneut einsetzenden Lehrervortrag: »Schon gut, Herr Frenz, schon gut! Was uns viel mehr interessiert: Wie lange waren Sie unterwegs?«

»Meine Frau hatte für 19 Uhr das Abendessen angesetzt. Kurz vorher war ich als folgsamer Ehemann wieder zu Hause. Wissen Sie, meine Frau ist eine leidenschaftliche Köchin. Für den Abend hatte sie uns ein zauberhaftes Gericht aus frischen …«

»Oh, wie interessant, ich bitte Sie! Ich vermute mal: Natürlich waren Sie allein unterwegs. Niemand kann das bestätigen.«

»Stimmt. Hm, kein wasserdichtes Alibi für einen Mörder, oder?«

»In Jagstbach waren Sie also am Samstag nicht?«

»Ich? In Jagstbach? Bei dem Annâweech-Konzert? Ja, glauben Sie im Ernst, ich besuche jemals wieder den Ochsengarten? Na, jetzt vielleicht, wo der Kerl weg ist. Ich mag Annâweech sehr, diese hohenlohische Kultband. Ich versäume kaum eines ihrer Konzerte und habe alle ihre CDs. Aber das Konzert vorgestern habe ich mir dann doch schweren Herzens verkniffen und bin lieber fotografieren gegangen.«

»Waren Sie zu Fuß unterwegs?«

»Ja, diese Orchideen-Stellen liegen kaum zehn Minuten Fußweg von hier. Da kann man mit dem Auto gar nicht hinfahren.«

»Zwischen 15 und 19 Uhr, sagen Sie. Hm, da hätten Sie aber alle Zeit der Welt gehabt, Orchideen zu fotografieren *und* zwischendurch schnell mal nach Jagstbach zu fahren. Ich schätze, das sind einfache Strecke rund 15 Kilometer. In dem Veranstaltungstrubel wären Sie gar nicht aufgefallen und hätten listig auf eine günstige Gelegenheit warten können, den verhassten Ochsenwirt abzupassen. Schlitzohrig, wie Sie nun einmal sind, hm? Hinterher hätte es dann jeder gewesen sein können, hundert potenzielle Täter.«

»Ich im Ochsengarten? Bei all den Leuten? Bekannt wie ein bunter Hund? Und jeder Zweite kennt diese Geschichte mit meiner Frau?«

»Ich überlege nur, welche Eventualitäten es gibt. Sie müssen sich ja nicht gerade vor der Bühne präsentiert haben.«

»Sitzt nicht öffentlich am Tisch, schleicht sich heimlich durchs Gebüsch!«, ruft Wieland.

»Also bitte, jetzt werde Sie net albern, Wieland! Mei Fraa wird Ihne bestätige, dass mei Auto von Freitag bis Sonntag früh ubenutzt in der Garasch gstande is.«

»Ihre Frau könnte Sie decken, vielleicht weil sie Ihnen etwas schuldig ist. Ehefrauen können in solchen Fällen auch Komplizinnen sein. Oder sogar Täterinnen.«

»Vom Gspusi zur Megäre! Das wäre eine Schlagzeile, was? Jetzt wird es abenteuerlich, Herr Lutz! Ich verstehe ja, dass Ermittlungsbeamte eine gehörige Portion Phantasie brauchen, aber jetzt geht sie wohl mit Ihnen durch.«

»Wo ist eigentlich Ihre Frau gerade?«

»Weg. War diese Antwort jetzt für einen wortkargen Schwaben knapp genug?«

Lutz lässt nur ein unwirsches Knurren hören.

Wieland muss schmunzeln. Lehrer Frenz kann sich offenbar nicht vorstellen, dass es zwischen wortkarg und Labertasche noch etwas gibt. Wortkarg! Schon lange hat er keine so interessanten Gespräche mehr geführt wie in den letzten Tagen mit seinem neuen Chef.

Er hat eine Idee: »Sagen Sie, Herr Frenz, fotografieren Sie mit einer Digitalkamera?«

»Ja, scho seit drei Johr. Sie müsse wisse: Der Vorteil der digitalen Fotografie gegenüber der analogen ist ja unter anderem … Aber lasse mir des! Warum frooche Sie?«

»Könnten wir die Kamera mal sehen?«

»Na bitte, wenn's denn der Wahrheitsfindung dient …«

Während Frenz seine Kamera holen geht, erinnert Wieland seinen Chef an die gemailten Bilder von Peter Botsch: »Da war doch auf jeder Aufnahme das Datum und die Uhrzeit zu sehen. Wenn wir die Speicherkarte haben, können wir die Exif-Daten sämtlicher Aufnahmen auslesen.«

Lutz pfeift durch die Zähne: »Stimmt ja! Respekt, Dr. Watson!«

»Ist da noch die Speicherkarte vom Samstag drin?«, fragt Wieland, als Frenz ihm die Kamera auf den Tisch legt.

»Ja, ich bin noch nicht dazu gekommen, die Bilder auf meinen PC zu laden und zu bearbeiten.«

»Würde es Ihnen etwas ausmachen, wenn wir die Karte mitnähmen? Wir haben uns jetzt etwas verspätet. Das würde hier zu lange dauern. Sie bekommen sie morgen zurück. Wir werden nichts daran verändern, versprochen. Wir möchten uns nur gerne die Orchideen-Bilder durchsehen. Alle anderen Fotos auf der Speicherkarte interessieren uns nicht, keine Sorge.«

»Nur zu! Da sind keine Geheimnisse drauf. Die Nacktfotos von meiner Frau mache ich immer noch auf den guten, alten Dia-Film, haha! Aber ich wundere mich schon, dass sich die Kriminalpolizei auf einmal für Orchideen interessiert! Für Blüten schon, haha, aber ausgerechnet für solche?«

»Wir werden Ihnen noch einen Beamten von der KTU vorbeischicken. Fingerabdrücke und Speichelprobe, auch von Ihrer Ehefrau. Routine, Herr Frenz, reine Routine, muss sein. Eine Frage noch: Sind Sie Linkshänder?«

»Haha, Sie werden staunen: Ich hab sogar zwei linke Hände! Ich bin nämlich handwerklich äußerst ungeschickt, wissen Sie. Darum habe ich ja zu meinem größten Bedauern beim Hausbau fast gar nichts selber machen können. Aber im Ernst: Nein, ich bin Rechtshänder. Sonst bin ich ja ein in der Wolle gefärbter Linker, oder? Langjähriges SPD-Mitglied, bis die SPD aufhörte, eine linke Partei zu sein, aktiv in der Lehrergewerkschaft GEW, Ostermarschierer, taz-Leser. Eine richtig rote Socke, oder? Aber nein, mit Linkshändigkeit kann ich leider nicht dienen. Der Täter war wohl Linkshänder, oder?«

Lutz atmet tief durch, als sie zum Auto zurückgehen, und brummt etwas von »Schwaller« und von »Schulmeistergehabe« vor sich hin.

* * *

»Wieland, Wieland, in welches Wespennest haben wir da bloß gestochen! In meiner Vorstellung war das Jagsttal hier noch vor drei Tagen eine verschnarchte, hinterwäldlerische Gegend, in der sich die Leute vor ihren Bildstöcken brav bekreuzigen und sich Fuchs und Hase gute Nacht sagen. Heile Welt mit Patina und Gülleduft. Und was finden wir vor? Einen grausamen Mord, einen Wirt, der einen Banker erpresst und in der Gegend herumhurt, dessen geschiedene Ehefrau, die gekränkt und verbittert auf Rache sinnt, einen Nachbarn, der nichts als Zank im Sinn hat, eine junge Frau, die es um ein Spitzenhöschen mit einem alten Knacker treibt, einen Banker, der in der Bank krumme Geschäfte macht und privat seine Frau betrügt, einen jähzornigen jungen Mann, der seine Emotionen nicht im Griff hat, einen Klugscheißer von Lehrer mit Rachegelüsten, dem seine Frau Hörner aufgesetzt hat. O weh, o weh, Wieland, das Grausen könnt einen ankommen. Von wegen friedvolle Idylle! Nein, Wieland, hier ist Sodom und Gomorrha! – Kennen Sie die EAV?«

»Was soll das sein?«

»Die ›Erste Allgemeine Verunsicherung‹, eine österreichische Pop-Rock-Band. Die hatte vor etwa dreißig Jahren ihren ersten großen Hit: ›Ba-Ba-Banküberfall‹. Darin heißt es am Schluss: ›The evil is always and everywhere‹ – ›Das Böse ist immer und überall.‹ Dieser Satz begleitet mich schon mein ganzes Berufsleben hindurch. In diesen Tagen finde ich ihn wieder in schrecklicher Weise bestätigt. Mitten im schönen Jagsttal.«

»Tja, wenn Sie schon unseren Beruf gewählt haben ...«

Wieland nimmt von Ailringen aus den Weg zur B 19. Kurz nach der Einmündung passieren sie die wuchtige Jagstbrücke von Hohebach. Wieland fährt rechts ran und steigt aus.

»Hier möchte ich Ihnen gern etwas zeigen, Chef. Herr Frenz hat doch vorhin von der Einverleibung der Hohenlohischen Fürstentümer in das Königreich Württemberg gesprochen. Napoleon hat 1806 das Herzogtum zum Königreich erhoben. Vier Jahre später hat König Friedrich I. statt der hölzernen Brücke hier diese große vierbogige Steinbrücke errichten lassen. Er wollte dadurch seinen neu hinzuerworbenen nördlichen Landesteil Hohenlohe strategisch und verkehrstechnisch besser an das schwäbische Kernland anbinden. Den anfangs widerspenstigen Hohenlohern zum Trotz und zur Mahnung setzte man mitten auf die Brückenmauer diese sechs Meter hohe und anderthalb Meter dicke Sandsteinsäule, die Sie hier sehen.«

Lutz staunt nicht schlecht. Auf der Säule prangt unübersehbar das Württemberger Wappen. In goldenen Buchstaben leuchtet die Jahreszahl MDCCCX in der Abendsonne. Geschmückt ist das Ganze mit den kunstvoll verschlungenen Initialen FR für »Fridericus Rex«, Gold auf blauem Grund.

»Der damals in Künzelsau lebende Philosoph und Erfolgsautor Carl Julius Weber nannte diese Brücke in einer Reisebeschreibung ›die schönste Brücke im ganzen Königreich Württemberg‹«, sagt Wieland.

Bevor die beiden wieder einsteigen, zeigt Wieland auf das Gelände unterhalb der Brücke am Jagstufer.

»Sehen Sie, dort wird gerade ein Festzelt aufgebaut. Hier findet alljährlich das traditionelle Hohenbacher Brückenfest statt, gerade am nächsten Wochenende. Diesmal wird das Fest am Freitagabend im großen Zelt mit der Band Annâweech eröffnet. Wollten wir da nicht zusammen hingehen, Chef?«

»Ja, wenn, Wieland, haben Sie das vergessen? Ich sagte, wenn …«

»Wenn der Hund …?«

»Haha! Nein, wenn wir bis dahin den Mordfall Jagstbach aufgeklärt haben. Also halten Sie sich ran, Herr Kollege!«

Bei der Weiterfahrt schweigen sie eine Weile. Ihnen gehen vielleicht die Geschehnisse des Tages durch den

Sinn, vielleicht auch die Aussicht auf ihren bevorstehenden Feierabend.

Bis Wieland sich ein Herz fasst und ein Thema anschneidet, das ihn beschäftigt: »Sagen Sie mal, Herr Lutz, manchmal denke ich, Sie haben schon ein duales Weltbild.« Er schiebt schnell nach: »Wenn ich mir die Bemerkung erlauben darf.«

Lutz lacht. »Sie dürfen. Aber, bitte, was soll ich jetzt darunter verstehen, unter einem ›dualen Weltbild‹?«

»Zweidimensional, meine ich. Die Menschheit wird eingeteilt in Rechtshänder und Linkshänder, in Stuhlrücker und Tischzieher, in Männlein und Weiblein, in Schwaben und Hohenloher, in Gute und Böse. Wir, die Polizei, sind die Guten, die Kriminellen, die wir jagen, sind die Bösen.«

»Zweifeln Sie etwa daran, Wieland? Dann hätten Sie glatt Ihren Beruf verfehlt.«

»Ich meine halt, die Welt ist viel komplexer, Chef. Ist nicht in allem auch etwas von dem andern, mehr oder weniger? Man darf es sich nicht so einfach machen.«

»Natürlich ist die Welt nicht zweidimensional, Wieland, das weiß ich auch. Aber eben weil alles so verwirrend vielfältig ist, so uferlos variantenreich, muss man vereinfachen, schematisieren, typisieren, um nicht die Orientierung zu verlieren. Das ist keine Ausblendung der Wirklichkeit, wie Sie vielleicht unterstellen, das ist eine Beschränkung auf das Wesentliche. Beachten Sie den Unterschied, Wieland! Nur wenn ich meine Sicht dessen, was ich um mich herum vorfinde, auf das Elementare reduziere, kann ich mir eine Meinung bilden und eine Entscheidung treffen. Alles andere würde mich lähmen. Die Endlosschleife von Zweifeln und Bedenken führt vor lauter Wenn und Aber zur Entscheidungsunfähigkeit.«

»Es widerstrebt mir halt, die Dinge schwarzweiß zu sehen. Man sagt, jedes Ding hat zwei Seiten, aber schon das stimmt nicht. Sehen Sie, Chef, diese Zwei-Euro-Münze hier hat bereits drei: Vorne steht ›2 Euro‹, hinten ist der Bundesadler drauf und um den Rand herum steht ›Einigkeit und Recht und Freiheit‹. Sind schon drei. Eine jede Schachtel hat sechs Seiten wie ein Spielwürfel, und wenn man sie öffnet, hat sie innen noch einmal sechs. Ein Fußball, obwohl er kugelrund ist, besteht aus zweiunddreißig Flicken. Und ein Mensch? Der hat so unendlich viele Facetten, dass man ihn unmöglich in eine Schublade stecken kann.«

»Wir sind Polizisten, Wieland, und zwar bei der Kriminalpolizei. Wir stehen hier, auf der Grundlage des Gesetzes, und der Kriminelle steht dort, außerhalb des Gesetzes. So einfach ist das. Da gibt es nur zwei Seiten, Schwarz oder Weiß, Gut oder Böse, Recht oder Unrecht. Die inneren Beweggründe, die einen Täter zu seiner Tat gebracht haben, haben uns nur am Rande zu interessieren. Das ist nachher Sache des Richters, ein gerechtes Urteil zu fällen, und gerecht heißt, alle Umstände in die Urteilsfindung einzubeziehen. Das ist nicht unsere Aufgabe. Wir haben nicht einmal zu überlegen, ob es sich bei einem Tötungsdelikt im Sinne des Gesetzes um Mord oder um Totschlag, um Körperverletzung mit Todesfolge oder um Fahrlässigkeit handelt. Wir sind keine Juristen. Wir haben der Staatsanwaltschaft den Täter und die Tatumstände zu liefern, basta. Alles Weitere ist Sache der Justiz. Wir spielen nur Mausefalle. Eine Mausefalle ist nicht gerecht, Wieland, sie schnappt zu oder nicht. Eine dritte Möglichkeit hat sie nicht.«

»Weit weg von allen philosophischen Überlegungen versuchen wir bei unseren Ermittlungen aber auch, Opfer und Täter zu verstehen, uns in sie hineinzuversetzen, zeigen also Empathie. Wir betreiben Motivsuche, sammeln Indizien, wollen verstehen, wie ein Täter tickt, wie es zu der Tat kommen konnte.«

»Vorsicht! Vorsicht mit Empathie, Wieland! Wenn Sie vor einer Leiche stehen und Ihr Herz krampft sich vor Mitleid mit dem armen Opfer zusammen, sind Sie absolut fehl am Platz. Merken Sie sich: Wer Tränen in den Augen hat, kann nicht klar sehen. Der erstaunte Gesichtsausdruck des toten Ochsenwirts, der nur leicht verrutschte Hut, die fehlende Abwehr, die Gabel in der Brust, all das darf nicht dazu führen, dass Sie denken: ›Oh weh, wie schrecklich! Der arme, arglose Mann ist völlig überrumpelt worden, hat nichts Böses geahnt und wurde so grausam getötet.‹ Nein, die Leiche ist für uns nur noch ein Körper, eine Sache, natürlich eine Sache von höchstem Interesse. Wir beobachten kühl und professionell die Situation, analysieren sie und folgern: Der Ochsenwirt muss seinen Mörder gekannt haben, er hat sich von ihm nicht bedroht gefühlt, sondern sicher und überlegen. Er hat keinen Grund für einen Angriff gesehen, obwohl sein Gegenüber diese Gabel in der Hand hatte. Der Täter wiederum hat seinem Opfer nicht heimtückisch mit der Gabel im Gebüsch aufgelauert, um es zu töten. Er ist ihm offen von vorne entgegengetreten und hat sich wahrscheinlich mit ihm unterhalten. Die Tat könnte also im Affekt geschehen sein. Den Auslöser, den Inhalt der möglichen Auseinandersetzung, kennen wir nicht, noch nicht. Eifersucht, Rache, Geldgeschäfte, eine spöttische, arrogante, verletzende Äußerung vielleicht wie kurz vorher das Wort vom Spatzenhirn.

Sehen Sie, Wieland, und da ist nun Empathie gefragt. Aber nicht im Sinne von Mitleid mit einem Opfer oder Wut auf einen Täter. Verwechseln wir nicht Empathie mit

Emotion. Nein, Empathie allein in dem Sinne, die Einstellungen, Gedanken und Beweggründe der Beteiligten nachzuvollziehen. Wie ticken die? Versuchen, sich in die Psyche eines Täters hineinzuversetzen mit dem Ziel, ihn zu verstehen und dadurch zu überführen. Schnapp, Mausefalle zu, Fall gelöst, Feierabend.«

»Sie empfinden tatsächlich nie mehr als professionelles Interesse? Völlig emotionslos? Sie haben kein Mitleid mit einem Opfer?«

»Nein.« Kurze Pause. »Doch, Wieland, wenn die Opfer Kinder sind. Bei Kindern werde ich weich, da fällt es mir schwer, meine Gefühle zurückzudrängen. Ich sage Ihnen, es gibt nichts Schlimmeres, als wenn ein Kind das Opfer ist. Das vergisst man sein ganzes Leben nicht …«

Den Rest des Weges schweigen die beiden Beamten wieder. Es herrscht starker Feierabendverkehr.

Erst als sie nach Künzelsau hineinfahren, traut sich Kommissar Wieland, seinem Vorgesetzten die Frage zu stellen, die ihm die ganzen Tage auf der Zunge liegt: »Sagen Sie, Chef, stimmt es eigentlich, dass Sie bei dem Schulmassaker an der Albertville-Realschule in Winnenden im Einsatz waren? Wo es sechzehn Tote gegeben hat? Man munkelt so etwas auf dem Revier.«

Kriminalhauptkommissar Lutz holt sein Taschentuch aus der Hosentasche und putzt lange und umständlich seine Brille. Er schaut zum rechten Seitenfenster hinaus. Da gibt es eigentlich nichts zu sehen. Nur den Aldi und den Verkehrskreisel am Ortseingang von Künzelsau.

Und noch etwas: Eine Handvoll Schulkinder rennen auf dem Gehweg neben dem Auto her. Sie haben sich ihre Schulrucksäcke umgekehrt vor die Brust geschnallt und rammen sich wie die Böcke. Ihr Kreischen gellt Lutz schmerzhaft in den Ohren. Doch es ist kindlicher Übermut, nicht verzweifelte Hilferufe, ihre Schreie sind pure Lebensfreude, nicht panische Todesangst, ihr Stöhnen ist gespielte Erschöpfung, nicht qualvolles Leiden, die aufgerissenen Augen und Münder gelten ihren herumtollenden Freunden, nicht dem grauenvollen Sterben ihrer Klassenkameradinnen und Lehrerinnen …

Lutz wischt sich über die Augen. Aber die schrecklichen Bilder von Winnenden lassen sich nicht wegwischen. Er atmet tief durch. Dann setzt er die Brille wieder auf. Er streift seinen Ärmel zurück und wirft einen Blick auf seine Armbanduhr.

»Ach, Wieland, fahren Sie doch bitte noch die Hauptstraße hinunter. Ich will eine Tüte Brezeln vom Bäcker Heigold mit nach Hause nehmen. Die sind nirgends so gut wie bei ihm, sagt meine Frau.«

***

Nach ihrer Rückkehr aufs Polizeirevier erfahren Lutz und Wieland, dass Melanie Karle weder zu Hause noch bei ihrem Vater angetroffen wurde. Das Café Bauer ist montags geschlossen. Es soll am nächsten Tag noch einmal versucht werden, sie erkennungsdienstlich zu behandeln. Fingerabdrücke und Speichelproben der anderen sind eingebracht: Bauer Karle, Filialleiter Dierolf und Frau, die Exfrau des Ochsenwirts, Sohn Paul, das Küchen- und Bedienungspersonal des »Ochsen« vom Samstag. Die von Lehrer Frenz und Ehefrau werden schleunigst nachgeholt. Die Ergebnisse werden morgen vorliegen. Dann können sie mit den Fingerabdrücken an der Gabel und der zweiten Blutspur von der Wiese abgeglichen werden.

Kurze Beratung: Was tun, wenn keine dieser Spuren weiterführt? Wie könnte man einem Täter aus der Menge der Konzertbesucher auf die Schliche kommen? Selbst jemand, der nicht im Ochsengarten war, könnte theoretisch dem Ochsenwirt am Jagstufer aufgelauert haben.

Der Zeitungsaufruf hat bis zum Abend nur eine weitere Zeugenaussage hervorgebracht: Eine Festbesucherin aus der Crailsheimer Gegend hat angerufen. Sie gehörte zu denen, die ihr Auto auf Karles Wiese geparkt hatten. Nach dem Aufruf über Lautsprecher parkte sie wenig später ihren Wagen um. Dabei sah sie einen Kajak-Fahrer, der das diesseitige Jagstufer ansteuerte und dort sein Boot verließ. Sie hatte ihn aber nicht weiter beobachtet.

Weitere Reaktionen auf den Presseaufruf sind bislang nicht eingegangen. Es gibt aber auch Leute, die erst nach Feierabend die Zeitung lesen. Also abwarten. Vielleicht hilft doch Kommissar Zufall weiter. Wäre nicht das erste Mal. Teamsitzung morgen, 9 Uhr. Schluss für heute, Feierabend.

Bauer Karle sitzt etwa zur selben Zeit beim Vesper in seiner Küche. Allein. Er hat den ganzen Tag auf seine Tochter gewartet. Montags, wenn das Café Bauer Ruhetag hat, kommt sie immer zu ihm und verrichtet angefallene Hausarbeiten. Nach dem Frühstück hatte er bei ihr angerufen, sie hatte aber nicht abgenommen. So hatte er ihr auf den Anrufbeantworter gesprochen, dass er jetzt auf sein Wiesle an der Jagst gehe, die Fahrzeugspuren vom Samstag einzuebnen und das liegen gebliebene Heu heimzuführen. Bis zum Mittagessen werde er spätestens zu Hause sein. Der Wäschekorb stehe im Schlafzimmer. An seiner Sonntagsjacke fehle ein Knopf.

Als mit dem Zwölf-Uhr-Läuten der treue Kramer mit der angehängten Egge in den Hof tuckerte, parkte Melanies Auto nicht wie sonst vor dem Haus. In der Küche stand noch das Frühstücksgeschirr, kein Tisch fürs Mittagessen war gedeckt, kein Topf brutzelte auf dem Herd, keine Waschmaschine lief.

Karle griff zum Telefon, aber wieder meldete Melanie sich nicht, und als der AB sich einschaltete, legte er auf. Wenn sie einmal verhindert war oder krank oder erst später kommen konnte, hatte sie ihm das immer mitgeteilt. Sie war zu seiner großen Zufriedenheit äußerst zuverlässig, sein liebes Mädchen. Deshalb wunderte er sich über ihr heutiges Fernbleiben. Als sie auch am Nachmittag nicht bei ihm aufkreuzte und nicht ans Telefon ging, begann er sich ernsthaft Sorgen zu machen und dachte an alles Mögliche. Ein Anruf bei der Chefin des Cafés Bauer in Langenburg brachte die Nachricht, dass Melanie gestern Abend nach Ladenschluss wie immer ihre Aufräumarbeiten erledigt hatte und wohl zwischen halb sieben und sieben Uhr weggegangen war.

Eugen Karle richtet sich sein Vesper selber, sitzt jetzt am Küchentisch und hat ein ungutes Gefühl. Vor Einbruch der Dunkelheit schon geht er ins ungemachte Bett. Aber sein Schlaf kommt spät und bleibt die ganze Nacht unruhig.

* * *

Dienstag, 9 Uhr, Kriminalkommissariat Künzelsau, zweiter Stock. Lagebesprechung im Mordfall Jagstbach, absolute Priorität, deshalb in voller Besetzung.

Lutz und Wieland berichten von den umfangreichen Ermittlungen des Vortages. Die Fotos von Peter Botsch,

Paul und der Hund, Filialleiter Dierolf und der Haftrichter, Lehrer Frenz, die Zeugenaussage der Autofahrerin.

Man ist sich schnell einig, dass dieser Hinweis durchaus relevant sein könnte. Die Beobachtung passt gut in den angenommenen Zeitraum der Tat. Wie, wenn der Täter auf diese Art an den Tatort gelangt war? Daran hatten sie bisher noch nicht gedacht. Wie hätte er aber wissen können, dass er genau dort und zu diesem Zeitpunkt den Ochsenwirt antreffen würde? Zufall? Vielleicht war es ja nur ein harmloser Wochenendpaddler, der dort im Ufergestrüpp mal schnell sein dringendes Geschäft verrichtete. Oder er hörte die Musik und wurde neugierig, was da los war. Auf jeden Fall muss diesem Hinweis nachgegangen werden. Zwei Kollegen bekommen den Auftrag, die Kanuverleiher flussaufwärts zu befragen, wer bei ihnen am Samstag ein Boot gemietet hat.

Besonders interessant ist ein Resultat der Spurensicherung: Sowohl die Fingerabdrücke an der Gabel, die bisher nicht zugeordnet werden konnten, als auch die zweite Blutspur vom Tatort stammen zweifelsfrei vom Ochsenwirt-Sohn Paul. Schau an! Die übrigen Fingerspuren – neben den grauen Wildlederfasern eines Arbeitshandschuhs – stammen vom Bauern Karle und vom Opfer. Aber das wussten sie schon.

Lutz und Wieland werden sofort zu einer erneuten Unterredung mit Paul aufbrechen. Der soll ihnen das erklären. Da tun sich plötzlich ganz neue Fragestellungen auf. Sie werden ihn vermutlich an seiner Arbeitsstelle in Mulfingen antreffen.

Ein Beamter wird noch einmal nach Langenburg zu Melanie Karle fahren, Fingerabdrücke und Speichelprobe nehmen. Das geht schneller als eine Vorladung.

Die Ehefrau des Lehrers sollte unbedingt noch befragt werden. Wichtig dabei, dass dies ohne Anwesenheit ihres Gatten geschieht. Lutz kann nicht sagen, ob sie berufstätig ist. Heute Vormittag wäre natürlich günstig, damit sie hier vorankommen. Da ist ihr Mann in der Schule. Ein Thema der Befragung soll ihr und sein Samstagnachmittag sein. Dabei ist Skepsis angebracht, die beiden könnten sich diesbezüglich abgesprochen haben. Als Zweites müssen sie unbedingt Näheres über die Affäre mit dem Ochsenwirt erfahren, vor allem über Zeitpunkt und Gründe für deren Beendigung. Da dies für die Lehrersgattin sicher ein heikles Thema ist, beauftragt Lutz mit dieser Befragung zwei Kolleginnen. Von Frau zu Frau verspricht er sich ein aufschlussreicheres Ergebnis.

Ein Blatt von der KTU wird hereingereicht. Der Kriminaltechniker hat sich gleich heute früh die Speicherkarte des Lehrers Frenz vorgenommen und anhand der gespeicherten Aufnahmezeiten der Fotos festgestellt, dass am Samstag alle paar Minuten eine Blumen- oder eine Landschaftsaufnahme gemacht wurde, insgesamt achtundvierzig. Die erste um 15.18 Uhr, die letzte um 18.43 Uhr. Aber: Zwischen 16.02 Uhr und 18.08 Uhr wurde nicht fotografiert. Mit welchem weitschweifigen Redeschwall wird Lehrer Frenz diese Lücke wohl erklären, wenn Lutz und Wieland ihm im Laufe des Tages seine Speicherkarte zurückbringen?

Die Sekretärin unterbricht und reicht Lutz aufgeregt das schnurlose Telefon. Der stellt laut, so dass alle mithören können. Ein Leser des »Haller Tagblatts« berichtet, er sei am Samstag im Ochsengarten in Jagstbach gewesen, habe aber von dem schlimmen Vorfall erst jetzt aus der Zeitung erfahren, weil er unmittelbar nach Beendigung des Konzerts heimgefahren sei. So gegen halb sechs Uhr sei er kurz im Gebüsch zum Pinkeln gewesen, da sei auf dem Weg an der Jagst ein Mann gegangen und vor einem Heuhaufen stehen geblieben. Er habe zuerst gedacht, dort werde jetzt das Gleiche geschehen wie bei ihm im Gebüsch. Der Mann habe sich aber nur umgeschaut und dann eine Gabel aus dem Heu gezogen. Mit der Gabel in der Hand sei er dann ziemlich eilig weitergelaufen und habe mehrmals zurückgeblickt. Der Kleidung nach sei das kein Bauer gewesen, deshalb habe er sich gewundert, dass der eine Gabel braucht.

»Können Sie diesen Mann beschreiben?«, fragt Lutz.

»Uff! Ich habe nicht so genau hingeschaut. Wie konnte ich ahnen, dass das wichtig sein könnte! Und ich stand ja auch hinter einem Busch. Aber er war dunkel gekleidet, braun und grün, glaube ich. Das Gesicht konnte ich nicht sehen. Er trug eine dunkle Baseballkappe mit großem Schirm. Aber er war klein und schmächtig und nach der Körperhaltung zu schließen nicht mehr ganz jung. Und er hatte es sehr eilig.«

»Fällt Ihnen sonst noch etwas ein?«

»Nö, das ist eigentlich alles, tut mir leid. Halt, doch, ich glaube, der hat ganz dicke Handschuhe getragen. Bei dem Wetter!«

»Vielen Dank für Ihren Anruf! Sie haben uns womöglich wertvolle Hinweise gegeben. Bleiben Sie bitte dran, meine Sekretärin wird noch Ihre Kontaktdaten notieren.«

»Hab ich doch längst!«, strahlt die Sekretärin und freut sich über den erhobenen Daumen ihres Chefs.

»Na, bitte, das ist doch mal was!«, ruft einer triumphierend in die Runde. »Jetzt wissen wir, wie Karles Gabel vom Wiesle zum Tatort kam.«

»Der lange Eugen kann es also doch nicht gewesen sein«, meint Wieland nachdenklich.

»Und nun wissen wir auch, wie die Wildleder-Fasern an den Gabelstiel gelangt sind. Das waren Arbeitshandschuhe!«

»Ja, aber wir wissen noch nicht, von wem!«

»Warum trägt eigentlich jemand beim Spazierengehen solche Arbeitshandschuhe?«

»Vielleicht hatte dieser Jemand einen Plan mit dieser Gabel. Die hat doch schon den ganzen Tag dort gesteckt. Die Handschuhe sollten Fingerabdrücke vermeiden.«

»Und die Fingerabdrücke vom Sohn?«

Die Diskussion geht weiter. Zahlreiche Vorschläge, Anregungen, Zweifel, Vermutungen werden im Team ausgiebig diskutiert, Zeit- und Wegberechnungen angestellt, Aufgaben verteilt. Man hofft, am Tag vier der Ermittlungen einen entscheidenden Schritt weiterzukommen.

Am Ende klatscht Lutz wieder in die Hände: »An die Arbeit, Leute! Schaffe, net schwätze!«

* * *

»Wir haben doch gestern über das Böse gesprochen, Wieland, über die EAV: Das Böse ist immer und überall, Sie erinnern sich«, meint Lutz, als die beiden sich auf den Weg nach Mulfingen zu Paul machen.

Wieland nickt.

»Das Böse, was es ist und woher es kommt, das beschäftigt mich schon seit langem.«

»Klar, Chef, wir sind ja schon von Berufs wegen ständig mit dem Bösen oder besser: mit *den* Bösen konfrontiert.«

»Dabei lässt sich schon, was überhaupt böse ist, gar nicht so eindeutig bestimmen. Sehen Sie, einer, der seinem Gegenüber, den er nie zuvor gesehen hat, mit dem er noch nie ein Wort gesprochen hat, der ihm gar nichts getan hat, bei der ersten Begegnung mit der Faust ins Gesicht schlägt – was meinen Sie, ist so einer böse?«

»Na bitte, was denn sonst!«

»Wenn er eine halbe Stunde lang immer und immer wieder zuschlägt, ist er böse? Wenn der andere aus Mund und Nase blutet und seine Augenbraue bereits aufgeplatzt ist, ist es dann böse, wenn sein Kontrahent ihm gezielt immer wieder auf die blutenden Wunden schlägt? Wenn er den andern, den er zu Boden geschlagen hat, nach dem Aufstehen sofort wieder angreift, würden Sie das böse nennen?«

»Also hören Sie, Chef, was soll die Fragerei? Natürlich ist das böse, bitterböse!«

»Aber nein, Wieland. Das ist gar nicht so sicher, behaupte ich.«

»Ich bitte Sie! Sie sagen, der andere hat ihm gar nichts getan. Juristisch ist das ein Tatbestand der fortgesetzten, vorsätzlichen Körperverletzung, menschlich ist das eine brutale Gemeinheit und moralisch ist so eine Handlung eindeutig bösartig und verwerflich!«

»Tja, das kommt ganz drauf an. Es ist einfach eine Frage der Definition.«

»Also, das möchte ich wissen, was es da noch an Definitionsspielraum gäbe, Chef!«

»Wieland, beruhigen Sie sich! Gestern Abend habe ich im Fernsehen den Weltmeisterschafts-Fight von Wladimir Klitschko gegen Ruslan Tschagajew gesehen – Profi-Boxen, verstehen Sie?«

»Ich fass es nicht! So was ziehen Sie sich abends rein? Boxen kommt doch immer so spät.«

»Immer wieder gerne. Boxen ist eine klare Angelegenheit, Wieland. Einfachste Regeln, keine Tricks und technischen Hilfsmittel, fairer Kampf Mann gegen Mann bis zur Erschöpfung. Der Bessere gewinnt. Das ist wahrer Sport, sage ich Ihnen.«

Wieland kann nur den Kopf schütteln. Dieser Mann ist immer wieder für eine Überraschung gut.

»Also, Wieland, da hat gestern Dr. Steelhammer genau das getan, was ich eben geschildert habe, und zwar großartig, sage ich Ihnen. Er hat seinen Titel erfolgreich verteidigt und haushoch gewonnen. Und da war rein gar nichts Böses im Spiel, glauben Sie mir. Denn als der geschlagene Usbeke wieder einigermaßen gerade stehen konnte, da ist er dem Klitschko freundschaftlich um den Hals gefallen und hat dabei noch versucht zu lächeln. Sehen Sie, das Böse ist nichts Absolutes. Es ist relativierbar. Es ist wirklich eine Frage der Definition.«

Nachdenklich und schweigend setzen die beiden ihre Fahrt fort. Als sie die Steige von Jagstberg nach Mulfingen hinunterfahren, kommt über Funk die Meldung, in Langenburg sei eine Frauenleiche gefunden worden.

»Wo?«, fragt Lutz.

»Beim Café Bauer.«

Also setzt Wieland am Ortseingang von Mulfingen den Blinker nicht links zu ebm-papst, sondern rechts, Richtung Langenburg.

* * *

In Langenburg ist nur die Terrasse des Café Bauer geräumt und anschließend gesperrt worden. Die inneren Gasträume sind dicht besetzt. Die zwei Busladungen seit langem angemeldeter Gäste wollte man nicht ganz aus dem Lokal vertreiben.

Die Chefin berichtet Lutz und Wieland leise, es handle sich bei der Toten um ihre Bedienung Melanie Karle. Seit Sonntag müsse die da unten liegen. Sie stamme aus Jagstbach und habe …

»Ja, wir kennen Frau Karle und ihren Vater«, erklärt Lutz.

»Ach, ihr Vater, der arme Mann! Hat doch sonst niemand. Vor einer halben Stunde war zufällig der Jagstbacher Pfarrer bei uns im Laden. Dem habe ich die schlimme Neuigkeit gleich berichtet. Der muss das doch wissen, oder? Er hat gemeint, er werde sofort zu Herrn Karle gehen und ihm die traurige Nachricht schonend beibringen.«

Wieland atmet auf: »Dann müssen wir das schon nicht machen!«

»Wann und von wem wurde sie gefunden?«, will Lutz wissen.

»Zwei Kolleginnen haben heute früh die Terrasse für die Gäste hergerichtet. Wir haben uns schon gewundert, wo die Melanie bleibt. Zu den ersten Arbeiten gehört auch das Gießen der Balkonkästen, besonders bei dieser Hitze. Einer der Kästen sah sehr gerupft aus. Beim genaueren Hinsehen entdeckten die Mädchen dann die Tote unten auf dem Mauervorsprung.«

»Können wir die beiden sprechen?«

»Sie, die waren völlig durch den Wind, haben nur noch geheult. Ich hab sie dann für heute nach Hause geschickt.«

Lutz und Wieland treten an das Geländer und schauen hinunter. Da liegt eine seltsam geknickte schwarz gekleidete Person mit einem roten Schuh und einem Geranienbüschel in der Hand. Zwei Polizeibeamte haben neben ihr Stellung bezogen.

»Tote Augen, ohne Glut, schmale Lippen, voller Blut«, murmelt Wieland, als sie unten vor der Leiche stehen.

Die Blutlache auf der Mauer ist schwarz und voller Fliegen.

Die Kollegen in ihren weißen »Astronautenanzügen«, die fast gleichzeitig eingetroffen sind, schicken die beiden Ortspolizisten weg und bitten Lutz und Wieland zur Seite zu treten. Sie haben hier nur wenig Platz für ihre Arbeit.

Die Körpertemperatur entspricht exakt der Umgebungstemperatur. Außerdem ist die Leichenstarre bereits vorüber. Sie dauert gewöhnlich bei diesen hohen Temperaturen nicht länger als sechsunddreißig Stunden. Da die Tote noch ihre Arbeitskleidung trägt, ist davon auszugehen, dass sie vor Beendigung ihres Dienstes zu Tode gestürzt ist. Seit Sonntag, 19 Uhr, sind über vierzig Stunden vergangen.

»So geknickt, wie sie daliegt«, meint der Fachmann, »hat sie beim Aufprall hier die Wirbelsäule gebrochen und war auf der Stelle tot. Das lässt auch die schwere Verletzung am Hinterkopf vermuten. Genau kann ich das erst nach der Obduktion feststellen. Was aber schon auffällig ist, sind diese Hämatome hier im Gesicht und auf beiden Seiten des Brustkorbs. Hier, an den Schlüsselbeinen, sehen Sie? Die können nicht vom Sturz herrühren. Sie muss auf den Rücken gefallen sein, sonst trüge sie offene Verletzungen im Gesicht. Aber, wie gesagt, Genaueres vielleicht heute Nachmittag.«

Mit Lupe und Pinzette spürt der Mediziner in den Ohren, Nasenlöchern und der leicht geöffneten Mundhöhle der Leiche Larven der Calliphora vicina auf, der Blauen

Schmeißfliege. Ihr extrem feiner Geruchssinn führt diese Insekten unmittelbar nach Eintritt des Todes zu Leichnamen, in denen sie sofort ihre Eier ablegen. Der Beamte füllt eine Anzahl dieser Maden in ein Röhrchen mit reinem Alkohol. So werden sie sofort abgetötet und konserviert. Im Labor kann er sie dann exakt vermessen und anhand ihrer Größe fast auf die Stunde genau den Todeszeitpunkt bestimmen.

Wieland kennt dieses Verfahren von seiner Ausbildung her. Hier sieht er es zum ersten Mal in der Praxis. Als er sich interessiert hinunterbeugt, um die Arbeit des Mediziners zu verfolgen, wendet er sich angewidert ab. Bei den hohen Temperaturen der letzten beiden Tage hat die Verwesung bereits unverkennbar eingesetzt.

Der junge Kommissar hat noch nicht oft mit Leichen zu tun gehabt. Er darf gar nicht laut sagen, was ihm beim Anblick der jungen Frau, die er sogar kannte, durch den Sinn geht. Unwillkürlich muss er an das gestrige Gespräch über Emotionen im Dienst denken. Es wird noch dauern, bis er sich die nötige Coolness für solche Situationen erworben hat.

Oben im Café sprechen die beiden Beamten noch einmal mit der Chefin. Wie kann es zu diesem Unfall gekommen sein? Welchen Grund könnte es für Melanie gegeben haben, sich so weit über das Geländer zu beugen, dass sie das Gleichgewicht verloren hat? Die Geländerhöhe ist doch in Ordnung. Zudem war Melanie sehr klein. Die Chefin weiß sich das nicht zu erklären. An dem Blumenkasten, über den oder an dem vorbei Melanie gestürzt sein muss, und an seiner Halterung können die drei keine Besonderheit feststellen, wegen der sich jemand hätte dort hinunterbeugen müssen.

»Ihre Angestellte hat den ganzen Montag dort unten auf dem Mauervorsprung gelegen«, fragt Wieland. »Hat die da niemand liegen sehen?«

»Unser Haus hatte ja geschlossen. Ich selbst wohne oben im Städtle. Der Mauervorsprung ist von der Straße her wegen der Büsche nicht einzusehen und die Nachbarn sind seit einer Woche in Urlaub. Es hätte der armen Melanie ja doch nichts geholfen. Der Arzt sagte, sie war sofort ...«

»Wann haben Sie Ihre Angestellte denn zuletzt gesehen?«

»Bei Betriebsschluss. Als die letzten Gäste gegangen waren, bin ich ins Büro und Melanie zum Aufräumen auf die Terrasse gegangen.«

»Hat sie sich hinterher nicht verabschiedet?«

»Nein. Sonst eigentlich immer. Ich hab mich auch gewundert. Aber als der Paul sie abholen wollte, da war sie schon gegangen. Vielleicht habe ich sie nur nicht gehört, dachte ich.«

»Wie bitte? Der Paul kam sie abholen?«

»Ja, der ist mir begegnet, als ich abschließen wollte. Er kam von der Terrasse, aber ohne Melanie. Er war komisch, sagte kein Wort. Irgendwie schien er sehr verärgert oder verwirrt, als ich ihm sagte, Melanie sei wohl schon gegangen. Er stürzte an mir vorbei nach draußen, sprang in seinen BMW und ist mit quietschenden Reifen davongebraust.«

Lutz und Wieland schauen sich an.

Jetzt haben sie einen Grund mehr, zu Paul nach Mulfingen zu fahren.

* * *

Am Werkstor von ebm-papst zeigen Lutz und Wieland ihre Dienstausweise und fragen nach Paul. Der Pförtner nennt die Abteilung und beschreibt ihnen den Weg dorthin.

»Wenn die Herren warten können, in zwanzig Minuten ist Mittagspause, dann treffen Sie ihn in der Kantine.«

Nein, die Herren wollen nicht warten.

Der Abteilungsleiter lässt Paul in sein Büro rufen und entfernt sich diskret, damit die drei sich ungestört unterhalten können.

»Wir haben neue Erkenntnisse zu dem Mord an Ihrem Vater gewonnen. Außerdem kommen wir gerade direkt vom Café Bauer aus Langenburg. Sie wissen, was dort passiert ist? Wollen Sie uns dazu etwas sagen?«

Paul wird blass, bekommt ein Flackern in die Augen, springt im nächsten Moment von seinem Stuhl auf, der polternd umfällt und rennt zur Tür hinaus. Bis die beiden Kriminalbeamten überhaupt reagieren, ist er schon durch die halbe Halle gerannt und stürmt weiter über den Hof Richtung Werkstor. Lutz und Wieland rufend hinterher. Sie sehen, wie er über die Schranke flankt, quer über den Firmenparkplatz hastet, in seinen BMW springt und mit quietschenden Reifen davonprescht, bevor sie überhaupt ihren Wagen erreicht haben.

Als sie an die Einmündung der Straße kommen, ist vom BMW schon nichts mehr zu sehen. Sie haben drei Möglichkeiten: Die Jagsttalstraße hinaufzufahren, hinunter oder rechts die Hollenbacher Steige hoch. Sie schauen sich fragend an. Es ist sinnlos, aufs Geratewohl eine dieser Strecken abzufahren.

Lutz greift zum Hörer und weist das Polizeirevier an, ein blaues BMW Cabrio der Zweier-Reihe mit schwarzem Stoffverdeck und dem Kennzeichen KÜN-AZ 11 zur Fahndung auszuschreiben. Der Fahrer sei zwecks Vernehmung in vorläufigen Gewahrsam zu nehmen. Er sei vermutlich nicht gefährlich und unbewaffnet. Nein, eine Ringfahndung sei nicht erforderlich, aber am »Ochsen« in Jagstbach, vor Melanies Wohnung in Langenburg und beim Haus seiner Mutter in Buchenbach sollten sofort, aber möglichst unauffällig, Beobachtungsposten aufgestellt werden.

»Und jetzt?«, fragt Wieland, hebt die Hände vom Lenkrad und lässt sie wieder fallen.

Lutz schaut auf die Uhr: »Wissen Sie was? Es ist Mittag. Ich habe Hunger, Sie doch sicher auch. Wir gehen essen. Machen Sie einen Vorschlag!«

»Wer zahlt?«

»Ausnahmsweise noch einmal ich, Wieland. Das darf aber nun nicht einreißen, gell?«

»Gut, dann Jagstmühle«, entscheidet der Kommissar. »Ist ganz in der Nähe.«

»Bezahlbar?«

»Für A 13 locker.«

Der »Landgasthof Jagstmühle« in Heimhausen liegt malerisch an Wehr und Insel des Flüsschens. Wie der »Stern« in Jagstbach fühlen sich auch die Betreiber dieses Gasthofes und die beiden Köche der regionalen Küche verbunden, nur scheint das Niveau noch einen Stern höher angesiedelt, stellt Lutz beim Eintreten anerkennend fest.

Wieland bekommt beim Studium der Speisekarte fast ein schlechtes Gewissen und will sich mit paniertem Oberschalenschnitzel vom Hohenloher Landschwein mit Bratkartoffeln begnügen. Aber sein Chef hält ihm den

Menüvorschlag unter die Nase und meint: »Das nehm ich. Sie auch?«

Also bestellen sie für beide auf Rebholz geräucherten Bachsaibling mit seinem Kaviar, Selleriepüree und Nussbutter, Saltimbocca vom Reh in Holunderbeersoße auf Spitzkraut mit Steinpilzen und Petersilienwurzelpüree und zum Dessert Wildzwetschgenterrine mit Pfefferkrauteis.

Wegen der Hitze heute bleiben sie bei Wasser. Sie haben noch viel vor und wissen nicht, wie die Sache mit dem flüchtigen Paul ausgehen wird. Darüber sprechen sie, während sie auf ihr Essen warten. Das Funkgerät hat Lutz vorsichtshalber mitgenommen. Sie stellen Vermutungen an über die Gründe von Pauls Flucht. Gestern hatte er schon bei Erwähnung Melanies etwas seltsam reagiert. Da wusste noch niemand, was mit ihr passiert war. Er vielleicht? Oder hat ihn die Bemerkung über »neue Erkenntnisse« zum Mord an seinem Vater so in Panik versetzt? Finger- und Blutspuren am Tatort rücken plötzlich auch Paul in den Kreis der Verdächtigen. Ein Vatermord, war das denkbar?

Die Vorspeise schmeckt äußerst delikat.

»Exquisites Schmeckerchen – köstlich, so ein Leckerchen!«, schwärmt Wieland.

So raffinierte Vorspeisen ist er nicht gewohnt. Auch Lutz zieht anerkennend die Mundwinkel nach unten.

Sie unterhalten sich leise über Melanies schreckliches Ende und rätseln, wie es wohl zu diesem Sturz gekommen sein konnte. Das Obduktionsergebnis wird vielleicht weitere Aufschlüsse bringen.

Als der Hauptgang kunstvoll dekoriert auf rustikalen Keramik-Platten serviert wird, schwenkt Wieland auf das Thema von heute Vormittag um.

»Herr Lutz, mir geht noch Ihre Schilderung des Boxkampfes durch den Sinn und vor allem Ihre Schlussbemerkung, das Böse sei relativ. Das heißt doch dann, dass ein und dieselbe Handlung mal als böse angesehen wird und mal nicht. Das bedeutet, das Böse wäre verhandelbar. Umgekehrt müsste das dann auch für das Gute gelten.«

»Stimmt. Gut und Böse sind gesellschaftliche Parameter, das heißt, sie bedürfen eines gesellschaftlichen Konsenses. Der kann in Form einer Religion, eines Gesetzeskodex oder auch nur eines unformulierten Gewohnheitsrechtes existieren. Was sich innerhalb dieses Konsenses befindet, gilt als gut, was außerhalb steht, ist böse.«

»Aber hätten wir dann nicht unsere allgemeingültigen Maßstäbe aufgegeben? Wonach sollen wir unser Handeln ausrichten? Der Willkür wären Tür und Tor geöffnet!«

»Genau so ist es, Wieland. Was sind denn allgemeingültige Maßstäbe? Nehmen Sie als Beispiel die Menschenrechte, die wir unveräußerliche Werte nennen. Das ist ein relativ moderner, also junger Maßstab. Den gibt es seit ungefähr 300 Jahren, zu unserem großen Glück, nebenbei bemerkt. Zigtausende von Jahren vorher lebten unzählige Gesellschaften auf der Erde ohne diesen Maßstab. Und auch heute werden die Menschenrechte nicht überall auf der Welt als allgemeingültiger Maßstab anerkannt. Also sind die Menschenrechte ein Maßstab, der in einer bestimmten Zeit in bestimmten Gesellschaften gilt. Der Maßstab entspringt einer Vereinbarung, ist mithin verhandelbar, relativ.«

»Das Beispiel ist vielleicht etwas schräg. Nehmen Sie das Verbot ›Du sollst nicht töten‹. Das ist nun wirklich nicht relativierbar.«

»Ach nein? Unsere Gesellschaft baut Kampfjets und Panzer und bildet Soldaten aus. Mit welchem Auftrag wohl? In vielen – auch demokratischen – Staaten wie den USA werden Todesurteile vollstreckt. Judenvernichtung im ›Dritten Reich‹, Ketzerverbrennungen im Mittelalter, Menschenopfer bei den Inkas und auch hier bei den Kelten, Gefangenentötung bei den Schrumpfkopfjägern Amazoniens oder den Kopfjägern auf Borneo, das sind alles Beispiele dafür, dass Gesellschaften das Töten von Menschen nicht nur dulden, sondern sogar als gute Tat zum Wohle der Gemeinschaft anordnen. Das geht in Ordnung, sie müssen sich nur mehrheitlich darüber einig sein.«

»Also kann man jedes Böse per Mehrheitsbeschluss in Gutes umdeklarieren und umgekehrt?«

»So ist es. Reine Ansichtssache. Wer unterscheidet denn zwischen Gut und Böse? Das Weltall? Die Natur mit ihren Katastrophen? Ein Raubtier? Nein, nur der Mensch, das vernunftbegabte Wesen, hat sich diese Kategorien erdacht. Allein Religionen funktionieren anders, nicht vernunftgesteuert, sondern auf Glauben und Aberglauben gegründet, den sie für ewig gültig erklären. So brauchen sie ihn nicht der veränderten Wirklichkeit anzupassen. Was dabei herauskommt, brauche ich Ihnen nicht zu erzählen.«

»Es gibt aber neben Staat und Religion noch eine dritte Instanz, die mir sagt, was gut und böse ist.«

»Welche meinen Sie?«

»Mein Gewissen. Das menschliche Gewissen ist eine rätselhafte Richtschnur für gutes oder böses Handeln. Und recht zuverlässig, wie ich finde.«

»Eine kluge Einschränkung, Wieland! Die gesellschaftlichen Institutionen treffen, wie gesagt, Mehrheitsentscheidungen und haben ihre Gründe dafür, gute oder schlechte. Wo es eine Mehrheit gibt, bleibt auch eine unterlegene Minderheit. Das sind oft die Menschen, die lieber ihrem Gewissen folgen als dem Gesetz, dem Gewohnheitsrecht, dem Mainstream oder religiösen Geboten. Nicht jeder Kopfjäger in Papua schneidet seinem Feind den Kopf ab, nicht jeder keltische Druide hat nach einem Erdbeben Menschen auf seinem Altar geopfert, nicht jeder Nazi war für den Judenmord und nicht jeder IS-Kämpfer beteiligt sich am Kopfabhacken. Der Unterschied zwischen dem wandelbaren institutionalisierten Gut und Böse und einer offenbar im Menschen schon angelegten Gewissensorientierung ist die Privatheit hier und die Öffentlichkeit dort.«

»Dann war Ihr Beispiel mit dem Boxkampf eine eher juristische Argumentation, während ich meinen moralischen Standpunkt in den Vordergrund stellte, der mir sagt: Das tut man nicht!«

»Zugegeben.«

»Ich hätte schwere Skrupel, in einem Boxkampf meinem Gegner ins Gesicht zu schlagen, obwohl das erlaubt ist. Übrigens, haben Sie auch die Erfahrung gemacht, Herr Lutz, dass man lieber mit Menschen zu tun hat, die ihrem Gewissen folgen, als mit solchen, die alle juristischen Kniffe ausnutzen?«

»Da sind wir uns absolut einig! Es gibt ja noch den Begriff ›Anstand‹, außerhalb jeder juristischen Kategorie. Mich wundert und erfreut gleichzeitig, Wieland, dass ich diesen Einwand aus Ihrer Generation höre!«

Gerade wird den beiden Gästen nach dem vorzüglich zubereiteten Hauptgang das Dessert mit der für Wielands Geschmack etwas hochgestochenen Bezeichnung serviert, da erhebt sich am Nebentisch ein älterer Herr und tritt mit seinem Weinglas in der Hand an ihren Tisch.

»Entschuldigen Sie, meine Herren, ich habe eben bruchstückhaft Ihre Unterhaltung über das Böse mitbekommen. Das ist ein Thema, das auch mich seit geraumer Zeit beschäftigt. Würden Sie es als Belästigung empfinden, wenn ich mich an Ihren Überlegungen beteiligte?«

»Aber durchaus nicht!« Lutz deutet auf den freien Stuhl am Tisch und der Herr nimmt dankend Platz. »Ich fürchte nur, wir werden nicht mehr viel Zeit haben. Wir beide sind im Dienst und im Einsatz.«

»Darf ich daraus schließen, dass Sie Polizeibeamte sind?«

»So ist es. Wir beide arbeiten in diesen Tagen intensiv an der Aufklärung eines Verbrechens. Na, das tun wir von Berufs wegen eigentlich ständig, aber jetzt zum ersten Mal wir beide zusammen.«

»Mir ist aufgefallen, dass Sie in Ihrem Gespräch offenbar Gut und Böse mit Recht und Unrecht gleichgesetzt, um nicht zu sagen, verzeihen Sie, verwechselt haben. Das finde ich zu kurz gegriffen. Der junge Kollege hat mit seiner Einführung der Begriffe Moral und Gewissen richtigerweise die Fragestellung auf eine höhere Ebene gestellt. Psychologie und Philosophie sind sich weitgehend einig, dass Gut und Böse zwei Optionen eines jeden Menschen sind. Selbst Mutter Teresa hatte das Potential, zur Mörderin zu werden. Aber sie hat sich anders entschieden.«

»Genau«, stimmt Wieland zu, »es liegt an jedem Einzelnen, ob er gut oder böse handelt. Er hat die Wahl. Und dabei, meine ich, hilft mir meine innere Stimme, mein Gewissen. Da muss ich nicht vorher fragen, ob das erlaubt ist oder nicht, weil dann von verschiedenen Seiten verschiedene Antworten kommen könnten. Der Gangster wird seinen Sohn loben, wenn er einen erfolgreichen Einbruch hingelegt hat. Unsereiner würde das Kind tadeln, das etwas gestohlen hat.«

»Meine Beispiele sollten eben zeigen«, erläutert Lutz, »dass Gut und Böse nichts für alle Zeiten Absolutes sind, sondern erstens menschengemacht und zweitens wandelbar. Bei Nietzsche habe ich gelesen, dass allein der Mensch darüber entscheidet, was gut und böse ist. Er hat die Freiheit, sich für das eine oder das andere zu entscheiden.«

»Richtig, dann aber auch die Verantwortung!«, gibt der Gast zu bedenken.

***

»Wissen Sie was?«, schlägt Lutz vor, als sie auf den Parkplatz zusteuern, »wir schauen einmal bei Pauls Mutter in Buchenbach vorbei, ist doch gleich hier um die Ecke. Vielleicht hat Paul in seiner Not bei ihr Zuflucht gesucht oder sie kann uns einen Tipp geben, wohin er geflüchtet sein könnte.«

Pauls Mutter zeigt sich schockiert über die Hiobsbotschaft, die ihr die Kriminalbeamten da überbringen. Dass Melanie tödlich verunglückt ist, macht sie fassungslos. Dass ihr Sohn damit etwas zu tun haben soll, hält sie für absolut ausgeschlossen. Paul habe seine Melanie angehimmelt wie eine Heilige. So, wie die beiden Herren berichten, hat Paul am Sonntagabend seine Melanie im Café Bauer doch gar nicht mehr angetroffen.

»Genau danach wollten wir ihn ja fragen«, beschwichtigt Lutz, »aber schon beim Nennen des Namens Melanie ist er völlig außer Fassung geraten, aufgesprungen und getürmt. Wir hatten noch gar nicht erwähnt, was passiert ist. Also muss er es schon gewusst haben. Woher? Wir sind direkt vom Auffinden der Leiche zu seiner Firma gefahren.«

»Hat Melanies Chefin ihn vielleicht – wie sooche's? – instruiert?«, vermutet Pauls Mutter.

»Sie meinen informiert«, verbessert Wieland.

»Genau. Aber das is eher unwahrscheinlich. Er hat die kaum kennt. Er is bloß ins Café Bauer gange, wenn er sei Melanie abends abg'holt hat.«

»Und dann ist da noch etwas.« Wieland schaut seinen Vorgesetzten fragend an. Der nickt ihm zu. »Wir haben am Tatort Spuren gefunden, die eindeutig von Paul stammen. Auch dafür suchen wir eine Erklärung und erhoffen uns plausible Antworten von Ihrem Sohn.«

»Spure am Tatort? Im Ochsegarte? Was für Spure?«

»Darüber können wir vorläufig noch nicht sprechen. Dazu müssten wir erst Paul hören.«

Die Mutter schaut Wieland mit großen Augen ängstlich an. »Natürlich ware do Spure, zum Beispiel seine Fußspure. Paul hat mir verzählt, er sei kurz vor dem Überfall auf sein Vadder an derselben Stell gwese, weil er für die Köchin Forelle g'holt hat.« Und zu Lutz gewandt sagt sie mit fast flehender Stimme: »Sie wolle doch mein Paul net verdächtige, dass er mit dem Mord an seim eichene Vadder ebbes z' duen hat!«

»Aber nein, so weit ist es noch lange nicht. Beruhigen Sie sich! Wir brauchen aber Antworten auf unsere Fragen. Antworten, die uns nur Paul geben kann. Und der rennt vor uns davon und flüchtet. Vielleicht eine Kurzschlusshandlung. Statt Antworten wirft das nun neue Fragen auf, unangenehme Fragen, gebe ich zu. Können Sie uns wirklich nicht sagen, wo er sich aufhalten könnte?«

Die Frau zieht die Schultern hoch und blickt ratlos um sich: »Hier wor er net. Dahaam? Bei der Melanie? Aber nââ, die is ja … Bei seim Freund in Hollenbach? Nââ, der is ja jetzt au bei der Arbeit. Die zwaa arbeite bei ebm in der gleiche Abteilung. Ka Ahnung.«

»Gut, dann müssen wir das Ergebnis der Fahndung abwarten.«

»Fahndung? Sie jage mein Sohn wie en Verbrecher?«

»Bitte verstehen Sie das. Es handelt sich hier nicht um einen Fahrraddiebstahl, sondern um den gewaltsamen Tod zweier Menschen innerhalb von sechsundzwanzig Stunden. Beide aus Pauls engstem persönlichen Umfeld. Seine Flucht muss Gründe haben. Tut uns leid. Vielleicht klärt sich ja alles auf. Aber dazu müssen wir dringend mit Ihrem Sohn reden. Sollte er also bei Ihnen auftauchen oder Sie anrufen, wirken Sie bitte unbedingt auf ihn ein, dass er mit uns spricht. Und rufen Sie uns sofort an! Das ist sehr wichtig, auch und gerade für Paul.«

»Der gute Bue is grood völlig durcheinander. Kaa Wunder, oder?«

»Hat er Ihnen die Sache mit seinem Hund erzählt?«

»Oh Gott, ja! Wie schrecklich!«

»Paul und Rezzo kannten sich doch seit Jahren und waren vertraut miteinander.«

»Scho, aber vor e paar Woche is was passiert: Paul is mit em Tablett Gläser über de Hof glaafe, als der Rezzo an ihm naufg'sprunge is, vermutlich aus Fraad. Mehrere Gläser ginge zu Bruch. Paul hat desderweeche dem Hund en Fußtritt versetzt, dass der über de halbe Houf kugelt is und sich winselnd in sei Hütte verzoche hat. Seither hat der Rezzo den Paul bloß no oukläfft und allfort knurrt.«

»Das erklärt natürlich einiges. Eine Frage hätte ich noch, bevor wir gehen: Ihr Sohn hat uns gestern eine Versicherungspolice Ihres geschiedenen Mannes gezeigt. Eine Lebensversicherung über 200 000 Euro. Wussten Sie davon?«

»Nââ. Die finanzielle Sacha hat mei Mou immer in eichener Regie gregelt. Ich han ihm da voll vertraue könne. Er hat Versicherunge für oder gege alles Mögliche g'hot. Von ere Lebensversicherung hat er nie gsproche. Ich war arg überrascht, als der Paul mir davon verzählt hot. Er kommt ja jetzt mit allem mögliche Schreibkram zu mir und i helf em, wo i kann.«

»Hat er Ihnen auch gesagt, wer das Geld bekommt?«

»Ja, stelle Sie sich vor, als Begünstigte im Versicherungsfall bin i eitrage!«

»Ein ansehnliches Sümmchen, nicht wahr? Keine Peanuts. Und das wussten Sie tatsächlich nicht? So etwas besprechen Eheleute doch miteinander. Sie hatten von den 200 000 Euro wirklich keine Ahnung? Wir müssen Sie das fragen.«

»Moment mal, junger Mann! Wenn Sie jetzt auf die Idee komme sollte, zwischen der Lebensversicherung und dem Mord en Zusammenhang zu konstatiere …«

»Konstruieren!«

»Ach, nenne Sie des doch, wie Sie wolle, Sie Besserwisser! Auf jeden Fall sind Sie da ganz gehörig auf em falsche Kutter, mei Freund! Lassen Sie sich des in aller Deutlichkeit gsoocht sei! Herr Lutz, Sie sollte Ihren übereifrige junge Kollege gelegentlich zurückflöten.«

»Schon gut. Das hat er bestimmt nicht so gemeint. Unsere Ermittlungen sind alles andere als einfach. Die Polizei stellt in solchen Fällen auch mal unangenehme Fragen. Bitte verstehen Sie das! Wir haben eine Handvoll potenzieller Täter, die werden alle mit zum Teil lästigen Fragen konfrontiert. Es kann aber nur einer – oder eine – gewesen sein. Sie wollen sicher auch, dass man den oder die schnell überführt.«

»Ha, freilich will i des aa, aber i will hier net als potente Täterin nougstellt werde.«

Wieland schluckt, dass sein Adamsapfel einen Hüpfer macht.

Die Ochsenwirtin schaltet unvermittelt um in einen weinerlichen Tonfall: »Vielleicht hat mei Mou nach der Scheidung vergesse, den Vertrag umschreiben z' lasse. Möglich. Es könnt aber doch auch so sei, dass er es absichtlich so lasse wollt. Vielleicht hat er ja immer noch so viel Zuneigung zu mir empfunde, dass er …« Sie zieht ihr Taschentuch aus dem Ärmel und schluchzt.

Als Wieland und Lutz ins Auto einsteigen, will der junge Kommissar wissen: »War ich zu scharf?«

»Ganz und gar nicht! Wir mussten ihr auf den Zahn fühlen. Für 200 Riesen wurde schon so mancher über den Jordan geschickt. Auch von einer Frau.«

»Und die Rührnummer am Schluss, war die echt?«

»Ja, das frage ich mich auch!«

»Haben Sie ihre Augen gesehen? Ich werde nicht recht schlau aus dieser Frau.«

»Sie hält sich doch sehr bedeckt.«

Als Nächstes will das Ermittlertandem nach Jagstbach fahren und ein letztes Mal Bauer Karle aufsuchen. Einmal, um ihm ihr aufrichtiges Bedauern auszusprechen für das schreckliche Geschehen, das sich am Sonntagabend beim Café Bauer ereignet hat und erst heute entdeckt wurde. Zum andern möchten sie ihm die Last von den Schultern nehmen, die ihn seit Samstag schwer bedrückt haben muss: Sie können ihm heute mitteilen, dass er für die Polizei endgültig aus dem Kreis der Tatverdächtigen im Mordfall Ochsenwirt ausgeschieden ist.

Heute früh im Team waren sie sich einig gewesen, dass Karle nach allem, was sie jetzt wissen, definitiv nicht mehr als Täter infrage kommt. Die falsche Gabel, die richtige von einem bislang noch unbekannten, schmächtigen Spaziergänger zum Tatort verbracht, Karles Rechtshändigkeit, die Glaubwürdigkeit seiner Aussagen, die unrealistisch konstruierte Täterschaft, sein zwar cholerischer, aber ehrlicher Charakter, alles das weist eindeutig auf seine Unschuld hin. Sein Pech war einzig und allein der oscarreife Bühnenauftritt im Ochsengarten gewesen.

Das alles geht den beiden durch den Sinn, als Lutz kurz vor Jagstbach plötzlich ruft: »Halt, Wieland, halten Sie mal an! Ich glaube, ich habe Halluzinationen!« Er fährt sich mit den Handflächen über die Augen. »Haben Sie auch den Strauß gesehen, Wieland?«

»Ist Ihnen der Franz Josef selig erschienen?«, spöttelt Wieland.

»Quatsch, den Vogel Strauß, der da über den Zaun geguckt hat! Ich hab doch heute noch nichts getrunken, nur Kaffee zum Frühstück und Wasser zum Mittagessen. Sie sind mein Zeuge!«

»Ach, du Graus, ein Vogel Strauß! Na, da kommen Sie mal mit, Chef.«

Wieland und Lutz steigen aus und biegen um eine Hecke zu einem hohen Maschendrahtzaun. Gleich kommt eine Gruppe Straußenvögel in drollig wiegendem Trab neugierig auf sie zugestelzt, Alte voraus, Jungtiere mit ihren urkomischen Gesichtern hinterdrein.

»Vorsicht, Chef, die beißen gottsallmächtig!«

»Um Himmels willen, wie kommen denn Strauße ins Jagsttal?«

»Das hier ist eine Straußenfarm, Chef. Die ziehen Strauße groß, verkaufen die Eier, nach dem Schlachten die Federn, das Fleisch und die Haut. Das Hohenloher Klima ist ideal für diese Tiere geeignet, hat man herausgefunden. Man muss nicht nach Nairobi fliegen, ein Straußenschnitzel ist auch hier zu kriegen. Schmeckt übrigens lecker, müssen Sie mal probieren. Gibt's ab und zu auch im ›Stern‹ in Jagstbach.«

»Und ich dachte schon, ich spinne.«

***

Auf ihr mehrmaliges Klingeln reagiert niemand. Die Haustür steht offen. Karle treffen sie in seiner Stube an. Er erwidert ihren freundlich gemeinten Gruß nicht. Sitzt auf seinem Sofa, die Mütze in der Hand, stiert wie abwesend vor sich hin und schüttelt immer wieder den Kopf. Aus dem Nebenraum hören sie lautes Singen.

»Oh, wir wollten nicht stören, Herr Karle. Die Haustür stand offen. Haben Sie Besuch?«

»Ja, zwaa Bsuch, zwaa schwarze: de Deifel und de Pfarr. Der aa will de ander verdreiwe. Awwer se wellet all zwaa net geahne. Höret Se, wie se mitanander streite?« Er schüttelt wieder den strubbeligen Kopf.

Lutz setzt sich zu dem Bauern auf das Sofa: »Herr Karle, nur ganz kurz: Sie wissen, was passiert ist, mit Ihrer Melanie?«

»Ha freile. Dr Pfarr hot's mir gsoocht. Awwer wia des bassiert isch, hot er net gsoocht.«

»Das wissen wir auch noch nicht. Wahrscheinlich ein schrecklicher Unfall. Herr Karle, das tut uns allen furchtbar leid. Ich möchte Ihnen unser herzliches Beileid aussprechen.«

Karle schweigt wieder. Dann sagt er leise: »I bin dahanne nimme dahôôm. Jeder kummt und geht, wie er will. D' Polizei spaziert jeden Dooch dô rei. Dr Pfarr kummt ôfach dô rei. Sogar dr Deifel persönlich treibt sich in meim Haus rum, secht dr Pfarr. Blooß mei Melanie, die kummt jetzt nimme. I bin in meim eichene Haus nimme dahôôm. Mei Fraa isch nimme dô. Mei Melanie isch nimme dô …«

Lutz legt dem gebrochen wirkenden Mann die Hand auf den Arm: »Herr Karle, das ist ein herber Schicksalsschlag für Sie. Die Tage werden auch wieder besser. Das braucht seine Zeit.«

»Ja, wenn i fortgeh aus dem Haus, nô wird's besser.«

»Aber Sie können doch nicht von Ihrem Hof weg, Herr Karle! Oder haben Sie hier Verwandte, wo Sie hinkönnen? Würden die sich dann auch vorübergehend um Ihren Hof und das Vieh kümmern, bis Sie wieder zurückkommen?«

»Ja ja, I hob viele guete Verwandte. Die freiet sich immer, wenn i kumm. I waaß scho, wo i nô geh. Isch aa gôr net weit. Die wohne glei sell diebe.« Karle zeigt zum Fenster hinaus.

»Sehen Sie, das ist der Vorteil eines kleinen Dorfes, dass man im Notfall zusammenrückt.«

»Nââ, die brauche net z'sammerücke. Die hent gnueg Platz. Der langt für uns alle.«

»Dann wünsche ich Ihnen viel Kraft für diese schwere Zeit, Herr Karle, und dass Sie nach Ihrer Auszeit gestärkt und mit neuem Mut hier weitermachen können. – Über etwas anderes wollte ich noch kurz mit Ihnen reden …«

Wieland, der neugierig dem Singen nachgegangen war, kommt in die Stube zurück und winkt Lutz: »Sehen Sie sich das einmal an!«

»Bin gleich zurück, Herr Karle!«

Wieland führt Lutz zum Schlafzimmer des Bauern, aus dem dieser seltsame Singsang kommt. Lutz bleibt wie angewurzelt unter der Tür stehen.

Ein eintönig hoher Fistelton schwebt durch den Raum. »Brüder, seid nüchtern und wachet, denn euer Widersacher, der Teufel, gehet umher wie ein brüllender Löwe und suchet, welchen er verschlinge. Dem widerstehet feste im Glauben. Gott sei ewig Dank! Amen.«

Jetzt tritt eine schwarz gewandete Gestalt würdevoll aus der Ecke zwischen Kleiderschrank und Kommode hervor. Die Augen halb geschlossen, in der Linken ein aufgeschlagenes Buch und darunter am ausgestreckten Mittelfinger hängend ein Blechgefäß, in der Rechten einen Pinsel oder eine Bürste, die er in das Gefäß taucht – oder heißt das Quaste? Er scheint die beiden Fremden in der Tür noch nicht bemerkt zu haben oder er ignoriert sie. Er öffnet weit beide Flügel des Schlafzimmerfensters. Mit der Bürste spritzt er dann Wasser in die Ecke, aus der er eben aufgetaucht ist, und ruft laut und drohend: »Satanas, weiche von hier!« Er taucht die Bürste erneut in das Gefäß, spritzt damit in die andere Ecke und ruft mit Grabesstimme: »Fürst der Finsternis, verlasse diesen Raum!« Ebenso verfährt er mit der dritten Schlafzimmerecke: »Beelzebub, du hast keine Macht mehr über dieses Haus«, und mit der vierten mit dem Befehl: »Alle Teufel der Hölle, hebet euch von hinnen an euren angestammten Ort der Verdammnis!« Dazu hebt er das Kreuz, das er an einer goldenen Kette um den Hals trägt, beschwörend hoch und reckt damit seinen Arm in alle vier Ecken des Raumes: »Sehet das Kreuz des Herrn, der euch besiegt hat! Fliehet, ihr feindlichen Mächte!«

Ein langgezogenes Geräusch ist zu hören, das eindeutig nach kräftiger Flatulenz klingt. In der Schlafkammer mit dem zerwühlten Bett breitet sich ein Gestank aus, der weder überirdisch nach Weihrauch noch unterirdisch nach Schwefel riecht, sondern ganz und gar diesseitig. Voll ungläubigem Staunen starren Lutz und Wieland den Priester in seinem langen Talar und dem schwarzen Käppi an.

Der bleibt am weit offenen Fenster stehen und liest leiernd noch ein Gebet aus seinem Buch ab: »Allmächtiger Herr und Gott, unser Erlöser Jesus Christus, Maria, du gebenedeite Mutter Gottes, wir danken für himmlischen Beistand in dieser schweren Stunde und für den Sieg über die Mächte der Finsternis …«

Nach dem Amen klappt der Gottesmann sein Buch zu und atmet mehrmals tief durch. Dann schließt er energisch das Fenster und dreht sich zu Lutz und Wieland um.

»Meine Herren, das war jetzt der letzte Raum dieses Hauses, das nun wohl gründlich vom Bösen gereinigt sein dürfte. Ich bin der Priester von Jagstbach.« Er streckt den beiden die Hand hin.

»Ja ja, das dachte ich mir schon«, murmelt Lutz und ergreift die Hand des Pfarrers. »Lutz, und das ist mein Kollege Wieland. Wir sind vom Kriminalkommissariat Künzelsau und in diesen Tagen mit dem Mord befasst, der hier geschehen ist. Ich hoffe, wir haben Ihre Zeremonie, oder war das ein Ritual, durch unsere Anwesenheit nicht gestört.«

»Ein kirchlicher Ritus. Nein, nein, keine Sorge, der Adressat wusste sehr wohl, dass er gemeint war.«

»Und wie nennt man diesen – Ritus?«

»Exorzismus. Genauer war das der Kleine Exorzismus, der nur Gegenstände vom Bösen befreien soll. Den darf jeder Priester ausüben. Der Große Exorzismus, die Teufelsaustreibung aus besessenen Personen, darf nur mit bischöflicher Erlaubnis durchgeführt werden.«

»Teufelsaustreibung – die gibt es noch, hier bei uns und im 21. Jahrhundert? Ich hätte die eher im sogenannten finsteren Mittelalter angesiedelt.«

»Da haben Sie's bestätigt«, raunt Wieland Lutz zu, »Ihr Vorurteil gegen das rückständige Jagsttal!«

Der Priester verstaut sein Buch und die Gerätschaften in einer Art Hebammentasche und wendet sich wieder an die beiden Beamten: »Die römisch-katholische Kirche hat eine lange und lebendige Tradition. Exorzismus ist weder finster noch mittelalterlich oder rückständig. Er wird nach wie vor weltweit im Namen und Auftrag der katholischen Kirche praktiziert. Auch unser jetziger Papst hat erst kürzlich die in etwa dreißig Ländern vertretene internationale Vereinigung der Exorzisten, die AIE, ganz offiziell anerkannt. Und Papst Franziskus gilt doch als reformfreudig und modern, nicht wahr? In Rom werden regelmäßig Schulungen in Exorzismus abgehalten.«

»Und was versprechen Sie sich davon?«

»Sehen Sie: Eugen Karle hat vor zwei Jahren seine Frau verloren. Vor einem Jahr hatte er die Schweinepest im Stall und verlor einen Teil seines Viehbestands. Letzten Samstag diese böse Sache mit dem Mord und dem schlimmen Verdacht, der auf Herrn Karle fiel. Und jetzt kommt auch noch der Todesfall seiner Tochter hinzu. Sind das nicht ein paar Schicksalsschläge zu viel, um noch von Zufall zu sprechen? Das alles ist offenbar das Werk des Bösen, der von diesem Anwesen Besitz ergriffen hat.«

»Harte Schicksalsschläge, gewiss. Aber Sie folgern allen Ernstes daraus, dass der Teufel dieses Haus in seiner Gewalt hat?«

»Ganz ohne Zweifel.«

»Und dann dringen Sie hier ungefragt ein und veranstalten diesen Hokuspokus, den wir da eben miterleben durften? Herr Karle sitzt da drinnen und weiß nicht, wie ihm geschieht. Er ist völlig durcheinander! Er will dieses Haus verlassen und zu seinen Verwandten im Dorf umziehen.«

»Verwandte? Herr Karle hat keine Verwandten mehr. Er ist der letzte Karle hier. Und von wegen ›ungefragt eindringen‹: Ich habe zuvor lange mit Herrn Karle gebetet. Und dieser Hokuspokus, wie Sie das nennen, Herr ...«

»Lutz.«

»... Herr Lutz, entspricht erstens meiner vollen Glaubensüberzeugung, zweitens ist er von der katholischen Obrigkeit gänzlich gedeckt, drittens ist Herr Karle Mitglied meiner Gemeinde und ich somit für ihn mitverantwortlich und viertens kann dieser ›Hokuspokus‹, wie Sie das ungeheuerlicherweise bezeichnen, keinem Menschen schaden, sondern nur nutzen, schlimmstenfalls wirkungslos verpuffen.«

»Sehen Sie, wir sind gekommen, Herrn Karle mitzuteilen, dass der Verdacht gegen ihn vollkommen ausgeräumt ist. Wir werden das auch in der Presse veröffentlichen, dass er völlig rehabilitiert ist. Das ist eine Hilfe für diesen geplagten Mann. Eine weitere Hilfe wäre vielleicht, dass Sie ihm einmal die Woche die Gemeindeschwester vorbeischicken, damit sie ihm den Haushalt macht. Aber hier um ihn herum in seinen eigenen vier Wänden diesen Zinnober zu veranstalten, vertieft seine Verzweiflung nur. ›Ich bin hier nicht mehr daheim‹, hat er eben zu mir gesagt. Jetzt soll er nach all dem Schlimmen, was ihm widerfahren ist, auch noch in die Krallen des Teufels gefallen sein? Wissen Sie, was Sie damit in diesem einfachen Gemüt anrichten? Da hört sich doch alles auf!«

»Sie sind wohl kein Katholik, Herr Lutz, am Ende gar kein Christ?«

»Gott bewahre, hätte ich fast gesagt – zum Teufel, nein, natürlich nicht! Ich sage Ihnen eines, Hochwürden, und das ist meine volle Überzeugung: Religion, zumal die Ihre, ist eine schwere Beleidigung für den menschlichen Geist!«

»Ein starkes Wort! Aber ein altes Argument, das Atheisten wie Sie seit der unsäglichen Zeit der sogenannten Aufklärung gegen die alleinseligmachende Kirche unseres Herrn Jesus Christus in die Debatte werfen.«

»Hören Sie das, Wieland? Das dürfen Sie mit Fug und Recht ein duales Weltbild nennen: Kaum hört der Gottesmann, dass ich kein Christ bin, flugs steckt er mich in seine zweite Schublade, die mit dem Etikett ›Atheist‹. Er hat nämlich nur die zwei.«

»Christus spricht: ›Wer nicht für mich ist, der ist gegen mich.‹ Und Sie, Herr Lutz? Wie viele Schubladen haben Sie parat?«

»Das lassen Sie mal meine Sorge sein, das behandle ich nämlich als meine Privatsache. Damit trete ich nicht jede Woche vor ein Publikum und hämmere den Leuten meine kruden Wahrheiten ein, wie Sie das tun. Und ich erzähle niemandem Lügenmärchen, die ich mit meiner ganzen Autorität auch noch als Tatsachen beschwöre. Weder von der Jungfrauengeburt noch von Wundern wie das Übers-

Wasser-Gehen oder von solch abenteuerlichen Zumutungen wie Auferstehung und Himmelfahrt. Eine Religion, die auf Lügen aufgebaut ist, hatte vor zweitausend Jahren im geschichtenvernarrten Orient eine gewisse Anziehungskraft. Im aufgeklärten Europa des 21. Jahrhunderts ist sie nur noch eines: Volksverdummung! Und was Ihre beiden Schubladen angeht, Hochwürden, so dürfte Ihnen neben vielen anderen Weltanschauungen in Ihrem Studium auch der Begriff ›Agnostiker‹ begegnet sein. Aber gell, das ist schon zu lange her.«

Der brave Wieland blickt erschrocken von einem der Streithähne zum andern. Er wundert sich über den unerwarteten Furor, der seinen Chef ergriffen hat. Zum zweiten Mal erlebt er den sonst so besonnenen Mann dermaßen erzürnt. In das Streitgespräch einzugreifen, getraut er sich nicht, aber vielleicht gelingt ihm ein Ablenkungsmanöver:

»Darf ich fragen, Chef, was ein Agnostiker ist?«

»Ein Atheist, Wieland, behauptet, es gibt keinen Gott. Ich dagegen bin Agnostiker. Das ist einer, der sagt: Ich weiß nicht, ob es Gott gibt, ich kann aber auch nicht behaupten, dass es keinen Gott gibt. Wir Menschen können und werden das nie wissen.«

Der Priester hat sich nach Lutz' unerwartetem Ausbruch wieder einigermaßen gefangen: »Wissen Sie, Herr Lutz, alle Kulturen, alle Religionen haben ihre Mythen. Wer die Entstehung der Legenden und Mythen der Völker nicht kennt, ist schlicht ungebildet. Da geht es gar nicht um Wahrheiten, sondern um ihre konstituierende und stabilisierende Funktion innerhalb einer Gesellschaft. So ist jemand, der diese Mythen als Lügen bezeichnet, entweder dumm oder gehässig, nicht selten beides. Dummheit ist verzeihlich, Herr Lutz, aber gehässig sein ist böse.«

»Böse! Da haben wir wieder das Stichwort. Sie sagten, ›der Böse‹ habe von diesem Anwesen Besitz ergriffen. Sie, also Ihre Kirche, personalisieren das Böse, nennen es Teufel, Satan, Beelzebub, Versucher, Gottseibeiuns und wie noch alles und protegieren seit Jahrhunderten seine Darstellung als menschliche oder tierische Gestalt. Vor tausend Jahren und mehr haben die Menschen allen Erscheinungen, die sie sich nicht erklären konnten, die Gestalt eines menschlich oder tierisch aussehenden Gottes oder Geistes oder Dämons verliehen. Darüber sind wir doch längst hinweg. Nur die katholische Kirche nicht.«

»Sie wollen aber jetzt nicht die Existenz des Bösen infrage stellen? Sie ist Teil unserer alltäglichen Lebenswirklichkeit. Schlagen Sie morgens die Zeitung auf!«

»Da haben wir's! Sie machen wie ich die bedrückende Erfahrung von der Allgegenwart des Bösen in der Welt. Und dann stellen Sie sich auf die Kanzel und predigen den allmächtigen und allgütigen Gott. Wie bekommen Sie das denn überhaupt sortiert? Entweder Ihr Gott ist allmächtig und hat das Universum erschaffen, dann hat er auch das Böse darin erschaffen. Oder Gott ist allgütig, dann kann er nur das Gute wollen. Eins schließt das andere aus. Kann er das Übel in seiner Schöpfung nicht verhindern, dann ist er nicht allmächtig, will er es nicht verhindern, dann ist er nicht allgütig.«

»Oh, Herr Lutz, da greifen Sie Laie ein uraltes Problem auf, an dem sich Philosophen und Theologen seit der griechischen Antike bis in unsere Tage die Zähne ausgebissen haben. Heute nennen wir diesen Widerspruch Theodizee. Er ist trotz zahlreicher Versuche einfach nicht lösbar. Ich halte mich da an den Philosophen Kant, der meinte, wir sollten in dieser Frage überhaupt keine metaphysischen

Spekulationen anstellen. Hier stoße unsere Vernunft an ihre Grenzen. Ich belasse es einfach bei Jesaja 45, wo Gott spricht: ›Ich bin es, der Licht und Dunkelheit macht, ich bewirke das Gute und erschaffe das Unheil. Ich bin der Herr, der das alles vollbringt.‹ Punkt, Ende, aus. Wo der Verstand nicht weiter weiß, hilft nur der Glaube.«

»So einfach kann man es sich machen!«

»Sehen Sie, neben aller hochgelehrten Theorie stehe ich als katholischer Priester ja nun auch im praktischen Leben. Ich bin Seelsorger. Als solcher werde ich immer wieder mit dem Bösen konfrontiert. Zum Beispiel in der Beichte. Die einen haben selbst böse gedacht, geredet oder gehandelt, den anderen ist Böses angetan worden. Wenn der Satan Gewalt über sie erlangt hat, kann ich ihnen Hilfe nicht verweigern.«

»Natürlich nicht, aber es gibt eben nicht *den* Bösen in Gestalt eines körperlichen Wesens, dem Sie vorhin das Fenster geöffnet haben, damit es entweichen kann. Das ist doch lächerlicher Kinderkram. Der Böse ist kein Popanz. Der Böse ist kein Dämon, wie Sie ihn darstellen.«

»Sehen Sie, mein lieber Agnostiker, das ist bereits ein bedeutender Sieg des Teufels, dass es immer mehr Menschen gibt, die seine Existenz leugnen. So kann er ungestört sein Unwesen treiben.«

»Nein, mein lieber Gottesmann! Es gibt nur *das* Böse, ein Prinzip, eine menschliche Wahlmöglichkeit. Das Böse kommt nicht von außen über uns, es ist im Menschen vorhanden, es steckt in uns allen, genauso wie das Gute. Daran ist überhaupt nichts Dämonisches. Wir sind frei entscheidende Menschen. Wir können uns in unserem Handeln für das Gute oder für das Böse entscheiden, immer wieder neu, in jeder Entscheidungssituation.«

»Und wo liegt nun der bedeutende Unterschied? In der Bibel steht doch auch: ›Wir sind allzumal Sünder.‹ Wie Sie sagen, der – oder meinetwegen das – Böse steckt in jedem Menschen.«

»Der gläubige Katholik, der Böses tut, kann sich damit herausreden, dass der Satan in diesem Moment Gewalt über ihn erlangt hat. Da kann er doch gar nichts dafür! Der Satan ist halt stärker als er. Deshalb geht er zur Beichte, muss fünf Ave Maria beten und die Sünde ist ihm erlassen. Ist sie eben nicht! Nicht der Teufel hat ihn verleitet, er selbst hat sich für diese Handlungsweise entschieden und er hatte Gründe dafür, die in seiner Person liegen. Seine Verantwortung für das, was er getan hat, plumpst in Ihrem Beichtstuhl unter die Büßerbank. Verstehen Sie den Unterschied? Die Freiheit des Menschen bleibt bei Ihnen auf der Strecke. Und das Schlimme daran: Das ist von der katholischen Kirche so gewollt! Deshalb wiederhole ich: Ihre Religion ist eine Beleidigung des menschlichen Geistes.«

»Au, Chef, das ist aber starker Tobak! Ich bin evangelisch, aber ich habe mich durch den katholischen Glauben noch nie beleidigt gefühlt.«

»Ich aber! Ich wurde in einer Klosterschule erzogen, Wieland. Als sich in der Pubertät auch religiöse Zweifel regten und ich begann, vieles infrage zu stellen, auch hartnäckig zu widersprechen, war es schlagartig vorbei mit der christlichen Nächstenliebe. Ich wurde gemobbt, schikaniert und als minderbemittelt gedemütigt. Als ich schließlich endgültig meinen Glauben verlor, kamen Ausgrenzung und Strafmaßnahmen hinzu. Schließlich wurde ich als Störenfried mit Rauswurf bedroht. Einen freien Geist, Wieland, der zweifelt, rational denkt und selbstverantwortlich entscheidet, den kann und will die katholische Kirche nämlich nicht dulden. Wo käme sie denn da hin? Am Ende würde ihr ganzes zweitausend Jahre altes Macht- und Lügengebäude entlarvt. Nein, zusammenstürzen, entlarvt ist es ja längst.«

»Und damit wären wir wieder bei den ›Lügen‹ der katholischen Kirche angelangt. Wir drehen uns im Kreis, Herr Lutz. Wir verschwenden unsere Zeit. Kümmern Sie sich um Ihre Verbrecher, ich kümmere mich um meine Sünder. Ziehen wir da nicht gewissermaßen am selben Strang?«

»Nein, nein, Hochwürden, so versöhnlich Sie sich jetzt auch geben mit der beschwichtigenden Formel: Sie machen Ihren Job, ich mache meinen. Ich weiß, Sie haben eine viele Jahre lange Gehirnwäsche erlitten und können gar nicht mehr anders denken. Ihnen persönlich will ich deshalb auch gar nicht an den Karren fahren. Aber Ihrer Kirche immer wieder gerne. Die führt nämlich seit 300 Jahren ihren erbitterten Kampf gegen die Ideen der Aufklärung. Zum Glück mit schwindendem Erfolg, oder ist Ihr Gotteshaus sonntags etwa noch so voll wie vor zwanzig Jahren, hm?«

In das verbissene Schweigen hinein fragt Wieland leise: »Wo ist eigentlich Herr Karle?«

Nur seine Mütze liegt noch auf dem Tisch im Wohnzimmer. Auf ihr Rufen hin meldet er sich nicht. So verlassen die drei ungebetenen Besucher das Haus, ohne sich von Eugen Karle verabschiedet zu haben.

»Ich wollte ihm doch noch sagen, dass er endgültig aus der Sache raus ist«, murmelt Lutz. »Na, dann eben morgen.«

***

Diesmal ist es Lutz, der fragt: »Was meinen Sie, Wieland, war ich zu scharf?«

»War schon heftig, Chef«, antwortet der vorsichtig. »Hokuspokus, Zinnober, Lügengebäude und dann auch noch Gehirnwäsche – schweres Geschütz gegen den braven Dorfpriester. Der macht doch auch nur seinen Job, nicht?«

»Sie mögen recht haben, Wieland. Aber wissen Sie, der Schwabe sagt: Manchsmol schwätzt oim oifach dr Arsch! Mensch, die Nummer mit der Teufelsaustreibung war doch wirklich unterirdisch, finden Sie nicht auch? Wussten Sie, dass es das überhaupt noch gibt? In Deutschland? Im 21. Jahrhundert?«

»Nein, fand ich auch total abgefahren. Aber ich bin ja auch aus dem Kochertal.«

»Was heißt das?«

»Das Kochertal ist meist evangelisch, das Jagsttal katholisch. Wenigstens war das früher so.«

Zurück im Polizeirevier erfahren sie, dass Paul noch nirgends aufgetaucht ist. Die Posten werden abgezogen.

Die Suche nach dem Kajak-Fahrer dagegen war erfolgreich. Der Pegelstand der Jagst ist seit einer Woche unter den vom Landratsamt festgelegten Mindeststand gesunken, so dass zurzeit kein Kanu-Verleih stattfindet. Daran hat auch das kurze Gewitter vom Freitagabend nichts geändert. Die beiden Beamten berichten, sie hätten daraufhin die Ortschaften zwischen Jagstbach und Kirchberg abgeklappert und nach Anwohnern mit eigenen Booten gefragt. Einer sei tatsächlich am Samstagnachmittag gezielt zum Ochsengarten hinuntergepaddelt, um das Annâweech-Konzert zu besuchen. Er war wohl der von der Zeugin beobachtete Kajakfahrer. Sein Vater habe ihn anschließend wie verabredet, das Boot auf dem Autodach, mit nach Hause genommen. Die beiden seien unverdächtig, der Sohn siebzehn Jahre alt. Die Paddler-Spur führt also nicht weiter.

»Gute Arbeit!«, lobt Lutz.

Man verabredet sich zur Dienstbesprechung morgen früh.

Zu ebendieser Stunde hat Bauer Karle in Jagstbach seinen Stall gründlich ausgemistet und frische Streu verteilt. Anschließend versorgt er sein Vieh mit reichlich Futter. Er füllt ihnen gut doppelt so viel ein wie gewöhnlich und redet mit jedem seiner Tiere, nennt sie beim Namen, klopft ihnen freundschaftlich auf Nacken oder Hinterteil. Die wenigen Kühe sind bald gemolken.

Die Haustür steht noch offen. Die drei ungebetenen Besucher – oder waren es vier? – haben sich offenbar davongemacht. Er geht in die Küche und holt ein scharfes Messer aus der Schublade. Nein, er braucht nicht mehr zu vespern. Melanie hat ihm ab und zu ausgemusterte Illustrierte aus dem Café Bauer mitgebracht. Da hat er kürzlich im »Stern« einen Artikel über Selbstmörder gelesen, die von der Golden Gate Bridge in Kalifornien gesprungen sind. Tief beeindruckt hat ihn da, was einer der ganz wenigen, die das überlebt haben, dem Reporter berichtet hat. Als er gesprungen war und fiel, hat der erzählt, sei ihm plötzlich klar geworden, dass er alle seine Probleme hätte lösen können, nur dieses eine jetzt nicht. Den hat das also im letzten Moment gereut.

Karle steckt das Messer in die Jackentasche. Er knipst das Licht in der Küche aus. Schließt sorgfältig seine Haustür. Geht hinüber in seine Scheune. An einem der großen

Nägel in der Durchfahrt sucht er sich ein Seil aus. Es dauert eine Weile, bis er eine bewegliche Schlinge geknüpft hat. Er steigt auf die Schnauze seines alten Kramers. Das Seil wirft er über einen Balken und knotet es doppelt fest. Zögert, schüttelt den Kopf. Steigt wieder herab. Geht zum Scheunentor. Stößt beide Flügel weit auf. Klettert zurück. Jetzt hat er vom Traktor aus einen weiten Blick ins heimatliche Jagsttal. Feine Abendnebel huschen über die Wiesen. Abendrot purpurn hinter den Weiden.

Der Tag neigt sich zu Ende, es bricht die Nacht herein …

***

»*Ist ein Paddler der Mörder?*« Auf Seite eins des »Hohenloher Tagblatts« prangt die Schlagzeile der Mittwoch-Ausgabe. Sie macht die Runde im Kripo-Team, das sich zur Tagesbesprechung eingefunden hat. Sieh da, die Anruferin vom Montag musste sich wichtigmachen und hat geplaudert! Man kann es der Presse nicht verdenken. Am vierten Tag nach dem »Mistgabel-Mord«, wie er jetzt heißt, will sie etwas Neues bringen.

Die beiden Kollegen berichten von ihrer Suche nach dem Paddler und der kalten Spur. Lutz und Wieland schildern Einzelheiten von Melanie Karles Auffindung, die dem Team nicht bereits bekannt sind. Auf dem Tisch liegt der Obduktionsbericht. Todeszeitpunkt ist Sonntag zwischen 17 und 19 Uhr. Die schwere Kopfverletzung durch den Aufprall auf dem Mauervorsprung war vermutlich nicht die unmittelbare Todesursache, sondern eine doppelte Fraktur der Wirbelsäule, Folge des Sturzes aus sechs Metern Höhe. Auffallend: beidseitige Hämatome am oberen Thorax und im Gesicht, die nicht vom Sturz herrühren können. Fingerspuren im Gesicht und Knöchelabdrücke im Bereich der Schlüsselbeine legen nahe, dass das Opfer vor seinem Sturz geschlagen und geboxt wurde. Keine Abwehrspuren.

Wieland zitiert die Aussage der Chefin, nach der Melanies Freund kurz nach Feierabend offensichtlich verstört von der Café-Terrasse gekommen sei. Möglicherweise ist er also der Letzte gewesen, der Melanie lebend gesehen hat. Oder war sie da schon gestürzt?

Die Runde diskutiert die neuen Erkenntnisse. Gibt es einen Zusammenhang zwischen dem Sturz und der Anwesenheit des Freundes? War er verstört, weil er ihren Unfall entdeckt hatte? Deuten die Hämatome auf einen Streit der beiden hin? War es gar kein Unfall?

»Moment mal«, ruft einer, »ist der Freund nicht der Sohn des ermordeten Ochsenwirts? Eine ganz steile These, Leute: Am Samstag bringt er seinen Vater um, am Sonntag seine Freundin. Läuft da einer Amok? Sollten wir seine Mutter warnen?«

Die Debatte nimmt richtig Fahrt auf. Sie wird noch befeuert von Wielands Bericht über die Flucht Pauls. Als ganz neuen Gesichtspunkt im Fall Ochsenwirt steuert Lutz die Sache mit der Lebensversicherung bei. Er betont noch einmal, dass außer dem Filialleiter, dem Lehrer und jetzt auch dem Sohn die Mutter nicht aus den Augen verloren werden sollte. Bauer Karle sei ja nun endgültig raus aus der Sache.

»Was hat denn die Befragung der Ehefrau des Lehrers Frenz erbracht? Irgendetwas von Belang?«

Die beiden Kolleginnen berichten, sie seien gestern bei Frau Frenz gewesen. Eine von ihnen habe das gemeinsam vorbereitete Gespräch geführt, die andere auf dem Laptop mitprotokolliert.

Frau Frenz habe bei ihnen den Eindruck eines sprunghaften, impulsiven, ja überkandidelten Charakters hinterlassen. Einerseits himmele sie ihren Ehemann an, den sie ungeniert »Männlein« nenne, andererseits finde sie nichts dabei, für mehrere Wochen mit einem anderen Mann Tisch und Bett zu teilen. Bei einer Tasse Kaffee habe sie freimütig von ihrer Ehe und der Affäre erzählt. Sie liebe ihren Mann sehr und er sie. Aber seine Zärtlichkeit, seine Streicheleien und Liebkosungen seien ihr in letzter Zeit immer deutlicher zu wenig gewesen. Mit Mitte vierzig habe sie zunehmend die Besorgnis verspürt, etwas verpasst zu haben. Ihre Sehnsucht nach Leidenschaft, Wildheit, Atemlosigkeit, ja Zügellosigkeit habe sie immer öfter an ein außereheliches Abenteuer denken lassen. Und dann sei sie mit ihrem »Männlein«, wie sie immer sage, auf dem Maientanz im »Ochsen« in Jagstbach gewesen und habe dort unter anderem auch mit dem Wirt getanzt. Sie hätten sich sofort gut verstanden, gelacht, gescherzt und er habe sie beim Tanz immer wieder von ihrem »Männlein« abgeklatscht. Zu fortgeschrittener Stunde seien sie übermütig geworden. So habe er seine Pratze beim Tanzen von ihrem Rücken eine Etage tiefer gleiten lassen und habe ihr ins Ohr geraunt: »Oh lala, Madame, Sie haben einen Prachthintern.« Und sie habe sich an ihn gedrückt und geflüstert: »Ist das da der Schlüssel zum Weinkeller in Ihrer Hosentasche?«

»Nein, zum Schlafzimmer.«

»Wie es weiterging«, kürzt die Beamtin ab, »ist bekannt. Die Einzelheiten, die Frau Frenz uns in frappierender Offenheit schilderte, sind durchaus delikat, für unseren Fall jedoch nicht relevant. Aber das Ende wirft ein Schlaglicht auf diese Beziehung und ihre möglichen Folgen. Ich darf deshalb etwas ausführlicher darauf eingehen. Die Zeit haben wir doch, Herr Kriminalhauptkommissar?«

»Bitte, Frau Kollegin!«

Der Abschluss der Zeugenvernehmung in Ailringen am Tag zuvor, von dem die Beamtin jetzt berichten will, hatte sich folgendermaßen abgespielt: Nach Ende der Befragung und Fertigstellung des Protokolls hatte sich die Kollegin am Laptop an die Zeugin gewandt.

»Also, Frau Frenz, über die Beendigung Ihres intimen Verhältnisses zu dem inzwischen Getöteten habe ich jetzt Folgendes notiert: ›Unsere intime Beziehung nahm am Fronleichnamstag dieses Jahres ein plötzliches und unerfreuliches Ende, als wir am späten Abend nach Schließung der Gaststätte noch zusammen eine weitere Flasche roten Weines konsumiert hatten und uns anschließend gemeinsam und einvernehmlich zu Bett begaben. Nachdem er anfänglich eher konservativ erotisch initiativ wurde, insistierte er unvermittelt auf Fellatio, die ich bis dato noch nie praktiziert hatte, begann mich bald darauf unter Ausstoßung animalischer Laute a tergo nicht im erwarteten Modus, sondern rektal zu attackieren, wobei er hartnäckig und unter Anwendung extensiver Gewalt expressis verbis anale Penetration anstrebte, was er auch trotz meiner unmissverständlich geäußerten Aversion, meiner versuchten Gegenwehr, meiner Bitten und Schmerzenslaute, die durch eine später von meinem Ehemann eindeutig diagnostizierte Analfissur ausgelöst wurden, bedauerlicherweise final in seinem Sinne voll und ganz erreichte. Er titulierte sich als Hengst und mich als Stute, die zugeritten gehöre. Dabei stieß er die im Folgenden im originalen Wortlaut wiedergegebene, grob erniedrigende und meinem Ehemann gegenüber despektierliche Schmähung aus: *Hasch du an prächtige Gaularsch! Gell, Mäusle, der Spargel von deim Mickermännle dät do leichter neiflutsche als mei Allmachts-Kolbe!*

Die geschilderten verabscheuungswürdigen Umstände, vor allem aber die körperverletzende Gewaltanwendung in Begleitung des beleidigenden Kommentars sowie weiterer Verbalinjurien veranlassten mich zu dem Entschluss, die Beziehung zu diesem Mann stante pede abzubrechen und noch in derselben Nacht zu meinem Ehemann zu retirieren.‹ – Können Sie das so unterschreiben, Frau Frenz?«, hatte die Beamtin nach Verlesung dieses Protokollteils gefragt.

»Ja, schon«, hatte Frau Frenz zu bedenken gegeben, »aber hätte man das nicht einfacher sagen können?«

»Klar. Das käme dann aber nicht amtlich rüber, sondern ordinär. Wissen Sie, dieses Protokoll bekommen Juristen zu lesen. Juristen mögen es gar nicht vulgär. Also im Dienstgebrauch, meine ich jetzt.«

»Aber so geschwollen, wie Sie das jetzt aufgeschrieben haben, rede ich doch gar nicht.«

»Was Sie uns gerade geschildert haben, war stark emotional kontaminiert, Frau Frenz. In dieser Diktion taugt das nicht für ein amtliches Protokoll. Das ist der Vorteil von Amtsdeutsch, dass es die individuelle Komponente eliminiert und absolut wertneutral formuliert. ›Sine ira et studio‹, wie der Lateiner sagt.«

»Aha, na gut, wenn das so sein muss … Sie haben wohl das große Latinum, wegen der vielen lateinischen Ausdrücke, meine ich?«

»Das kleine.«

So war das also gestern abgelaufen.

Nachdem die Kommissarin nun dem Team das so verfasste und von Frau Frenz unterschriebene Protokoll vorgelesen hat, herrscht eisiges Schweigen in der Runde. Keiner wagt den anderen anzuschauen. Einer dreht sich weg, seine Schultern beben. Bis schließlich der Jüngste am Tisch, ein Polizeianwärter, nicht mehr an sich halten kann und losprustet. Schlagartig setzt ein schallendes Gelächter ein, ein Wiehern und Schenkelklopfen, Brüllen, Keuchen und Husten. Nur der Chef kann sich mit verkniffenem Gesicht mühsam zurückhalten.

Die Verfasserin des Protokolls kriegt feuerrote Ohren, ihre Kollegin zischt: »Siehst du jetzt!«

»Wenn ich dieses lateinische Kauderwelsch richtig verstanden habe«, japst einer nach Luft, »dann hätten drei Wörter gereicht: Alle Löcher gestopft.«

»Genau!«, pflichtet ihm einer bei. »Drei Dinge braucht der Mann!«

»Ihr Machos, ihr primitiven!«, stößt die Kollegin hervor und ist den Tränen nahe.

»Meine Herrschaften, ich darf doch bitten!«, mahnt Lutz. »Die Kolleginnen haben erhellende Details zu unserem Fall beigesteuert ...«

»Oh ja, sehr erhellend!«, lacht einer glucksend dazwischen.

Das Sticheln und Feixen setzt prompt wieder ein.

»Bitte, meine Herren! Ich möchte den Kolleginnen ausdrücklich für ihre Arbeit danken. Über die sprachliche Form dürfen Sie gerne unterschiedlicher Ansicht sein. Es ist immerhin interessant zu erfahren, dass nicht nur der Ehemann, sondern auch seine Frau einen Hass auf den Ochsenwirt entwickelt hat. Neu also für uns, dass auch sie durchaus ein Motiv gehabt haben könnte. Damit wären es nun schon fünf.«

Nachdem die Herren sich einigermaßen beruhigt, geschnäuzt und ihre Lachtränen abgewischt haben, werden wie an den Tagen zuvor am Schluss der Besprechung die anstehenden Aufgaben für diesen Mittwoch verteilt.

»Leute, wir kommen voran, obwohl wir es nun mit zwei gewaltsamen Todesfällen zu tun haben. Ich habe trotzdem ein gutes Gefühl«, resümiert Lutz. »Bleiben wir am Ball!«

Die Sekretärin bringt einen Zettel.

»Hoppla!«, ruft Lutz, »Paul ist aufgetaucht. Er liegt nach einem Verkehrsunfall im hiesigen Krankenhaus. Wieland und ich werden sofort hinfahren.«

Er klatscht wieder in die Hände, das kennen sie nun schon: »Also, los geht's! Schaffe, net schwätze!«

* * *

Die Ärztin im Krankenhaus berichtet von mehreren schweren Verletzungen des Patienten. Er sei gestern um die Mittagszeit eingeliefert worden und musste sofort operiert werden. Vor zwei Stunden sei die zweite Operation erfolgt. Der Patient liege noch im Wachraum. Sie könnten ihn zur Identifizierung kurz sehen, er sei über den Berg, aber mit ihm sprechen sei noch nicht möglich. Frühestens heute Abend.

Paul hängt an verwirrend vielen Strippen und Schläuchen, hinter ihm an der Wand eine Batterie von blinkenden und piepsenden Apparaten. Ein Arm liegt eingegipst auf der Bettdecke, das rechte Bein auf Polstern hochgelagert. Er öffnet die Augen, starrt zur Decke und murmelt etwas.

Wieland beugt sich zu ihm hinunter.

»Er sagt immer ›Melanie, mei Melanie‹.«

»Bitte, das hat jetzt keinen Zweck«, meint die Ärztin und komplimentiert die Herren hinaus.

»Der flieht so schnell kein zweites Mal. Bleibt brav im Bett auf jeden Fall«, stellt Wieland trocken fest.

»Hat jemand seine Mutter benachrichtigt? Ich gebe Ihnen ihre Adresse«, meint Lutz zu der Ärztin. »Gestern um die Mittagszeit, sagten Sie? Was war passiert? Wieso hat man uns nicht benachrichtigt? Er war zur Fahndung ausgeschrieben.«

»Oje, da dürfen Sie mich nicht fragen. Ich hatte gestern Nachtdienst. Das müssten doch Ihre Kollegen wissen, die den Unfall aufgenommen haben. Die waren, soviel ich weiß, vom Polizeiposten Mulfingen.«

Dort wollen Lutz und Wieland gleich nachfragen. Sie können ihren Weg zum Ehepaar Frenz auch über Mulfingen nehmen. So erfahren sie, dass es gestern offenbar eine Kommunikationspanne gegeben hat. Als der Polizeiposten um 11.55 Uhr von dem Unfall informiert wurde, war der Fahndungsaufruf in Mulfingen noch nicht angekommen.

An der Unfallstelle zeigte sich, dass ein BMW Cabrio offenbar mit überhöhter Geschwindigkeit die vierzehnprozentige Steigung der schmalen Hollenbacher Steige hinaufgeprescht und oben in einer scharfen Linkskurve aus der Bahn getragen worden war. Er war über eine kleine Böschung in eine Streuobstwiese geschanzt, hatte einen Apfelbaum rasiert und war auf dem Dach liegen geblieben. Den Fahrer mussten herbeigerufene Rettungskräfte schwerverletzt aus seinem Wrack befreien. Der Rest ist Lutz und Wieland bekannt.

Das Ehepaar Frenz hat sein Mittagessen beendet, als die Polizisten eintreffen. Man riecht es noch beim Betreten des Hauses. Herr Frenz steht in der Küche am Spültisch, sie sortiert gerade im Wohnzimmer die Post.

»Ach, Sie bringen mir meine Speicherkarte zurück, oder?«, ruft der Lehrer, trocknet sich die Hände ab und begrüßt die beiden Kriminaler. »Hat wohl gestern nimmer greicht oder hewwe Sie sich en ganze Tag lang an meine schöne Bildlich ergötzt? Hent Ihne die Fotos gfalle? Gell, des is schon was anders als die Blüte, mit denen Sie sonst z' doan hent, oder? Viel schöner, viel seltener und grad so wertvoll, bloß halt auf e andre Art wertvoll, haha! Aber jetzt bin i doch neugierig, welcher Art Ihre ermittlungstechnischen Erkenntnisse sind, die Sie aus meine Fotos gwonne hent.«

»Herr Frenz, Ihre fotografischen Fähigkeiten in allen Ehren, aber uns haben nicht die Bilder interessiert, sondern lediglich die Bilddaten«, klärt Wieland seinen ehemaligen Lehrer auf.

»Die Bilddaten? Maane Sie die Dateivolume, also die Megabyte von dene Bilder, oder was?«

»Nein, nur die Uhrzeit der einzelnen Aufnahmen, sonst nichts.«

»Ha, ha, Ihr Pech, Wieland! Ich hab nämlich die Funktion ›Datum und Uhrzeit einblenden‹ an meiner Kamera deaktiviert, ätsch!«

»Oi, oi, oi, äußerst schlitzohrig, gell? Ja, dann wird das zwar nicht in die Bildecke eingeblendet, aus den Exif-Daten lässt es sich dennoch auslesen.«

»Exif-Daten?«

»Sie wollten mir doch vorgestern die Vorzüge der digitalen Fotografie erklären, Herr Frenz. Darf ich mich jetzt bei Ihnen einmal revanchieren? Legen Sie doch mal schnell die Speicherkarte dort in das Laptop ein! – So, und jetzt markieren Sie irgendein Bild, klicken mit der rechten Maustaste hinein und dann auf ›Eigenschaften‹. Im Menü ›Details‹ werden Ihnen nun sämtliche bildrelevanten Daten angezeigt, Blende, Belichtungszeit und so weiter, darunter auch – man sehe und staune – der Aufnahmezeitpunkt auf die Minute genau. Bei diesem Bild also das Datum vom letzten Samstag und die Uhrzeit 15.38, sehen Sie? Und nur diese letzte Zahl hat uns interessiert.«

»Und des geht?« Frenz ist sprachlos und schnappt nach Luft, kratzt sich die Halbglatze, nimmt die Brille ab, reibt sich die Augen. »Han i net gwisst. Des muss eim doch gsoocht werde!«, gibt er kleinlaut zu.

»Tja, Herr Frenz«, wirft Lutz ein, »in puncto digitaler Technik machen uns die Jungen allemal was vor. Und jetzt kommt's: Sie fragen nach unseren Erkenntnissen. Sie haben am Samstag die erste Aufnahme um 15.28 Uhr gemacht, die letzte um 18.41 Uhr …«

»Hab i doch gsagt! I wor zwische drei und sieben Uhr fotografiere, oder?«

»Aber: Zwischen der Aufnahme mit der Nummer 22 um 16.02 Uhr und der Nummer 23 um 18.08 Uhr haben Sie zwei Stunden und sechs Minuten etwas anderes gemacht. Und nun fragen wir uns natürlich, was.«

Frenz antwortet nicht. Sie haben den sonst so gesprächigen Mann wohl kalt erwischt.

»Wir haben ein wenig gerechnet, Herr Frenz. Von der Orchideenwiese bis zu Ihrem Haus, sagten Sie, sind es zehn Minuten. Von Ailringen nach Jagstbach sind es sechzehn Kilometer, also höchstens zwanzig Minuten mit dem Auto. Macht zusammen eine halbe Stunde hin und eine halbe Stunde wieder zurück auf die Wiese. Bleibt gut eine Stunde Zeit, dem Ochsenwirt aufzulauern und ihn ›kaltzumachen‹, wie Sie im Sportheim getönt haben.«

Frau Frenz hat die ganze Zeit nur zugehört. Jetzt mischt sie sich ein: »Aber Männlein, was reden diese Herren denn? Wieso solltest du nach Jagstbach gefahren sein? Du hast mir doch erzählt, du hättest dort oben auf der Wiese diesen Wanderer getroffen, der so viel über Orchideen erzählen konnte. Hast du das ganz vergessen?«

Frenz findet plötzlich seine Sprache wieder, schlägt sich mit der flachen Hand vor die Stirn und ruft: »Stimmt, ja, genau! Dass ich darauf net glei komme bin! Klar, da war so en Rucksackwanderer, mit dem bin i ins Gespräch komme. Der hat ein enormes Wissen über Orchideen aller Art ghabt, hat mir die Unterschied erklärt, die Farbvariante, Standortvorliebe, Klimabedingunge, ihre Vermehrung, alle Merkmale bis in die Wurzelknolle nei…«

»Schon gut, Herr Frenz, schon gut! Aber über zwei Stunden lang?«

»Ach, wenn Sie wüsstet, Herr Lutz, was der alles zum verzähle gwisst hat! Und no, ja, no hewwe mir uns bei dem herrlichen Sommerwetter noch ins Gras gsetzt, übers Dol guckt und z'samme von meim Apfelsaftschorle trunke, das mir mei Fraa mitgewe hatt. Er hat mir verzählt, dass er …«

»Wer der Wanderer war, können Sie natürlich nicht sagen?«

»Ein Tourist. Dem Akzent nach ein Rheinländer. Oder ein Westfale, na ja, vielleicht auch einer aus em Ruhrpott, die schwätza ja alle so ähnlich dort obe. Womöglich war der au vom Niederrhein. Also en Holländer war er bestimmt kaaner. Hat gsagt, er sei auf der Durchreis.«

»Mit wasserdichten Alibis haben Sie es wohl nicht so?«, spöttelt Lutz.

Aber Frenz hat schon wieder Oberwasser. »Ach, ich bitt Sie, Herr Lutz! Bloß wegen meim vorlaute Spruch im Sportheim hewwe Sie mich jetzt auf 'm Schirm. Mal ganz unter uns: Traue Sie mir halber Portion wirklich so e Gewalttat zu? Mir sind doch gebildete und zivilisierte Mensche, oder?«

»Das ist leider noch lange keine Garantie für Friedfertigkeit, glauben Sie mir. Ich weiß, wovon ich spreche!«

»Aber Gewaltkriminalität kommt in der Bildungsbürgerschicht doch weit seltener vor als im Prekariat, in der Unterschicht, im bildungsferne Milieu.«

»Haben Sie sich nicht vorgestern als in der Wolle gefärbte rote Socke oder so ähnlich bezeichnet? Dann müssten Ihnen diese Leute, die Sie eben nannten, doch besonders am Herzen liegen.«

»Tun se au, tun se au, Herr Lutz! Was glaube Sie, warum ich Lehrer gworde bin, auch noch mit dem Schwerpunkt Geschichte und politische Bildung?«

»Oh ja, mein Männlein ist sozial äußerst vielseitig engagiert«, wirft Frau Frenz mit einem schwärmerischen Blick auf ihren Gatten ein.

»Weil ich die dringende Notwendigkeit seh, die Chancen für diese einfache Leut zu verbessern. Ja, wenn sie bessere Chancen gebote krieche, werde sich für sie auch ihre Lebensverhältnisse verbessern lasse. Und wenn se bessere Lebensbedingungen vorfinde, no verhalte se sich zivilisierter und werde seltener kriminell.«

»Das hieße ja nach Ihrer Logik, das Böse …«

Wieland atmet tief durch und dreht die Augen zur Zimmerdecke. Das Böse! Sein Chef ist wieder bei seinem Lieblingsthema gelandet.

»… sei nur deshalb in der Welt, weil ein Teil der Menschheit in schlechten Verhältnissen leben muss.«

»Genau so is es doch! Hätt a jeder sei gerechtes Ei- und Auskomme, gäb's viel mehr Ausgleich, Zufriedenheit und damit auch Friede in der Welt, glaabet Se mir. Ich will net behaupte, dass no alle Menschen gut wäre, aber weit weniger wären bös. Sie kenne sicher den Roman ›Utopia‹ von Thomas Morus. Dort wird e solchene ausgeglichene Gesellschaft beschriebe. 500 Johr sind seither vergange und noch immer is se net Wirklichkeit gworde, diese Gsellschaft.«

»Haben Sie, Herr Deutschlehrer, vielleicht übersehen, dass es sich bei diesem Buch um eine Satire handelt?«

»Oh, des is unter Fachleute durchaus umstritte! Ich bin nicht dieser Meinung.«

»Sie glauben also tatsächlich, was der Bettlerkönig in Brechts Dreigroschenoper singt: ›Wir wären gut, anstatt so roh, doch die Verhältnisse, sie sind nicht so‹?«

»Unbedingt! Brecht bringt des absolut auf de Punkt. Abgsehe von Unfäll und naturbedingte Ereigniss' wie Katastrophen oder Krankheit wird doch 's meiste Übel in der Welt durch ungerechte wirtschaftliche und soziale Bedingunge verursacht. Die gesellschaftliche Verhältnisse sind 's Grundübel! Die mueß mer verändern, dann wird unsere Welt eine bessere sein.«

»Der Mensch an sich ist also nicht böse?«

»A wa, im Grund gnomme is der Mensch gut. Er wird aber durch die gesellschaftlichen Verhältnisse am Gutsein gehindert.«

»Dann hat der Herr Pädagoge wohl noch nie einen Dreijährigen im Sandkasten gesehen, der mit hassverzerrtem Gesicht seinem Gegenüber das Schäufele auf den

Kopf haut und ihm Sand in die Augen wirft. Hass ist eine der stärksten Triebfedern für das Böse.«

Nun sind sie schon im Sandkasten angelangt! Wieland reicht es jetzt. Er schaut auf die Uhr. So kommen sie in der Sache heute nicht weiter.

Sein Schwenk ist brutal: »Herr Frenz, wie alt ist Ihr Auto?«

»Eh, wie bitte? Was soll des jetzet, Wieland?«

»Ich habe gesehen, Sie fahren einen Audi.«

»Ja, und?«

»Sagen Sie mir einfach, wie alt Ihr Auto ist!«

»Des hemmer dies Frühjahr kaaft.«

»Als Neuwagen?«

»Ja, aber ...«

»Schon gut. Danke, das wollte ich nur wissen.«

»Und was soll des jetzt? Sie hewwe unser Gspräch aafach unterbroche, Wieland!«

»Herr und Frau Frenz, ich mache mir ernsthaft Sorgen um Ihr Alibi für Samstagnachmittag, um Ihrer beider Alibi, wohlgemerkt. Um jeden Zweifel auszuräumen, sollten wir Ihren Wagen von einem Fachmann checken lassen. Fällt diese Prüfung zu Ihren Gunsten aus, werden wir Sie nicht weiter behelligen. Das kann ich Ihnen versprechen. Wären Sie damit einverstanden?«

Die beiden schauen sich fragend an. Lutz schaut seinen jungen Kollegen fragend an. Alle drei ziehen Schultern und Augenbrauen hoch.

»Ich erkläre Ihnen das später«, sagt Wieland und meint alle drei.

»Und wenn wir uns weigern?«, fragt Frau Frenz.

»Dann haben Sie etwas zu verbergen«, kommt die prompte Antwort. »Wir holen uns dann eine richterliche

Verfügung und fahren Ihren Audi eben einen Tag später in die Werkstatt.«

»Also gut«, antwortet Frenz nach kurzem Zögern. »Ich waaß zwor net, was des soll, aber wenn es die dauernde Froocherei abkürzt – also gut.«

»Heute noch?«

»Von mir aus.«

»Dann mache ich einen Termin und gebe Ihnen Bescheid.«

Die Stimmung ist nun doch deutlich frostig, als Lutz und Wieland von Frau Frenz zur Tür begleitet werden.

»Jetzt bin ich aber gespannt«, meint Lutz, kaum dass sie im Wagen Platz genommen haben.

»Die Sache ist die, Chef: Audi stattet seine Fahrzeuge seit einem Jahr mit einer Software aus, die sämtliche Betriebsdaten protokolliert. Wahnsinnige Datenmengen sind das. Betriebszeiten, Schalt- und Bremsvorgänge, Schalterbetätigungen wie Licht oder Blinker, Geschwindigkeitsangaben, Spritverbrauch, Motordrehzahl, Defekte, einfach alles. Im Falle eines größeren Schadens oder eines Unfalls kann so nachverfolgt werden, was dazu geführt haben könnte. Wenn wir jetzt den Audi der Frenzens in die Werkstatt bringen, erfahren wir hundertprozentig, ob dieser am Samstag zwischen 16 und 18 Uhr gefahren wurde.«

»Wenn nicht, können wir die Geschichte mit dem Wanderer glauben.«

»Dann lassen wir die beiden – zumindest vorerst – in Ruhe.«

»Mensch, Wieland! Das wusste ich nicht. Das eröffnet uns ja in Zukunft ganz neue Möglichkeiten. Darf man das auch?«

»Nein. Nur mit dem Einverständnis des Halters. Das mit der richterlichen Verfügung war ein Bluff. Die würden wir nie bekommen, weil das Verfahren juristisch noch umstritten ist.«

»Heidenei, Wieland, Sie sind ja genau so ein hohenlohisches Schlitzohr wie das Männlein!«

Wieland ruft sofort beim Autohaus Kunze in Künzelsau an, macht es dringend und bekommt einen Termin um 16 Uhr.

»Passt!«, murmelt er zufrieden. »Gleich nach der Beerdigung.«

Er steigt noch einmal aus dem Auto und klingelt bei Frenz: »Wir haben einen Termin um 16 Uhr in Ihrer Werkstatt in Künzelsau bekommen. Wir treffen uns dann dort, okay?«

»Einverstanden«, sagt Frau Frenz knapp.

Als die Polizisten weggefahren sind, ergänzt sie: »Und du fährst das Auto jetzt sofort durch die Waschanlage, Männlein, mit Unterbodenwäsche, hörst du! Ich sauge dann den Innenraum durch. Weiß der Himmel, was die vorhaben.«

Auf der Fahrt nach Jagstbach kommen Lutz und Wieland bei Unterregenbach an einem Schild vorbei: »Zur Krypta«.

»Was für eine Krypta?«, will Lutz wissen.

Wieland fährt rechts ran.

»In diesem kleinen Nest soll vor 1000 Jahren eine große, dreischiffige romanische Basilika mit zwei Türmen gestanden haben. Es ist davon seit Jahrhunderten nichts mehr übrig. Einem Pfarrer ist im 19. Jahrhundert die seltsame Form seines Kartoffelkellers aufgefallen. Archäologen haben das als Krypta erkannt und graben seither immer wieder nach

Resten dieser einst wohl bedeutenden Siedlung. Die Ergebnisse kann man in einem kleinen Museum besichtigen. Gewissheit, was da einmal war, haben sie bis heute nicht. Deshalb spricht man hier vom ›Rätsel von Unterregenbach‹.«

»Und diese Brücke hier, zu der das Schild weist?«

»Ist eine der alten, überdachten Brücken aus mächtigen Holzbalken, von denen es hier noch ein paar gibt. Man kann sogar mit dem Auto durchfahren. Sollen wir?«

»Das wird zu knapp. Wir wollen ja vor der Beerdigung noch bei Herrn Karle vorbeischauen.«

* * *

Schon beim Aussteigen in Karles Hof hören die beiden das Brüllen und Stampfen der Tiere aus dem Stall. Auf ihr Klingeln und Klopfen wird ihnen wieder nicht geöffnet, wie gestern. Die Haustüre ist heute aber zu.

»Der wird im Stall sein. Die Tiere sind so unruhig«, vermuten sie.

Aber im Stall ist kein Bauer Karle zu sehen. Auch auf ihr Rufen hin lässt er sich nicht blicken. Die Kühe tänzeln hin und her, rütteln an ihren Ketten und brüllen in einer Tour. Futter ist noch im Barn, aber Wieland, der von seinen Großeltern her noch etwas von Landwirtschaft versteht, fallen die prallen Euter auf. Er fasst eines an, sofort brüllt das Tier mit sich überschlagender Stimme und tritt nach ihm.

»Die sind heute noch nicht gemolken worden, dabei ist es schon eins«, stellt er fest.

»Zu mir hat er gestern gesagt, er wolle vom Hof weggehen, zu seinen Verwandten. Hat er die Tiere einfach sich selbst überlassen?«

»Kann ich mir nicht vorstellen. Macht kein Bauer.«

»Sehen Sie, das Scheunentor steht offen. Hm, vielleicht ist er auf dem Feld und hat eine Panne an seinem alten Kramer. Es wird ihm doch nichts passiert sein? Er ist ja allein.«

Sie gehen zur Scheune hinüber und schauen hinein: »Nein, der Traktor steht da.«

»Ha! Ums Himmels willen!«, ruft Wieland entsetzt und erstarrt.

Jetzt sieht Lutz es auch: Vor dem Traktor hängt ein Körper an einem Seil von einem Balken herab. Nach der ersten Schrecksekunde laufen sie hin.

Lutz fährt mit der Hand unter das Hosenbein. »Eiskalt. Und bereits starr. Das muss schon länger her sein.«

Und nach einer betretenen Pause: »Jetzt verstehe ich erst, was er gestern gesagt hat: ›Meine Frau ist nicht mehr da, meine Tochter ist nicht mehr da, es wird erst besser, wenn ich auch aus dem Haus bin.‹ Und ich dachte, er meinte nur das Haus und wolle für ein paar Tage zu Verwandten gehen. Hat er auch so gesagt. Mensch, als der Pfaffe sagte, Karles Verwandte seien alle schon tot, da hätte es doch bei mir klingeln müssen!«

»Sie sollten sich jetzt keine Vorwürfe machen, Chef. Wer denkt denn auch an so etwas?«

»Hätten wir ihm gestern noch gesagt, dass er nicht mehr verdächtigt wird, meinen Sie, das hätte diese Tragödie hier verhindert?«

»Das kann keiner sagen, Herr Lutz. Ich denke, unsere Verdächtigung hätte er schon ausgehalten, schließlich hatte der Mann ein reines Gewissen. Aber der Tod seiner Tochter hat ihn komplett aus der Bahn geworfen.«

»Und dann ist auch noch der Schwarzkittel aufgetaucht und hat diese verfluchte Teufelsaustreibung zelebriert! Der Mann war einfach total fertig mit sich und der Welt.«

»Wir rufen jetzt im Polizeirevier an, die sollen jemanden vorbeischicken. Ich geh schnell zum Wagen und geb das durch. Bin gleich zurück.«

Lutz sitzt auf dem Strohballen, den Kopf in die Hände gestützt, als Wieland zurückkommt. Hier hatten sie mit Karle die Linkshänderprobe gemacht. Sie hätten ihn gleich ausschließen sollen. Aber dieser blöde Auftritt vor der Bühne mit der Gabel hatte sich zu verlockend angeboten als einfache Lösung des Falles.

»Schauen Sie sich das hier einmal an!« Lutz steht auf und geht auf die rechte Seite des Toten. »Haben Sie so etwas schon einmal gesehen?«

»Ich hab überhaupt noch keinen hängen gesehen«, antwortet Wieland betreten.

»Hier, schauen Sie genau hin!«

»Ach, du liebe Zeit! Der hat ein Messer in der Faust!«

Die beiden schauen sich ratlos an. Sie finden dazu keine Erklärung. Was sie auch nicht finden, ist ein Hocker oder eine Kiste oder sonst etwas, von dem aus Karle den letzten Schritt getan haben könnte. Der Strohballen ist viel zu weit weg. Sie blicken sich suchend um.

Da pfeift Lutz durch die Zähne: »Hier haben wir des Rätsels Lösung, Wieland! Schauen Sie sich diese Fußspuren auf dem Traktor an, die sind noch nicht sehr alt. Und hier an seinen Schuhen ist der gleiche Schmutz wie auf dem Traktor. Das ist Stallmist. Karle muss gestern nach der Stallarbeit hier auf seinen geliebten Kramer gestiegen sein und hat sich dann mit der Schlinge um den Hals von der Motorhaube fallen lassen.«

Zu diesem Schluss kommen auch die Kollegen, die wenig später den Leichnam abnehmen und abtransportieren. Aber das Messer in der Hand des Toten, das können auch sie nicht erklären. Die Obduktion ergibt später, dass Karle nicht an der Strangulation erstickt ist, sondern schon unmittelbar beim Fallen vom Traktor durch Genickbruch zu Tode kam. Sekundentod. Todeszeitpunkt zwischen 18 und 20 Uhr. Wozu er das Messer mitgenommen hat, bleibt sein Geheimnis, das er mit ins Grab nimmt.

* * *

Lutz wundert sich gar nicht, welch große Trauergemeinde sich zwischen den Gräbern auf dem kleinen Dorffriedhof in Jagstbach eingefunden hat. Schließlich war der Ochsenwirt politisch, gesellschaftlich und von seiner Persönlichkeit her schon eine Nummer im mittleren Jagsttal. Die kleine Gemeinde hat sicher noch nicht oft erlebt, dass bei einer Beerdigung eine Lautsprecheranlage aufgebaut worden ist.

Lutz und Wieland gesellen sich dem Pfarrer und dem Grab gegenüber in der letzten Reihe zu den Trauergästen. So haben sie einen guten Überblick, ohne aufzufallen. Schließlich trauern die beiden ja nicht um das Mordopfer. Sie sind auch hier auf der Suche nach dem Täter.

Der Posaunenchor hat sich links vom Grab postiert. Gerade schmettert er die letzten Takte seines Eröffnungs-Chorals. Lutz verzieht das Gesicht und blickt verstohlen zu seinem Assistenten. Der zeigt keine Regung. Er scheint diese Art von musikalischer Darbietung gewöhnt zu sein.

Ein Grüppchen Senioren, mehrheitlich Frauen, hat sich auf der rechten Seite der Grube aufgestellt. Alle halten sie ein graues Heft in der Hand. Das muss der Jagstbacher Liederkranz sein, der heute als Leichenchor fungiert. Angesichts der Mittagshitze tragen sie kurzärmlige Hemden und Blusen, alle in Violett. Auf die Brusttaschen ist eine goldene Lyra gestickt.

An der Stirnseite des Grabes steht der Pfarrer, mit dem Lutz erst gestern diese erbitterte Diskussion geführt hat. Jetzt tut es ihm fast leid, wie hart er den Gottesmann angegangen ist. Der hat es auch nicht leicht, denkt Lutz. Innerhalb weniger Tage muss der auf seinem kleinen Gottesacker drei Gemeindemitglieder unter die Erde bringen. Drei, schicksalhaft verbunden. Von dem dritten weiß er noch gar nichts. Alle drei sind sie unter dramatischen Umständen aus dem Leben geschieden. Keiner eines natürlichen Todes gestorben. Für alle drei muss er passende Worte finden, wenn möglich auch tröstende Worte, erklärende Worte.

Aber wie soll ein Mensch das erklären? Zwei der Todesfälle hat selbst die Kriminalpolizei nach Tagen akribischer Kleinarbeit mit all ihren modernen Mitteln noch nicht aufklären können. Was soll er da erklären? Und doch wird genau das von ihm erwartet. Das ist dein Job, denkt Lutz. Hast du dir schließlich selbst ausgesucht. Aber leicht ist er nicht. Nicht nur dein kleines Dorf, auch du selbst stehst in dieser Woche unter verschärfter Beobachtung der Öffentlichkeit. Man sieht es dem Priester an: Er wirkt auf Lutz äußerst angespannt und scheint unter seiner Last zu leiden.

In der einen Hand hält der Priester ein Buch, aus dem ein Blatt herausschaut, in der anderen seinen Wedel, mit dem er Weihwasser verspritzen wird. Drei Kinder in langen, cremefarbenen Gewändern stehen als Messdiener hinter ihm. Das mittlere reckt ein Kruzifix auf einer bunten Stange in den blauen Himmel. Eines schwenkt eifrig das silberne Weihrauchgefäß, dass die Schwaden nur so wabern. Lutz ist froh, dass er so weit weg steht. Er bekommt davon Brechreiz. Das dritte Kind, ein Mädchen, dessen dünne, bunt geringelte Legginsbeinchen in rosa Turnschuhen stecken, hält in der einen Hand ein Gefäß mit Weihwasser, in der anderen eine Dose mit bunten Harzkügelchen zum Nachlegen für das Weihrauchgefäß.

Direkt am Rand des offenen Grabes steht auf einem Gestell eine Schale, in der sich dunkle Erde und ein kleines Schäufelchen befinden.

Der Sarg des Ochsenwirts ruht auf zwei Kanthölzern, die quer über die Grube gelegt sind. Ein üppiges Blumenbukett ist auf dem Sargdeckel drapiert. Zwei Schritt vom Grab entfernt, gleich hinter dem Priester, haben zwei schwarz gekleidete Frauen Aufstellung bezogen. Sie mögen fünfzig oder sechzig Jahre alt sein. Aber in Schwarz sehen sie alle gleich zehn Jahre älter aus, denkt Lutz. Neben ihnen zwei Männer und fünf junge Leute.

Lutz will den Besucher neben sich fragen, wer das wohl sei. Da entdeckt er, dass sein Nebenmann Raiffeisenbank-Filialleiter Dierolf ist.

»Ja, wie, Herr Dierolf«, raunt er ihm zu, »Sie wagen es, hier aufzukreuzen?«

»Warum denn nicht? Wir waren gut bekannt, hatten viel miteinander zu tun. Nur wegen dem Ärger der letzten Woche? Ich bitte Sie! Und mit dem Mord, das müssten Sie nun wissen, habe ich nichts zu tun.«

»Nein, Herr Dierolf, das weiß ich eben nicht! Sie gehören für mich nach wie vor zum Kreis der Verdächtigen. So schnell werden Sie uns nicht los.«

»Das wird sich vollends aufklären.«

»So, so, meinen Sie. Aber sagen Sie, die neben dem Pfarrer, sind das die Verwandten?«

»Seine Schwestern und ihre Familien.«

»Mehr Verwandte hatte er nicht?«

»Doch, einen Bruder. Aber mit dem ist er – war er seit Jahren über Kreuz. Der Sohn, der liegt ja im Krankenhaus, und seine geschiedene Frau steht dort ganz hinten links.«

Vor ihnen dreht sich ein Trauergast um und wirft den beiden Flüsternden einen missbilligenden Blick zu. Er möchte lieber jedes Wort des Geistlichen verstehen, der gerade sein Loblied singt auf den frommen, tüchtigen, umtriebigen, rechtschaffenen Ochsenwirt, der doch nicht nur viele Jahre lang Kirchengemeinderat, sondern auch immerzu ein großzügiger Förderer und Wohltäter gewesen sei. Ja ja, denkt Lutz, ›de mortuis nil nisi bene‹ haben schon die alten Lateiner gesagt, ›rede nur gut über die Toten‹. Aber diese scheinheilige Lobhudelei findet er allmählich unerträglich. Was er in den letzten fünf Tagen über diesen Mann erfahren hat, müssen doch die, die ihn seit vielen Jahren kannten, auch gewusst haben! Auch dieser salbadernde Diener Gottes dort. Nein, es war schon richtig, dass er dem gestern seine Meinung gegeigt hat!

Er blickt zu Wieland hinüber. Der verdreht vielsagend die Augen.

Nachdem Hochwürden geendet hat: »So lasset uns denn …«, bläst der Chorleiter in sein Stimmpfeifchen und weist den vier Singstimmen ihren Anfangston zu. Die Gemeindearbeiter treten vor, heben den Sarg mit Gurten an, ziehen die Kanthölzer darunter hervor und lassen den Ochsenwirt ganz sacht in die Grube fahren. Der Chor singt dazu »Näher, mein Gott zu dir, näher zu dir …«.

Kaum ist der Schlussakkord verklungen, entsteht plötzlich einige Unruhe. Ein junger Mann, vielleicht achtzehn Jahre alt, wühlt sich von hinten durch die Trauergemeinde und tritt entschlossen an das Grab. Er trägt neonorange Turnschuhe, verwaschene Jeans mit einer Kette am Gürtel und ein schwarzes T-Shirt mit dem Aufdruck »Böhse Onkelz« auf der Brust. Seine Nase ist gepierct, seine gegelten Haare aufgestellt, die Arme bis zu den Handgelenken bunt tätowiert. Er beugt sich vor und blickt einige Augenblicke auf den Sarg hinunter. »Ade, Onkel Hermann!«, ruft er laut, »Ade, und vielen Dank für alles, gell!« Mit beiden Handrücken wischt er sich über die Augen und überlegt kurz. »Ja, also, dann mach's gut!«, ruft er zum Sarg hinunter und hebt dabei unbeholfen eine Hand zum Gruß, bevor er sich abrupt umdreht und sich seinen Rückzug bahnt. Lutz sieht ihn über Gräber hüpfen und im Laufschritt den Friedhof verlassen. Die Tanten schütteln mit zusammengekniffenen Mündern die Köpfe und schämen sich fremd.

»Das war der Sohn des Bruders«, flüstert Dierolf Lutz ins Ohr. »Der hat ihn sehr gemocht und oft heimlich besucht.«

Der Pfarrer beschließt seine Zeremonie mit einem Bibeltext und spricht ein Gebet. Dann ergreift er das Schäufelchen und wirft ein wenig Erde auf den Sarg hinunter. »Erde zu Erde!«, ruft er ins Mikrofon. Dem zweiten Schäufelchen folgt ein »Asche zu Asche!« und dem dritten »Staub zum Staube!« Damit sind Grab und Schäufelchen nun den Nachrufrednern frei gegeben.

Der Landrat des Hohenlohekreises, schwitzend in seinem schwarzen Anzug, preist das Pflichtbewusstsein, den Weitblick und allzeit willkommenen Rat des Verstorbenen in den Gremien des Kreistages. Er habe nicht nur die Belange des mittleren Jagsttales vertreten, nein, er habe darüber hinaus stets das Wohl des ganzen Hohenlohekreises im Auge behalten … Zwei Bedienstete der Straßenbauverwaltung lehnen schließlich einen voluminösen Kranz an die Böschung der aufgeschütteten Erde. Ihr oberster Chef beugt sich hinunter und zupft albern an den weißen Schleifen mit der goldenen Schrift herum. Das hat er wohl so im Fernsehen gesehen.

In ähnlicher Art und Weise, mal langatmig, mal in knackiger Kürze, verfahren der Kreisvorsitzende der CDU, der Bürgermeister der Verbandsgemeinde, der Vorsitzende des Chorverbandes, der stellvertretende Ortsvorsteher und der stellvertretende Vorsitzende des Kirchengemeinderats.

Der Kreisjägermeister hat ein Blatt in der Hand.

»Unser großer Dichter Friedrich Schiller hat einen Vers verfasst, der in beeindruckender Weise zum erschütternden, gewaltsamen Tod unseres Jagdgenossen passt, den wir heute viel zu früh zu Grabe tragen müssen:

Rasch tritt der Tod den Menschen an,
Es ist ihm keine Frist gegeben,
Es stürzt ihn mitten in der Bahn,
Es reißt ihn fort vom vollen Leben,
Bereitet oder nicht, zu gehen,
Er muss vor seinen Richter stehen!«

Ob er wohl Hintergedanken bei diesem Zitat hegte? Der Text stammt schließlich aus der Szene im Drama »Wilhelm Tell«, als gerade ebendieser fiese Tyrann Gessler ermordet worden war. Kaum jemand auf dem Friedhof in Jagstbach wird das wissen.

Nach diesem kurzen Nachruf treten sechs Grünberockte in Stiefeln und Reithosen vor und blasen auf ihren in der Sonne blitzenden Jagdhörnern gekonnt ein wunderbar weiches, verhaltenes mehrstimmiges Halali. Ja, ja, denkt Lutz schmunzelnd, für den Ochsenwirt ist nun die Jagd zu Ende. Jederlei Jagd.

Dierolf zupft ihn am Ärmel: »Die sind von den Reiterlichen Jagdhornbläsern Künzelsau-Hofratsmühle.«

Es folgen der Geschäftsführer der Forstverwaltung, der Vertreter des Wasserverbandes Mittleres Jagsttal und vielleicht noch ein paar mehr.

Kriminalhauptkommissar Lutz hört am Ende gar nicht mehr zu. Er war ohnehin nicht daran interessiert, welch salbungsvolle Worte man einem solch problematischen Charakter hinterherrufen würde. Für ihn ist das nicht mehr als Folklore. Er lässt vielmehr die ganze Zeit seine wachsamen Augen von einem Trauergast zum anderen schweifen in der vagen Hoffnung, irgendeine Erkenntnis daraus ziehen zu können. Er kennt ja erst eine Handvoll Leute hier. Gut, die Witwe des Ochsenwirts ist da, der Filialleiter hier neben ihm, der »Stern«-Wirt ebenso wie die Chefin des Cafés Bauer. Wen er nicht ausfindig machen kann, das sind Lehrer Frenz und seine Frau. Mit denen war aber auch nicht zu rechnen. Tja, und Bauer Karle, der wäre ohnehin nicht gekommen, sich von seinem Nachbarn zu verabschieden …

Nein, ihr Besuch des Begräbnisses hat keine neuen Erkenntnisse gebracht. Doch, eine: Der punkige Neffe des Ochsenwirts war nach Lutz' Beobachtung der einzige Trauergast, der dem Verstorbenen buchstäblich eine Träne nachgeweint hat. Melanie wäre vielleicht die zweite gewesen, aber Melanie …

Er will Wieland schon ein Zeichen zum Abmarsch geben, als ein seltsames Grüppchen von drei alten Männern seine Aufmerksamkeit erregt: Alle drei tragen eine Art betresster Uniformmützen. Der Mittlere stemmt eine große und offenbar schwere Fahne, denn er hat Mühe, sie waagrecht über das Grab zu halten. Sie ist reich bestickt mit Wappen, Girlanden und Eichenlaub, an einigen Stellen leicht zerschlissen. Einst muss sie in prächtigen Farben geleuchtet haben. »Gesangverein Frohsinn – 1889« ist darauf zu lesen. Der Posaunenchor intoniert sehr gefühlvoll und getragen »Ich hatt' einen Kameraden …«, und nun beginnt der Fahnenträger langsam die Fahne weit ausholend über dem offenen Grab zu schwenken. Dreimal hin und dreimal her. Dann senkt er das gute Stück tief hinab ins Grab bis auf den Sarg und verharrt so, bis die Musik verklungen ist. Lutz sieht, wie Wieland schluckt. Ihm selbst läuft bei dieser anrührenden Abschiedshandlung der drei Sangesbrüder ein leiser Schauder über den Rücken. Irgendwie gruselig, denkt er. Auf seinen bloßen Armen zeigt sich eine Gänsehaut, bei dieser Hitze heute.

Die legt sich aber sogleich wieder. Die Gänsehaut, nicht die Hitze. Denn an den Troddeln der Fahne, die eben noch auf dem Sargdeckel ruhten, hat sich eine rote Nelke aus dem Blumengebinde verfangen. Lutz, der schwäbische Grübler, kann die Nelke gut verstehen: Sie hat gewissermaßen die Gelegenheit beim Schopfe, nein, bei der Troddel gepackt, der dumpfen Gruft zu entkommen und sich mit dem Aufrichten der Fahne hoch in den strahlend blauen Himmel zu schwingen. Ihre Himmelfahrt sozusagen. Schließlich ist die rote Nelke das traditionelle Symbol der Sozialisten. Die lässt sich doch nicht widerstandslos mit einem toten CDU-Funktionär in die Grube versenken.

Der Fahnenträger stellt die Stange wieder senkrecht in den breiten Stützgurt, den er um den Bauch geschnallt hat. Die Nelke baumelt an der Troddel. Die ganze Trauergemeinde schaut gebannt auf die rote Blume. Einer der drei stellt sich auf die Zehenspitzen und will die verhedderte Nelke abpflücken, kann sie aber nicht erreichen. Auch mit einem leichten Hüpfer nicht, bei dem er seine Mütze festhalten muss. Das Messdienermädchen kichert in die hohle Hand. Der Fahnenträger geht zwei, drei Mal ruckartig in die Knie. Die Nelke, einmal ihrem schaurigen Schicksal entronnen, lässt sich nicht abschütteln. So machen die drei rechtsum und versuchen mit ihrer blumengeschmückten Vereinsfahne einen einigermaßen würdevollen Abgang.

Auch Lutz und der grinsende Wieland wenden sich zum Gehen.

So entgeht ihnen, wie die Exfrau des Ochsenwirts noch eine ganze Weile stehen bleibt. Einige wenige Trauergäste gehen auf sie zu und reichen ihr die Hand mit einem »Dir auch herzliches Beileid, gell«.

Ihr Aufzug gleicht einem Statement: Nichts Schwarzes, nicht einmal die Schuhe. Dezent gemusterte beige Bluse mit kurzen Rüschenärmeln, dicker Bernsteinschmuck im Dekolletee und an den Handgelenken, lindgrüner, knielanger Faltenrock mit feinen, roten Karostreifen, hellbraune Handtasche. Recht gewagt für so ein konservatives Nest wie Jagstbach. Das weiß sie natürlich und das kümmert sie keinen Deut. Wirtinnen sind schon immer etwas kecker gewesen.

Als die letzten Leute den Friedhof verlassen oder noch nach anderen Gräbern schauen, tritt sie langsam an das Grab. Auf dem gepflegten Gesicht liegt ein feines Lächeln. Nicht Wehmut drückt es aus, nein, eher leisen Spott. Oder ist es Triumph?

»Meine Oma würde sagen: Eine schöne Leich!«, meint Wieland beim Verlassen des Friedhofs. »Da war doch alles dran, oder?«

»Kann man schon sagen«, pflichtet Lutz ihm bei. »Die beiden nächsten Beerdigungen werden sicher deutlich bescheidener ausfallen. Dabei sind sie um ein Vielfaches trauriger, meinen Sie nicht auch?«

»Hm, todtraurig, wenn nicht sogar tragisch. Ich frage mich, wo die Trauergäste jetzt wohl alle hingehen? Der ›Ochsen‹ hat zu, den Paul konnte keiner fragen und die Schwestern sehn mir nicht so aus, als ob sie einen Leichenschmaus im noblen ›Stern‹ spendieren wollten, obwohl sie das doch machen sollten.«

***

Während der Rückfahrt nach Künzelsau zieht Lutz einen Zeitungsausschnitt aus der Tasche.

»Sehen Sie, Wieland, diesen Artikel habe ich in der ›Zeit‹ gefunden und ausgeschnitten, weil wir uns doch in den letzten Tagen aus ganz verschiedenen Blickwinkeln mit dem Phänomen des Bösen beschäftigt haben.«

Wieland sagt gar nichts. Denkt: schon wieder! Er tut so, als müsse er sich ganz und gar auf die Straße konzentrieren.

»Da hat der Jurist und Autor Ferdinand von Schirach in einem viel beachteten Interview dargelegt, es gäbe keine bösen Menschen, nur böse Taten. Das Böse sei in jedem Menschen vorhanden, vielleicht stärker oder weniger ausgeprägt, aber es stecke ausnahmslos in jedem Menschen, im braven Bürger genauso wie im Einbrecher und im Mörder, im Gutmenschen ebenso wie im Folterknecht, auch in Ihnen und in mir schlummere das Böse. Entscheidend sei, sagt von Schirach, ob ein Mensch seine bösen Gedanken, bösen Gelüste und bösartigen Triebe in die Tat umsetzt oder nicht. Frühkindliche Prägung, Erziehung und Sozialisation schafften eine Hemmschwelle, eine Barriere, die verhindere, das latent vorhandene Böse auch in die Tat umzusetzen. Fehle diese Hemmung, könne es zu kriminellen Handlungen kommen. Interessant! Das leuchtet doch ein, oder?«

»Ach, Chef, diese ganze hochgelehrte soziologische und psychologische Theorie hat doch unser Bauer Karle, dieser einfach gestrickte Geist, auf einen verblüffend simplen Nenner gebracht. Erinnern Sie sich, was er gesagt hat, als wir ihm seine Drohung vor der Bühne im Ochsengarten vorgehalten haben? ›Ha, sou ebbes secht mer im Zorn, aber des mecht mer doch net.‹«

Ob das auch auf den bei weitem nicht so einfach gestrickten Lehrer Frenz zutrifft? Lutz und Wieland beschließen, was diesen Frenz betrifft, heute Nägel mit Köpfen zu machen: Unterwegs kaufen sie fünf dunkle Baseball-Mützen mit großen Schirmen. Vom Polizeirevier aus rufen sie den Zeugen an, der beim Pieseln den Gabeldieb beobachtet hat. Sie bitten ihn, um 17 Uhr ins Polizeirevier zu einer Gegenüberstellung zu kommen. Die vier kleinsten Mitarbeiter der Dienststelle sollen sich für diese Gegenüberstellung bereithalten, in Zivil natürlich, und es dauere nur fünf Minuten.

Pünktlich um 16 Uhr treffen die beiden Ermittler in der Autowerkstatt ein. Der blitzblanke rote Audi mit dem Ehepaar Frenz ist auch schon da. Wieland unterhält sich kurz mit Holger Kunze, dem Chef des Autohauses, und erläutert ihm, um was es geht: Ist der Audi am letzten Samstag gefahren worden?

»Das haben wir gleich«, meint Kunze. »Mit der neuen Audi-Software dürfte das kein Problem sein.«

Der Wagen wird auf den Prüfstand gefahren und die Werkstatttür geschlossen. Das Ehepaar Frenz verdrückt sich beleidigt in den Ausstellungsraum. Die Polizisten bekommen am Anmeldetresen ein Mineralwasser hingestellt.

Nach etwa zwanzig Minuten erscheint Meister Kunze mit einem Papierstreifen in der Hand: »'tschuldigung, hat ein bissle länger gedauert. Wir haben das noch nicht so oft gemacht. Ist noch neu für uns. Hier der Ausdruck des Messprotokolls: Das Auto ist am Samstag zwischen 16.21 und 16.37 Uhr 16 Kilometer gefahren. Bis 17.25 Uhr war es abgestellt und ist dann bis 17.47 Uhr erneut 18 Kilometer gefahren worden. Keine weiteren Betriebszeiten am Samstag. Das war es doch, was Sie wissen wollten?«

Die Polizisten bedanken sich. »Rechnung?«

»Schon gut. Service für unsere Freunde und Helfer.«

Das Ehepaar Frenz wird gebeten, die Beamten aufs Polizeirevier zu begleiten.

»Und?«, fragt Frenz spöttisch. »Haben Sie Bodenproben genommen und die Reifenprofile ausgekratzt? Da werden Sie kein Glück haben.«

»Abwarten!«, ist alles, was Lutz antwortet.

Die beiden Eheleute blicken sich schweigend an.

Bis 17 Uhr, dem Zeitpunkt der Gegenüberstellung, setzen Lutz und Wieland sich hin und rechnen die einzelnen Zeitspannen aus. Als sie die Ergebnisse sehen, klatschen sie sich begeistert ab wie zwei alte Kumpels. Das alles kann unmöglich Zufall sein. Jetzt noch die Gegenüberstellung, dann haben sie die Katze im Sack.

»Wieland, sehen Sie mal, was heißt denn das ›2 P‹ hinter den Betriebszeiten?«

»Keine Ahnung. Ich ruf mal im Autohaus an.«

»2 P bedeutet, dass zwei Personen im Auto saßen«, erklärt Herr Kunze. »Da ist ein Sensor in den Sitzen. Das piepst dann auch, wenn sich einer nicht angeschnallt hat.«

Der Zeuge ist soeben eingetroffen. Das klappt ja heute wie am Schnürchen!

Die vier kleinen Beamten und der ebenso kleine Frenz werden mit den Mützen bestückt in einer Reihe aufgestellt. Jeder hat ein Nummerntäfelchen in der Hand. Sie sollen das Gesicht mit den heruntergezogenen Mützenschirmen etwas abdecken. Dann wird der Zeuge hinzugerufen. Jeder der fünf soll sich erst einmal um sich selbst drehen und dann einmal auf und ab gehen.

Der Zeuge schaut aufmerksam zu, nickt. Die Beamten werden in ihren Feierabend entlassen. Die Mützen dürfen sie behalten.

»Ganz eindeutig die Nummer vier, da gibt es kein Vertun.«

Nummer vier war Frenz.

* * *

Am Donnerstag früh, noch vor der Dienstbesprechung, werden zwei Beamte ins Künzelsauer Krankenhaus geschickt. Sie sollen sich noch einmal mit Paul unterhalten und klären, was passiert ist. Seine Mutter sitzt am Krankenbett, als sie eintreten, und hilft ihm beim Frühstück. Er kann ja nur einen Arm bewegen.

Auf die Frage, ob er ihnen berichten könne, was passiert sei, murmelt er nur: »Ich bin schuld. Es war ein Unfall.«

»Wir wissen, dass Sie einen Unfall hatten. Wie ist das denn passiert?«

»Es war keine Absicht. Ich wollte das nicht. Es war ein Unfall.«

»Klar, wer will denn schon einen Unfall haben. Aber wie kam es dazu?«

»Sie kippte nach hinten. Ich wollte das nicht.«

»Wer kippte nach hinten?«

»Meine Melanie. Ich bin schuld.«

»Sie sprechen nicht von Ihrem Autounfall?«

»Autounfall?«

»Hören Sie«, mischt sich nun seine Mutter leise ein. »Paul hat das mit seinem Autounfall noch gar nicht realisiert. Er spricht nur immer von dem Sturz seiner Freundin über das Geländer in Langenburg. Die beiden haben sich wohl heftig gestritten und dabei muss dieses schreckliche Unglück passiert sein.«

Paul hat die Augen geschlossen und antwortet nicht mehr.

Dem Amtsrichter, der gestern Abend nicht mehr erreichbar gewesen war, legen Lutz und Wieland die Beweismittel gegen den Lehrer Frenz aus Ailringen für den dringenden Tatverdacht, den Ochsenwirt von Jagstbach erstochen zu haben, vor: Die öffentliche Morddrohung des Lehrers Frenz, die teilweise falschen Aussagen des Ehepaars Frenz und ihre Motivlage, die Zeugenaussage des Beobachters vom Tatnachmittag, insbesondere die Beobachtung, dass Frenz »große Handschuhe« getragen habe, und die Wilderspuren am Tatwerkzeug, das Ergebnis der Gegenüberstellung, die nicht glaubhaft begründete zweistündige Lücke in der Fotoexkursion, den errechneten Zeitablauf vom Tattag sowie die ermittelten Betriebszeiten des Autos der Eheleute Frenz.

Der Richter sieht die Indizien als stichhaltig an. Nur bei den Betriebszeiten des Autos hakt er nach. Er will wissen, wie die denn ermittelt worden seien.

»War der Fahrzeug-Halter damit einverstanden?«

»Das Ehepaar hat den Wagen selbst auf den Prüfstand gefahren.«

Damit gibt er sich zufrieden. Er ordnet für den über Nacht in vorläufigen Gewahrsam genommenen Beschuldigten Untersuchungshaft an. Lehrer Frenz bestreitet die Ermittlungsergebnisse nicht, widerspricht aber vehement dem Tatvorwurf und bezeichnet sich als unschuldig.

Wenig später wird die Ehefrau zu dem Untersuchungshäftling vorgelassen.

»Männlein, ich habe die ganze Nacht nicht schlafen können. Was haben die denn gegen dich in der Hand?«

»Da muss mich einer gsehen habe, wie ich in Jagstbach Richtung Forellenbecke glaafe bin.«

»Also wissen sie, dass du dort warst?«

»Ja, und die werde dich frooche, ob du dabei gwese bisch. Irgendwie hewwe sie rausgfunde, wann und wie weit mir am Samstag mit dem Auto unterwegs ware.«

»Wir könnten einkaufen gefahren sein.«

»Mir hewwe sie aber aglooche, des Auto sei am Samstag gar net benutzt worde.«

»Wir könnten das vergessen haben.«

»Alles zwecklos. Die sind net auf de Kopf gfalle, oder? Nââ, i hob lang nachdenkt. I hob a andere Idee: Mir gebbe alles zu. Mir verzählen dene sogar von unserm Plan ...«

»Männlein! Bist du wahnsinnig?«

»Von unserm Plan, sooch i. Net von seiner Ausführung! Des is unser einzige Chance, heil aus der Sache rauszukommen, glaab mir des.«

»Aber Männlein, das wäre ja ein Geständnis!«

»Hast du gseh, wie ich den Ochsenwirt umbracht hab?«

»Natürlich nicht! Ich habe doch im Auto auf dich gewartet.«

»Siehst du, deshalb kann dir überhaupt nix passiere. Du kannst alles verzähle, du brauchst dir kaa einzige Lüge ausdenke. Der Rest ist mei Sach, vertrau mir oofach. Ich hab mir älles ganz genau iwwerleecht. Die könne mir gor nix beweise. Wenn mir Glück hen, bin ich morge scho wieder dahaam. Man muss halt allweil ein klââs bissle schlauer sei als die andern, oder?

»Ja, des sagst du immer. Oh Männlein! Ich bin ja so stolz auf dich. Und was hast du dir ausgedacht?«

»Des verrôt i dir net, nô kannsch dich au net verhaspeln. Ich kenn doch mei Plappergöschle! War übrigens die Müllabfuhr scho do?«

»Ja, warum fragst du?«

»Wegen meine Arbeitshandschuh. Hast in der Schul angrufe?«

»Ich habe dich krank gemeldet.«

***

Die heutige Dienstbesprechung ist später als sonst angesetzt, damit die neuesten Erkenntnisse dieses Morgens noch mit einfließen können. Das Verfahren entwickelt seit gestern eine vielversprechende Dynamik. Das Wichtigste zuerst: Lehrer Frenz sitzt in Untersuchungshaft. Die Indizien gegen ihn sind erheblich belastend. Er wird heute noch einmal dazu vernommen werden. Gleich jetzt im Anschluss werden Lutz und Wieland seine Ehefrau befragen. Sie könnte ihrem Mann Beihilfe geleistet haben. Lutz bittet die beiden Kolleginnen, die Frau Lutz schon kennen, dabei zu sein.

Dass Paul die Freundin über das Geländer geschubst hat, ist nun wohl erwiesen. Zu Fingerspuren an der Gabel und Blut am Tatort in Jagstbach aber soll er heute eingehend befragt werden.

Der bedauerliche Vorfall mit Herrn Karle löst allgemein betretenes Schweigen aus. Zwar spricht keiner von einer Mitschuld der ermittelnden Kollegen, aber man ist sich einig, in Zukunft noch sensibler auf die Befindlichkeiten von vorläufig Beschuldigten einzugehen. Es war schließlich für manche im Team die erste Ermittlung in einem Mordfall. Man kann immer dazulernen. Erleichtert und lobend erwähnt Lutz die Tatsache, dass Eugen Karle den Medien gegenüber erfolgreich abgeschirmt worden war.

Einer der »alten Hasen« am Tisch weist darauf hin, dass das Tätermerkmal Linkshändigkeit etwas aus dem Blickfeld geraten sei.

»Herr Lutz, Ihre geniale Linkshänder-Prüfung mit Gabel und Strohballen macht überall die Runde. Aber wurden auch die geschiedene Ehefrau, Sohn Paul, Lehrer Frenz und seine Frau auf Linkshändigkeit überprüft?«

Wieland meldet sich zu Wort: »Von Sohn Paul wissen wir aus Beobachtung, dass er Linkshänder ist. Er hat auch seinen Hund mit dem Beil in der Linken erschlagen. Lehrer Frenz haben wir nur gefragt, aber nicht überprüft. Er hat das verneint. Von den beiden Frauen ist uns noch nichts bekannt.«

»Dann sollten wir das vordringlich bei unserem inhaftierten Beschuldigten überprüfen. Wie machen wir das, ohne Gabel und Strohballen in der Zelle?«

»Das kann ein Arzt feststellen. Ich rufe gleich bei der Amtsärztin an.«

Kriminalhauptkommissar Lutz klatscht wieder in die Hände: »Herrschaften, heute ist Donnerstag. Wir sind auf einem guten Weg, diesen Komplex noch diese Woche abzuschließen. Also, Sie wissen ja …«

»Schaffe, net schwätze«, murmelt die Mannschaft in das Stühlerücken hinein.

Frau Frenz wartet schon im Verhörraum, als Lutz und seine Begleitung eintreten. Nach den üblichen Formalitäten eröffnet Lutz, worum es geht.

»Frau Frenz, wir ermitteln gegen Sie und Ihren Mann wegen gemeinschaftlich begangenen Mordes. Wegen der Schwere des ihm zur Last gelegten Vorwurfs haben wir Ihren Ehemann in Untersuchungshaft genommen. Er wird morgen der JVA Heilbronn überstellt. Wir werden sehen, ob wir bei Ihnen eine Mittäterschaft annehmen müssen. Dann würden wir auch Sie dem Haftrichter vorführen. Vielleicht können wir nur von dem leichteren Tatbestand der Beihilfe ausgehen. Auf alle Fälle muss Ihnen jetzt ganz klar sein, Frau Frenz, es wird ernst.«

»Mein Mann ist unschuldig, Herr Lutz.«

»Ja, das hat er uns auch gesagt. Es geht aber jetzt nicht um ihn, sondern um Sie, Frau Frenz. Ich will mit dem, was wir bis jetzt wissen, nicht unnötig hinterm Berg halten. Ihre Aussagen, was den Zeitablauf am vorigen Samstagnachmittag angeht, können wir eindeutig widerlegen. Genau in der Zeitlücke, die wir beim Fotografieren Ihres

Mannes nachweisen können, haben Sie zweimal Ihren Pkw benutzt. Eine Fahrt ging über 16 Kilometer, die zweite über 18 Kilometer. Dazwischen stand der Wagen 48 Minuten lang.«

»Na und? Kann ja sein.«

»Von Ihrem Haus bis in die Ortsmitte von Jagstbach sind es genau 16 Kilometer. Es kann gut sein, dass Sie für die Rückfahrt von 18 Kilometern einen geringfügig anderen Weg genommen haben.«

»Und wenn schon!«

»Die Standzeit in – nehmen wir einmal an – Jagstbach fällt haargenau in die Tatzeit des Mordes am Ochsenwirt.«

»So ein Zufall aber auch!«

»Ich bin noch nicht fertig, Frau Frenz. Zu ebendieser Zeit wurde Ihr Mann auf dem Feldweg an der Jagst gesehen, wie er in Richtung Tatort lief. Bei einer Gegenüberstellung gestern wurde Ihr Mann eindeutig wiedererkannt. Und es wird noch enger für ihn: Er trug das Tatwerkzeug in der Hand!«

»Warum erzählen Sie mir das alles? Ich denke, es geht hier nicht um ihn, sondern um mich?«

»Dazu komme ich jetzt, Frau Frenz: Wir wissen, dass an den genannten beiden Fahrten zwei Personen teilgenommen haben, und wir vermuten stark, dass eine Person Ihr Mann war und Sie die zweite. Da auf dem Feldweg nur er gesehen wurde, haben Sie wohl im Wagen auf ihn gewartet.«

»Und wenn?«

»Ja, sehen Sie, das ist nun der springende Punkt: Wenn Sie in der Ortschaft im Auto auf Ihren Mann gewartet haben, dann waren Sie nicht unmittelbar an der Tat beteiligt, waren auch keine Tatzeugin, ja, haben möglicherweise nicht einmal von der Tat gewusst. Ich will Ihnen hier keine goldene Brücke bauen, Frau Frenz. Weitere Falschaussagen könnten Ihre Situation erheblich verschlimmern. Ich will Ihnen nur klarmachen, dass Sie jetzt damit herausrücken sollten, was am Samstag wirklich war.«

Frau Frenz beißt sich auf die Unterlippe. Sie denkt an die Worte ihres Männleins von heute Morgen: »Sag ruhig alles, was du weißt, du kannst alles erzählen, sogar von unserem Plan, vertrau mir.« Sie schaut von einem zum andern, richtet sich kerzengerade in ihrem Stuhl auf, holt tief Luft und beginnt mit ihrer Aussage.

Sie erzählt ganz von vorn. Wie sie nach der Rückkehr von ihrem Abenteuer mit dem Ochsenwirt und ihrer Aussöhnung ihrem Mann nach und nach erzählt hat, was sie in Jagstbach erlebt hat. Unter Stammeln und Stottern und heißen Tränen hat sie ihm schließlich auch in allen Einzelheiten berichtet, was sich in der Fronleichnamsnacht zugetragen hat.

In ihrer beider Empörung über diese Ungeheuerlichkeiten hätten sie sich in einen solchen Hass auf den Ochsenwirt hineingesteigert, dass am Ende ihr gemeinsamer Entschluss feststand: Der Saukerl muss weg! Sie schmiedeten konkrete Pläne und verwarfen sie wieder, baldowerten neue aus und fanden sie nicht realisierbar, bis ihnen die Plakate für das Annâweech-Konzert im Ochsengarten als ein Wink des Schicksals erschienen. Bei dieser Veranstaltung würde solch ein Trubel im Ochsengarten herrschen, dass sie erstens unbemerkt ihre Tat ausführen und zweitens mehr als 100 Personen hinterher Täter gewesen sein könnten.

Durch die Affäre hätte sie gewusst, dass der Ochsenwirt jeden Tag ziemlich genau um 17 Uhr eine halbstündige Runde mit Rezzo Gassi ging. Das war wie ein Ritual. Weil sie ihn dabei öfter begleitet hat, kennt sie seine Strecke: vorbei an Karles Hof zum Weg an der Jagst, bis in das Gehölz, wo er seinen Forellenkasten in der Jagst hat, dort schaut er immer nach dem Rechten und füttert die Fische, zurück geht es über die Wiese des Ochsengartens.

Ihrer beider Plan war folgender: Herr Frenz geht Orchideen fotografieren. Das wird sein Alibi sein, falls er doch in Verdacht geraten sollte. Zwischendrin fahren sie beide nach Jagstbach. Sie parken um 16.30 Uhr hinter der Kirche. Sie wartet im Auto. Beide haben für alle Fälle ihr Handy dabei, er lässt seines aber während der Aktion ausgeschaltet, damit ihn kein Klingeln verraten kann. Frenz zieht eine braune Hose, eine dunkelgrüne Jacke und eine graue Schirmmütze an, damit er durch das Gesträuch nicht gleich gesehen wird. Er holt aus dem Kofferraum seine Arbeitshandschuhe und zieht sie an. Also keine Fingerabdrücke. Auf dem Johannes-Krämermarkt in Künzelsau hat er am Mittwoch extra zu diesem Zweck bei einem auswärtigen Händler ein langes Messer gekauft. Es ist noch unbenutzt. Trotzdem haben sie es in der Spülmaschine gereinigt und in Folie verpackt. Frenz steckt es ein. Er geht als Spaziergänger den Weg an der Jagst bis zum Forellenbecken, dort versteckt er sich im Gebüsch und wartet. Wenn der Ochsenwirt auftaucht und sich wie immer zum Forellenbecken beugt, sticht Frenz von hinten zu, den Hund wehrt er mit Pfefferspray ab, wenn nötig, ersticht er auch den. Das Messer wirft er in die Jagst, das können sie ruhig finden, aber dann nicht zuordnen. Frenz spaziert anschließend zurück zur Kirche und sie fahren nach Hause.

So weit die Aussage von Frau Frenz im Verhörraum des Künzelsauer Polizeireviers. Sie wird auf Band mitgeschnitten und soll später von der bewährten Kollegin in Protokollform gebracht werden.

Die vier Kriminalbeamten haben gebannt zugehört und blicken sich nun vielsagend an.

Frau Frenz überlegt, ob sie nicht zu viel verraten hat. Aber nein, er hat gesagt, erzähl ruhig alles. Sie atmet tief durch. Sie scheint erleichtert. Dennoch wirkt ihr Gesichtsausdruck irgendwie trotzig. Sie greift nach dem vor ihr stehenden Wasserglas.

Wieland hat eine Frage: »Frau Frenz, der Mord ist aber nicht mit einem Messer im Rücken, sondern mit einer Gabel im Bauch geschehen. Können Sie uns das erklären?«

»Nein, das müssen Sie meinen Mann fragen. Ich war ja nicht dabei.«

Eine der Beamtinnen meldet sich zu Wort: »Frau Frenz, warum haben Sie einen anderen Heimweg genommen?«

»Wir haben keinen anderen Heimweg genommen. Es ist nicht alles ganz nach Plan gelaufen. Einmal die Sache mit der Gabel, das habe ich erst am Montag in der Zeitung gelesen. Und dann ist mein Mann nicht denselben Weg zurückgekommen, sondern hat mich von einem Ort ein Stück jagstaufwärts aus angerufen, ich solle ihn dort abholen. Er hat aber nicht gesagt, warum. Vielleicht war jemand auf dem Weg.«

»Was sagte er, als Sie sich trafen?«, fragt die zweite Beamtin.

»Ich weiß nicht, ob ich das sagen soll. Sie mögen es doch nicht vulgär, und lateinisch kann ich's nicht.«

»Sagen Sie's halt!«

»Hm, also, ja, also wörtlich hat er gesagt: ›So, der schwarze Sauhund ist tot. Der vögelt keine mehr in den Arsch.‹ Entschuldigung, aber so hat er das gesagt.«

Wielands Adamsapfel hüpft schon wieder.

»Und als Sie wieder zu Hause waren, ist Ihr Mann seelenruhig wieder Orchideen fotografieren gegangen?«

»Na, seelenruhig nicht gerade. Er sagte nur: ›Ich gehe noch eine Runde fotografieren. Ich muss jetzt erst einmal zur Ruhe kommen.‹ Ist ja auch kein Wunder, gell. Mein Männlein hat sich wie ein richtiger Mann bewährt und meine Ehre wiederhergestellt, jawohl! Wie der Hagen Tronje die Ehre der Brünhilde.«

»Hat sich wie ein Mann bewährt, damit wär der Fall geklärt.« Wieland kann es nicht lassen.

* * *

Heute nehmen Lutz und Wieland ihr Mittagessen wieder einmal in der Kantine ein. Sie zeigen sich sehr zufrieden mit den Ergebnissen, die der Vormittag gebracht hat. Ein paar Dinge sind allerdings noch nicht restlos geklärt, darüber werden sie sich schnell einig.

Da wäre einmal die Händigkeit des Lehrers Frenz. Unklar ist auch noch, warum er statt des Messers die Gabel genommen hat. Dann müssen sie noch mit Paul reden und die Herkunft seiner Fingerabdrücke auf dem Gabelstiel sowie seines Blutes auf der Wiese klären. Ein ganz entscheidender Punkt. Wenn er den nicht erklären kann, wird es schwierig. Lutz wiegt auch bedenklich das Haupt, als sie Überlegungen zu der Körpergröße des Lehrers im Verhältnis zu der des Ochsenwirts anstellen. Wäre da der Einstich nicht einen halben Meter tiefer zu erwarten gewesen? Alles Punkte, an denen sie noch herumtüfteln müssten, meint Lutz.

Ein ganz ungutes Gefühl, sinniert der erfahrene Ermittler, habe er auch bezüglich der Aussagefreudigkeit von Frau Frenz. Die habe doch bis aufs letzte i-Tüpfelchen alles ausgeplaudert. Hat ihren Mann schonungslos verraten und regelrecht ans Messer geliefert. Trotzdem spreche sie weiterhin liebevoll von ihrem Männlein. Wie passt das zusammen?

»Und haben Sie auch gesehen, wie sie uns nach ihrer Aussage fast triumphierend angeblickt hat? Als ob sie uns in einen Hinterhalt gelockt hätte.«

»Aber so raffiniert ist die doch gar nicht!«

»Wie dem auch sei, Wieland, ganz sind wir mit der Sache noch nicht durch. Aber es befriedigt mich doch ungemein, dass wir im Kampf gegen das Verbrechen wieder einmal auf der Überholspur sind, die Nase vorn haben, dazu beitragen, dass sich das Böse nicht ungestraft ausbreitet.«

Prompt landet Lutz wieder bei seinem Lieblingsthema: die Guten gegen die Bösen. Er spricht über seine und Wielands Berufswahl und ob sie wirklich moralisch begründet gewesen sei oder sie nicht doch nur die sichere Beamtenlaufbahn im Blick hatten.

»Aber ja, Chef, wir Polizisten sind doch tatsächlich die Guten, oder?«, meint Wieland und löffelt seinen Vanillepuddingnachtisch.

»Ja, diesen Satz habe ich schon oft gehört, aber sind Sie da so sicher? Wir stehen beruflich auf der Seite des Gesetzes, okay. Aber sind Sie, Herr Kommissar Wieland, immer gut? Sind Sie durch und durch gut? Lügen Sie nie? Tun Sie nie etwas Verbotenes, etwas Schlechtes, etwas Böses vielleicht sogar? Ganz zu schweigen von Fehlern, die schlimme Folgen haben können. Denken Sie an die Cops in den USA. Die sagen auch, sie gehören zu den Guten. Und die glauben das auch wirklich. Manche von ihnen sind aber üble Rassisten, die prügeln oder schießen aus nichtigem Anlass Schwarze tot und behaupten hinterher, sie hätten sich bedroht gefühlt. Allein in diesem ersten Halbjahr, stellen Sie sich das vor, wurden in den USA schon mehr als dreihundert Menschen von Polizisten erschossen. Die meisten Opfer waren Farbige. Anschließend werden diese Rambos in Uniform von Vorgesetzten in Schutz genommen, die von sich behaupten, auch sie gehörten zu den Guten. Von der Justiz bleiben sie unbehelligt, denn auch Staatsanwälte, Richter und Geschworene zählen sich zu den Guten.«

»Na ja, Amerika ist weit, Chef.«

»Ach, und bei uns gibt es das nicht? Also gut, blicken wir nach Heilbronn. Das liegt ganz nah. Dort wurde vor nicht allzu langer Zeit eine Kollegin erschossen. Von wem und warum? Sie kam aus Thüringen. Soll dort Kontakte zur rechten Szene gehabt haben. Vertuschung, schlampige Ermittlungen, Unterschlagung von Zeugenaussagen, Fehler bei der Spurensicherung kommen nach und nach in erschreckender Weise ans Licht. Einer ihrer Vorgesetzten war Mitglied einer Ku-Klux-Klan-Gruppe, die nachts auf dem Einkorn bei Schwäbisch Hall ihre seltsamen Rituale abhielt. Ist Ihnen das nah genug? Bis heute wurde kein einziger der betreffenden Polizisten aus dem Dienst entfernt. Der Verfassungsschutz hat die Behörden schon vor Jahren auf diese Umtriebe hingewiesen. Keine einzige Disziplinarstrafe wurde erlassen. Es wurde verzögert, verharmlost, vergessen und so lange hin und her geschoben, bis die Sache schließlich verjährt war. Diese obskuren Kapuzenmänner sind heute noch unbehelligt Kollegen von uns im Polizeidienst. Gehören die und ihre Vorgesetzten alle zu den Guten? Und denken Sie bloß nicht, das wäre nun ein Einzelfall!«

»Das sind tatsächlich schlimme Sachen, wir beide woll'n es besser machen.«

Das Gesundheitsamt teilt mit, sie selbst seien zu einem Händigkeitsgutachten nicht in der Lage. Sie würden aber noch heute Nachmittag eine Ergotherapeutin vorbeischicken, die dafür qualifiziert sei. Die erscheint dann auch in Frenz' Zelle und macht mit ihm den sogenannten Steingrüber-Hand-Dominanz-Test. Ergebnis schon nach einer halben Stunde: Rechtshänder mit einem Ausprägungsgrad von mindestens 86 Prozent.

Paul hat sich nach einem tiefen Mittagsschlaf etwas erholt und ist jetzt in der Lage, die Fragen der Ermittler zu beantworten. Er spricht langsam und wirkt noch recht geschwächt.

Er sei vom Küchenpersonal nach einer Bestellung zum Forellenholen geschickt worden. Das sei wohl kurz nach 17 Uhr gewesen. Weil das immer recht schnell gehen soll, sei er in der Eile auf der vom Gewitter noch feuchten Wiese ausgerutscht und habe sich an einem Stein am Knie verletzt, dass es geblutet habe.

»Ist das jetzt unter dem Gips?«

»Nein, am anderen Knie.« Paul hebt die Bettdecke hoch und zeigt sein verpflastertes Knie. »Evi, eine der Bedienungen, hat mich verarztet.«

Mit dem Käscher, der zu diesem Zweck immer am Baum hängt, habe er ein paar Forellen gefischt, die er in den zuvor halb mit Wasser gefüllten Eimer geworfen habe. Am Forellenbecken habe sich nach dem Gewitter vom Tag zuvor viel Laub und Geäst an den Zu- und Abflussrohren gesammelt und diese zu verstopfen gedroht.

Für solche Fälle liege immer ein alter Rechen am Forellenbecken bereit, der sei aber jetzt nicht mehr da gewesen. Da habe er eine Gabel am Boden liegen sehen und mit dieser die Rohre frei geräumt.

Paul scheint erschöpft. Schließt für eine Weile die Augen. Das war's wohl, denken die Beamten. Sie haben ja auch gehört, was sie wissen wollten.

Einen Satz schiebt er noch nach: »Dann habe ich den Eimer geschnappt und bin mit den Forellen in die Küche gelaufen.«

Lutz und Wieland überlassen den eingegipsten Paul seinem Elend.

»Wär er uns nicht ausgebüxt, hätt er sich kein Bein geknickst«, lästert Wieland.

* * *

Lutz und Wieland staunen nicht schlecht, als Frenz mit der Aussage seiner Frau konfrontiert wird und dazu nur zufrieden lächelt.

»Die Gute hat alles genau so verzählt, wie es sich zugetrage hat. Jetzt noch zu leugne, ist doch zwecklos. Mehrere Punkte von unserm schöne Plan sind leider net aufgange. Welle mer doch des Katz-und-Maus-Spiel beende.«

»Heißt das, Sie gestehen, den Mord begangen zu haben?«, fragt Wieland hoffnungsvoll.

»Das hab ich net gsagt.«

»Das müssen Sie uns erklären. Welche Punkte Ihres Planes sind nicht aufgegangen?«

»Erstens haben wir Sie leider unterschätzt, meine Herren. Mir hätte zum Beispiel net glaabt, dass Sie die Aufnahmedate von meine Fotos rausfinde. Auch die Ermittlung der Fahrtzeite und Fahrtstrecke hat uns kalt erwischt. Dann die Sach mit dere Gabel. Wo ich an der Jagst glaafe bin, hob i die Heugabel wie en Wink des Schicksals entdeckt und hob denkt: Wenn ich mit der Gabel statt mit dem Messer zustech, brauch ich net bis auf Armlänge an den große, starken Mâ nâ. Also hab ich die Gabel mitgnomme. Dass mi dabei oiner beobachtet hot, ist die schlimmst Panne.

Kaum wor i am Forellenbecke, hab ich e Scheppern und en Fluch ghört. Ich hab en junge Mâ mit eme blaue Ôômer gseh, der sich nach eme Sturz von der Wiese aufgrappelt hat und auf mich zukomme is. Ich hab die Gabel falle lasse und hab mich abseits im Gebüsch versteckt. Der junge Kerle hat Forellen aus em Wasser gfischt. Dann hat er die Gabel aufghobe und damit im Forellenbecke rumgstochert. Dann hat er die Gabel an en Baam gloint, hat den Eimer gnomme und is mit ihm Richtung ›Ochsen‹ davoglaafe.«

»Und?«

»Was, und?«

»Kam der Ochsenwirt nicht?«

»Doch.«

»Und Sie?«

»Ich bin im Gebüsch hocke bliewe.«

»Und was taten sie dann?«

»Nix.«

»Sie taten nichts?«

»Nââ. Doch. Ich hab von meim Versteck aus alles beobachtet.«

»Was der Ochsenwirt tat?«

»Nââ.«

»Ja, was haben Sie dann beobachtet? Nun lassen Sie sich doch nicht jedes Wort aus der Nase ziehen!«

»Ich hab beobachtet, wie der Ochsenwirt mit der Gabel verstoche worre is.«

Lutz und Wieland sehen sich fassungslos an. Es entsteht eine Pause. Frenz lächelt still und zufrieden vor sich hin.

»Sie haben beobachtet, wie der Ochsenwirt erstochen wurde?«

»Genau.«

»Von wem?«

»Kenn ich net.«

»Wie sah der oder die aus?«

»Hab ich net gseche. Auf jeden Fall sehr sympathisch. Hat mir schließlich mei Gschäft abgnomme, freiwillig und ummesuunscht. Was will mer meh?«

»Aber Sie müssen die Person doch beschreiben können!«

»Muss ich?«

»War es ein Mann oder eine Frau? Wo kam die Person her? Hat sie sich mit dem Opfer vorher unterhalten?«

»Ich kann mich an nix erinnern.«

»Jetzt auf einmal!«

»Hent Sie schon emol miterlebt, wie vor Ihre Aache aaner umbrocht wird? Ich war im Schockzustand. Die Folge: Posttraumatische Amnesie, kenne Sie doch, oder?«

»Aber sonst konnten Sie sich eben an alles erinnern!«

»Komisch, gell? Dann halt partielle posttraumatische Amnesie.«

»Und das alles erzählen Sie erst jetzt?«

»Mir hent bis gestern denkt, mir käme au so aus der Gschicht raus. Sie hätte mir ja doch net glaabt , oder?«

»Und jetzt, meinen Sie, glauben wir Ihnen?«

»Sie müsse.«

»Wieso?«

»Sie hen, was die Tat anbelangt, absolut nix gege mich in der Hand. Ein Plan allein ist nicht strafbar.«

Lutz muss schlucken.

»Wie ging es dann weiter?«

»Ich hab mich schleunigst verdrückt. Zrück konnt ich net, da ware ja die zwaa, der Tote und … ja, und dann au noch der Hund. Deshalb bin ich in die ander Richtung davogschliche. Des Messer hob ich in d' Jagst gschmisse und dann mei Fraa ougrufe. Des is alles, was ich Ihnen zu sage hab.«

Wie es weiterging, erzählt Frenz den Polizisten nicht mehr. Aber er erinnert sich genüsslich daran: Als er seiner Frau auf der Straße oben – noch ganz aufgeregt – berichtete, die Sache sei erledigt und triumphierend jenen ordinären Satz hinausposaunte, da nahm sie sich ihr Männlein buchstäblich zur Brust, dass er kaum noch Luft bekam, drückte ihn an sich und jubelte: »Mein Held! Dass du das für mich getan hast! Wenn das nicht echte Liebe ist!«

Zum Abendessen holte er zur Feier des Tages die Flasche Champagner aus dem Keller. Die hatten ihm seine Kollegen zum 25-jährigen Dienstjubiläum geschenkt. Damit hatten sie ihn aufziehen wollen. »Bonzenpisse, wie du immer sagst – damit du überhaupt mitreden kannst und endlich weißt, worüber du lästerst.« Am heutigen Tag fand er das dem »freudigen Ereignis« angemessen.

Als seine Frau am Montag in der Zeitung las, dass der Ochsenwirt mit einer Gabel erstochen wurde, fragte sie ihren Mann gleich danach, als er von der Schule heimkam: »Warum hast du mir davon nichts erzählt? Du hast mir überhaupt noch nicht erzählt, wie das alles abging.«

»Je weniger du davon weißt, umso besser. Was ich nicht weiß, macht mich nicht heiß. Was zählt, ist doch allein das Ergebnis, oder?«

Er erzählte ihr von der Idee mit der Heugabel am Wegesrand.

»Und warum hast du dann das Messer in die Jagst geworfen und nicht die Gabel?«

»Des hat so bombastisch ausgsehe, sag ich dir! Der in den blaue Sommerhimmel ragende Gabelstiel. Wie en Fingerzeig ins Jenseits. Wie e Ritterlanze. Wie e Speer. Ochsenwirt am Spieß, haha! Die Gabel musst ich ôôfach stecke lasse.«

»Oh, wie ein Speer! Wie im Nibelungenlied bei Hagen und Siegfried!«, schwärmte seine Frau. Sie sank ihm zum wiederholten Mal in die Arme.

»Der nennt dich nie wieder ›Mickermännle‹! Eine solche wahre Heldentat hätte ich dir, ehrlich gesagt, gar nicht zugetraut.«

Für ihr Männlein fiel ihr ein viel treffenderer Kosename ein: »Mein Supermännlein!« Fehlte nur noch, dass sie ihm einen Umhang mit dem großen S auf der Brust nähte. Vielmehr hätte es dann ein kleines s sein müssen.

* * *

Lutz und Wieland kehren einigermaßen deprimiert ins Polizeirevier zurück. Es ist das eingetreten, was sie vom ersten Tag an als GAU – größtes anzunehmendes Unglück – gefürchtet hatten: Der große Unbekannte ist soeben ins Spiel gekommen. Wenn das, was sie heute von Paul und Frenz zu hören bekommen haben, wirklich zutrifft, sind ihre Hauptverdächtigen plötzlich aus dem Rennen. Karle war schon vorher ausgeschieden, Dierolf so gut wie. Die ganze akribische Arbeit der letzten sechs Tage ist umsonst gewesen. Sie müssen wieder ganz von vorn und bei null anfangen.

Bei einer Cola aus dem Getränkeautomaten gehen sie noch einmal die Aussagen von Paul und dem Lehrer in allen Einzelheiten durch.

Was Paul betrifft, sind alle Verdachtsmomente plausibel ausgeräumt: die Anwesenheit am Tatort, der Zeitpunkt der Forellenlieferung, der von der Köchin bestätigt ist, die Fingerabdrücke an der Gabel, das Blut auf der Wiese, die Feindseligkeit des Hundes. Alles Makulatur. Der ungeheuerliche Verdacht des Vatermordes scheint von ihm genommen. Das einzig Gute vielleicht an der neuen Situation. Lediglich in der anderen Sache, der mit Melanie, kommt noch etwas auf ihn zu. Dieser Unfall war offensichtlich auch der Grund für Pauls Flucht gewesen.

Was den Lehrer Frenz betrifft, müssen sie einräumen, dass seine Schlussfeststellung, sie hätten nichts gegen ihn in der Hand, zweifellos zutrifft. Alles, was sie mühsam und listig gegen ihn zusammengetragen hatten, ist in sich zusammengefallen, indem das Ehepaar Frenz freimütig von ihrem bösen Plan gesprochen hat. Der wurde aber nach Frenz' Darstellung nicht bis zum alles entscheidenden Ende ausgeführt. Wenigstens nicht von ihm, sondern von dem ominösen Unbekannten. Die Sache mit der Gedächtnislücke nehmen sie ihm allerdings nicht ab. Sie kommen zu dem Schluss, dass Frenz diese nur simuliert, weil er den wahren Täter nicht verraten will. Der hat ihm schließlich die Tat abgenommen. Dafür fühlt er sich zu Dank verpflichtet und verpfeift ihn nicht. Vielleicht kennt er ihn sogar.

Selbst wenn das mit dem Unbekannten eine Räuberpistole sein sollte und doch Frenz selbst die Tat ausgeführt hat, können sie dafür keinen einzigen Beweis vorlegen. Im Gegenteil, seine sechsundachtzigprozentige Rechtshändigkeit spricht dagegen.

»Ach, Wieland, noch vor ein paar Stunden hatten wir das gute Gefühl, die Sache womöglich noch heute zum Abschluss bringen zu können. Und jetzt das. Wie soll es nun weitergehen?«

Die Sekretärin steckt den Kopf zur Tür herein. Pauls Mutter rufe aus dem Krankenhaus an. Ihr Sohn wolle unbedingt noch einmal mit den beiden Herren sprechen. Es gehe wohl um Melanie.

»Ist gut, aber das hat Zeit bis morgen. Der Fall Melanie ist eigentlich geklärt. Wir haben im Moment dringendere Probleme.«

»Sie sagt aber, es sei äußerst wichtig. Paul gehe es gar nicht gut und er wolle unbedingt heute noch mit Ihnen reden. Am besten jetzt gleich.«

Lutz und Wieland sehen sich fragend an.

»Also, Chef – ich wäre dafür, noch einmal mit Paul zu reden«, beginnt Wieland stockend. »Seit der Szene mit dem Totschlag seines Hundes nagen Zweifel an Pauls Unschuld an mir.«

»Aber die haben wir doch soeben alle ausgeräumt!«

»Nein, Chef, wir haben nicht über Pauls Jähzorn, seine Tobsuchtsanfälle gesprochen. Wenn Herr Frenz die Wahrheit sagt und ein Dritter der Täter war, warum nicht doch Paul? Er war nachweislich um diese Zeit am Tatort. Er könnte dort doch seinem Vater begegnet sein. Sein Vater könnte ihm wieder einmal irgendwelche Vorhaltungen gemacht haben. Es könnte zum Streit gekommen sein, in dessen Verlauf Paul die Kontrolle über sich verloren und sich endlich einmal zur Wehr gesetzt hat.«

»Und was hat das mit dem Hund zu tun?«

»Der wollte bei Pauls Angriff sein Herrchen verteidigen und hat ihn in die Hand gebissen. Von da an wurde Rezzo rasend, sobald Paul in seine Nähe kam.«

Lutz pfeift durch die Zähne.

»Also gut, gehen wir die paar Schritte hinüber ins Krankenhaus. Im Augenblick können wir hier sowieso nichts mehr tun.«

Paul sieht elend aus. Er ist blass. Seine freie Hand wischt ständig fahrig über die Decke.

»Guten Tag, Herr Lutz, guten Tag, Herr Wieland!« Er ist also völlig bei sich.

»Sie wollten uns sprechen?«, fragt Lutz und gibt Paul die Hand. »Das trifft sich gut, Herr Wieland hätte nämlich noch ein paar Fragen an Sie.«

»Mama, könntest du bitte draußen warten? Ich möchte mit den beiden Herren alleine reden.«

»Mir ist das Verhalten Ihres Hundes Rezzo immer noch ein Rätsel«, beginnt Wieland. »Wir hatten zu Hause auch immer einen Hund. Ich kenne mich mit Hunden aus. Auch wenn so ein Tier aus irgendeinem Grund durcheinander ist: Es wird nie ein Familienmitglied, das jahrelang mit ihm vertraut war, beißen oder so anfallen, wie Ihr Hund das getan hat. Auch nicht, wenn es einmal einen Fußtritt abbekommen hat. Auf der anderen Seite muss etwas ganz Schlimmes vorgefallen sein, wenn ein Hundebesitzer sein Tier auf diese brutale Weise mit dem Beil totschlägt, wie Sie das getan haben.«

»Was soll schon vorgefallen sein?«, murmelt Paul unsicher. »Sie haben es doch selbst gesehen.«

»Nein, vorher, will ich wissen! Was ist vorher geschehen? Seit Sonntag schon hat Ihr Hund auffällig aggressiv auf Sie reagiert. Warum? Das muss einen Grund gehabt haben. Wir werden der Sache nachgehen und wir werden es herausfinden. Noch einmal: Was ist Schreckliches passiert, dass Sie und Ihr Hund sich derart feindselig verhalten haben?«

Pauls Hand krampft sich in die Bettdecke. Seine Augen wandern ängstlich zwischen Wieland und Lutz hin und her.

»Ich muss Ihnen das mit Melanie erzählen«, beginnt er leise.

»Aber Sie haben uns doch schon gesagt, wie das mit Melanie passiert ist. Das interessiert uns jetzt nicht.«

»Nein, das meine ich nicht. Ich muss Ihnen noch etwas sagen. Der Streit mit Melanie ... die Sache mit meinem Vater ... der Streit am Forellenbecken ... die Sache mit Melanie ... und wegen meinem Vater ... das muss ich ... ich kann das nicht ...«

»Jetzt einmal ganz ruhig! Was am Sonntag in Langenburg passiert ist, wissen wir. Aber jetzt zu der Sache mit dem Hund, und vielleicht auch mit Ihrem Vater. Fangen wir von vorne an, schön der Reihe nach: Was war am Samstagnachmittag?«

Paul holt tief Luft. Zwischen den Sätzen macht er immer wieder Pausen.

»Ich war Forellen holen. Habe ich schon erzählt. Da kam mein Vater mit Rezzo. Er sah mich mit der Gabel in der Hand und fragte, wo der Rechen sei. Wusste ich nicht. Da wurde er ärgerlich und begann mich zu schimpfen.

Wie immer. Alles mach ich falsch. Er hatte getrunken. Ich sagte, ich habe die Rohre eben mit der Gabel frei gemacht. Das geht genauso. Er wurde wütend. Er erträgt keinen Widerspruch. Das ist er von mir nicht gewohnt. Nannte mich Rotzlöffel und ich krieg nichts auf die Reihe. Ich habe mich gewehrt, weil das ungerecht war. Da hat er rumgebrüllt. Immer mehr Vorwürfe. Ich hab nichts mehr gesagt. Ich wollte gehen. Auf einmal schrie er: ›Nicht einmal mit der Melanie kommst du auf einen grünen Zweig! Wenn ich da nicht nachgeholfen hätte, wär die heut noch Jungfrau! Selbst das muss dein Vater für dich erledigen, weil du nicht Manns genug bist, du jämmerlicher Schlappschwanz!‹

Da hat mich wieder dieser Rappel gepackt. Ich sah rot, nur noch rot. Alles war rot. Ich hab geschrien: ›Was hast du? Meine Melanie? Du hast sie angefasst? Nein! Das darfst du nicht! Du nicht!‹ … und dann hing er da auf einmal rückwärts im Gebüsch und hat mich so verwundert angeschaut. Er hat gar nichts gesagt. Die Gabel hat in seinem Bauch gesteckt. Rezzo hat mich angesprungen und in die Hand gebissen. Ich hab ihm einen Fußtritt gegeben. Dann hat er sich winselnd neben sein Herrchen gesetzt und ihm die Hand geleckt. Die hing herunter. Da habe ich den Eimer geschnappt und bin in die Küche gerannt.«

Paul stehen Schweißperlen auf der bleichen Stirn. Er ist vollkommen erschöpft.

»So, das wollte ich sagen. Das mit der Melanie. Das darf der doch nicht. Der nicht.« Er keucht, lässt die Hand über den Rand des Bettes baumeln und schließt völlig ermattet die Augen.

***

Frenz sitzt mit selbstzufriedener Miene im Flur des Polizeireviers und trommelt ungeduldig mit den Fingern auf den Nebenstuhl. Kriminalhauptkommissar Lutz hat Frau Frenz angerufen, sie könne ihren Mann abholen. Als sie den Flur betritt, stürzt sie auf ihren Gemahl zu.

»Oh Männlein! Wie hast du das nur so schnell geschafft? Ich hatte es ja nicht glauben können, als du gesagt hast, du kämst vielleicht noch heute frei. Oh du bist einfach ein Teufelskerl! Weißt du was? Das muss gefeiert werden! Wir nehmen den Rückweg über Heimhausen und gehen in die Jagstmühle fürstlich speisen. Was hältst du davon?« Dabei nimmt sie ihren Helden schon wieder in den Würgegriff.

Durch das Palaver vor seiner Tür wird Lutz auf die Ankunft der Lehrerfrau aufmerksam und tritt in den Flur hinaus.

Sofort lässt die Gute von ihrem Mann ab und geht triumphierend auf Lutz zu. »Er hat recht gehabt, er hat es gewusst! Sie stehen mit leeren Händen da, nicht wahr? Sehen Sie, Sie können überhaupt nichts beweisen.«

»Irrtum, Frau Frenz! Wir stehen nicht mit leeren Händen da, und wir können es auch beweisen.«

»Wie bitte? Wovon reden Sie? Was können Sie beweisen?«

»Wir können beweisen, dass Ihr Mann den Mord nicht begangen hat. Es ist erwiesen, dass er an der Tat nicht einmal beteiligt war. Ist das nicht eine gute Nachricht für Sie?«

Frau Frenz sinkt sprachlos auf einen Stuhl. »Nicht beteiligt? Aber wie …? Aber was …? Männlein, sag doch was!«

Aber der schweigt verlegen und starrt Löcher in den Boden.

»Alles, was er Ihnen sagen kann, Frau Frenz, ist, dass er sich in Jagstbach ganz bescheiden auf die Zuschauerrolle beschränkt hat. Freuen Sie sich! Wir haben jetzt den wahren Täter.«

»Sie haben den Täter? Und du, was behauptet der Polizist da? Du hättest nur zugeschaut? Warum sagst du denn nichts?«

»Komm, mir geahne«, sagt Frenz kleinlaut und nimmt seine Tasche. »Ich kann dir die Einzelheite ja dann beim Esse in der Jagstmühle verzähle, oder?«

»Du hast tatsächlich nur zugeschaut? Wie ein Spanner aus dem Busch? Ich fass es nicht!« Plötzlich springt sie vom Stuhl, stampft wütend mit dem Fuß auf und schreit: »Du hast mich in dem Glauben gelassen, du hättest mutig meine Ehre verteidigt! Das Essen in der Jagstmühle kannst du dir abschminken! Und meinetwegen kannst du jetzt nach Hause laufen oder dir ein Taxi nehmen! Und du kannst froh sein, wenn das Haustürschloss noch nicht ausgewechselt ist, bis du heimkommst!« Sie macht auf dem Absatz kehrt und stürmt zum Treppenhaus. Dort dreht sie sich noch einmal um und keift: »Du Mickermännle!«

Wieland steht in der Tür, durch das Geschrei angelockt. Er hebt den Zeigefinger in Richtung des verdatterten Lehrers: »Wie schnell die Liebe doch verfliegt, wenn einer seine Frau belügt!«

Ganz geknickt trottet der freigelassene Frenz grußlos mit seiner Tasche davon.

»Im Grunde haben wir ihm die Tat doch gar nicht zugetraut, oder?«, grübelt Lutz.

»Weiß man's, Chef? Wie war das mit dem kriminellen Potenzial in uns? Das Böse ist immer und überall.«

Lutz lacht: »Ach, übrigens, Herr Kommissar Wieland, wir haben doch zwei Vereinbarungen getroffen, erinnern Sie sich? Erstens habe ich Ihnen versprochen, Sie bekommen Ihren freien Tag zurück, zweitens, dass wir miteinander das Brückenfest in Hohebach besuchen wollen, wenn … ja wenn … Die Bedingung ist erfüllt, der Fall gelöst. Sie können sich morgen frei nehmen. Abends um sieben treffen wir uns dann im Festzelt. Abgemacht?«

»Das ist nun wieder das Gute!«

* * *

Annâweech rockt die Bühne in Hohebach. Boudsch hat einen neuen Song geschrieben, »B-Musik«:

Mir sin aus mâ b'sundern Holz
Mir hewwâ unsern eich'nâ Stolz
Mir stehn beinander wie ôôn Mann
Mir Hohâloher haldâ zamm
Mir lassâ uns net eiverleiwâ
Mir miassâ Hohâloher bleiwâ!

Lutz ist begeistert, obwohl er zugeben muss, dass er nur die Hälfte versteht.

»Das wird schon noch!«, ruft Wieland ihm ins Ohr. »Sie sind ja gerade erst in Hohenlohe angekommen.«

Nachwort

Herzlichen Dank, für die freundliche Abdruckgenehmigung der Liedtexte von »Annâweech« und für die großzügige Erlaubnis der namentlichen Erwähnung von Herrn Prof. Dr. h. c. mult. Reinhold Würth, von Herrn Holger Kunze vom Autohaus Kunze, der »Annâweech«-Bandmitglieder Molle Winkler und Peter Botsch – Letzterem für die Nachhilfe in Hohenloher Dialekt für einen Non-Native-Speaker – sowie für die nützlichen Informationen des Kommissariats Künzelsau und der Pressestelle der Polizeidirektion Heilbronn.

Nicht zuletzt ein Dankeschön für die überaus engagierte und hilfreiche Arbeit der Lektorin Bettina Kimpel.

Spannung ...

In Ihrer Buchhandlung

Rudi Kost

Dillinger hat Schwein

Ein Baden-Württemberg-Krimi

Es ereignen sich mysteriöse Vorfälle: Eine ganze Schweineherde verschwindet, Rinder werden freigelassen, eine Kuh irrt durch die Gegend. Für den Versicherungsvertreter Dillinger aus Schwäbisch Hall sieht das zunächst nach den üblichen Schadensfällen aus. Er wird jedoch schnell eines Besseren belehrt. Denn plötzlich brennt eine Scheune und in den Trümmern findet man eine Leiche. Dillingers Neugier ist geweckt. Der erklärte Feinschmecker gerät bei seinen Ermittlungen zwischen die Fronten von Schweinezüchtern und engagierten Tierschützern. Als er aber über eine weitere Leiche stolpert, überschlagen sich die Ereignisse ...

256 Seiten.
ISBN 978-3-8425-1459-1

Silberburg-Verlag

www.silberburg.de